ALISIO
L'éditeur des voix qui inspirent

Suivez notre actualité sur **www.alisio.fr**
et sur les réseaux sociaux LinkedIn,
Instagram, Facebook et Twitter !

Alisio s'engage pour une fabrication écoresponsable !
« Des livres pour mieux vivre », c'est la devise de notre maison.
Et vivre mieux, c'est vivre en impactant positivement le monde qui nous entoure ! C'est pourquoi nous avons fait le choix de l'écoresponsabilité.
Pour en savoir plus, rendez-vous sur notre site.

Conseil éditorial : Louise Giovannangeli - Cardellina Agency
Relecture-correction : Chantal Nicolas
Design de couverture : Sébastien Jenger - Primo&primo
Photo de couverture : © Yasmine Ben Hamouda

une marque des éditions Leduc
10, Place des Cinq-Martyrs-du-Lycée-Buffon
75015 Paris – France
ISBN : 978-2-37935-259-1

Bastien Stisi

Le ventre creux

Le lundi soir aux Restos du Cœur

ALISIO

Avant-propos

Ça se passe en bas de chez vous.

C'est juste en bas de chez vous, au cœur des villes, que ce livre vous propose de plonger.
Pour écouter, sous la réalité quotidienne qui fait votre vie, battre le cœur de ces hommes et de ces femmes qui vivent à la rue. Elle est infiniment fine, la lumière qu'émet le regard d'une personne qui vit à la rue, mais elle en dit beaucoup.

Pourtant… On prend rarement le temps de lire ou d'écouter autre chose que ce qui est relaté dans les médias.

D'ailleurs, on en sait sûrement plus sur la recherche spatiale et la possibilité d'un voyage habité vers Mars que sur leurs vies ici, et leur chance d'avoir un toit ce soir, sur Terre.

Mais de la même manière que quand les gens sont loin, isolés dans les campagnes inaccessibles, les bénévoles des *Restos du Cœur* trouvent un chemin pour les rejoindre, lorsqu'ils sont invisibles, perdus dans les villes où ils dorment dehors, ils savent les voir pour leur apporter une soupe chaude et un sourire.

Entendre leur parole, voir leurs yeux, c'est déjà une victoire sur l'obscurité.

S'ils viennent aux distributions de rue des *Restos du Cœur*, c'est d'abord parce qu'on ne leur demande rien, et surtout pas de papier, pas de facture de ceci ou de cela ! Et en échange de ce rien, ils savent qu'ils auront à manger. Des repas chauds, équilibrés, du thé, du café, du pain, un fruit ou un dessert. Souvent les deux. Un vrai repas, chaud comme un rayon de soleil dans une journée grisâtre. Un vrai repas avec des vrais gens. Des gens à qui parler.

Leurs mots, leur courage, parfois leurs colères, mais aussi leurs joies, s'expriment ici, au camion des *Restos*, parce qu'ici, ils sont attendus. Ici, ils sont chez eux. Parce qu'ici, les bénévoles des Restos sont là pour eux. Et parce que vous êtes là, la peur de manquer n'existe plus.

Tous ensemble réunis pendant que la nuit tombe, l'espace d'un instant, demain paraît loin.

Romain Colucci

« Le monde est plein de rance et ce que je cherchais
Je ne l'ai jamais trouvé »
Alain Bashung, « Les Salines »

« Si on ne se bat pas, qu'est-ce qui reste ? »
Ken Loach

« Dieu a dit : "Je partage en deux : les riches auront
de la nourriture, les pauvres de l'appétit." »
Coluche

Aux ami·es du lundi

Première partie

Chapitre 1

Ligne 8

— Madame, monsieur, bonjour, excusez-moi de vous déranger, je m'appelle Olivier, j'ai trente-deux ans et voilà, ça fait quelques semaines maintenant que je dors dans la rue. Vous l'auriez deviné, j'ai pas bonne mine ? Ben non, j'ai pas bonne mine. Le sol est dur et avec le bruit des bagnoles, j'arrive à peine à dormir. Y a des chiens qui viennent me renifler le museau quand je suis assoupi – j'en ai toujours eu un peu peur des chiens, je vous laisse imaginer le bonheur – et les coins de la ville où on peut se protéger de la pluie et du reste, ça n'attire pas que ceux qui n'ont nulle part où dormir. Ça attire aussi souvent les rats, les pigeons et les mauvais mecs qui vous piquent vos affaires dès que vous vous mettez la tête à l'envers. J'ai un peu bu la nuit dernière, il faisait vraiment froid. Les clochards sont des pochards, bien sûr, mais c'est surtout que l'alcool, ça les réchauffe. Vous voyez quand vous allez fumer votre clope dehors sans avoir remis votre manteau ? C'est les pintes que vous avez bues juste avant qui vous ont réchauffé le corps. Eh bien pour nous, ça marche pareil, c'est dingue, hein ? Hier, ils m'ont piqué mon duvet alors que je roupillais dedans ; pour le réveil, j'ai déjà connu mieux. En me tirant du lit – si on peut appeler ça un lit, enfin, je vous

passe les détails – ils m'ont aussi laissé un souvenir dans les côtes. Mais mon manteau est épais, ça a diminué l'impact des coups sur mon corps.
Si quelqu'un a un peu de monnaie, un ticket-restaurant ou un petit truc à manger… vous connaissez le couplet. Moi, je connais le refrain. Toujours le même. Malheureusement vous n'avez pas de monnaie sur vous, je sais bien. Vous auriez bien aimé aider, ça je n'en doute pas. On peut toujours rêver ? Les rêves, j'crois que c'est surtout pour ceux qui ont le temps d'en faire. Et surtout, de s'en souvenir. À votre bon cœur, madame, monsieur. On n'sait jamais. Les sourires par contre, gardez-les pour vos téléphones : vu la manière dont vous les regardez tous au moment où je vous parle, j'ai l'impression qu'ils en ont au moins autant besoin que moi.

Il tend sa main en l'ouvrant à peine, au hasard et sans voir vraiment devant qui celle-ci se présente. Une rangée de quatre à droite, une rangée de quatre à gauche. Un strapontin utilisé et les autres libres. Une rangée de quatre à droite, une rangée de quatre à gauche. Deux strapontins dépliés et trois silhouettes debout, une rangée de six pour terminer. Lui circule, chancelle et répète, comme un métronome, les quatre mots d'une unique rengaine, monocorde et pesante pour ceux qui la reçoivent.

— À votre bon cœur.

Sur la ligne 8 les voitures sont encore séparées les unes des autres. Sur cette ligne-là, il ne suffit pas de longer un couloir, unique et allongé, en accordéon comme dans la 14 : il faut changer de voiture à chaque nouvelle station. Le tour de la rame, monologue inclus, il faut le faire vite : deux minutes et pas plus. Michel Bizot, puis Daumesnil.

Les portes s'ouvrent et avant de les franchir pour rejoindre la voiture d'à côté, il lance, en ne se retournant qu'à moitié, et en changeant soudainement la cadence de sa voix :

— Quatre euros au total sur cette voiture-là. On dirait que j'suis tombé sur les copains de l'abbé Pierre ! Passez une bonne journée, madame, monsieur.

Chapitre 2

Place de Budapest

Je prends une vieille veste Ben Sherman – des carreaux à l'intérieur et un bleu marine uni à l'extérieur – que je possède depuis une dizaine d'années. La veste est déchirée à quelques endroits, ce sont ses rides, ses cheveux gris à elle. Elle donne la sensation du vétuste qui ne fait pas trop vieux, c'est pour cette raison que je la choisis. Comment s'habiller pour distribuer des repas aux Restos du Cœur ? J'ai posé la question de manière claire à Yasmine, elle m'a répondu de manière vague : « Il faut rester simple. » J'ai pris note.

Aux Restos, Yasmine y est bénévole depuis six mois. *Via* cette association que je connais comme tout le monde, mais pas plus que ça (Coluche, Les Enfoirés, le rencard à ceux qui n'ont plus rien… des images d'Épinal), elle distribue des repas un soir par semaine, le lundi, à des personnes venant en réclamer. Elle n'en parle pas tant que ça et pourtant, je sens bien que l'expérience, qui se vit sans doute plus qu'elle ne se raconte, la bouleverse. Nous sommes ensemble depuis des années, je sais à quel point sa pudeur naturelle l'empêche de s'épancher sur ce qui la fait trop gamberger. Et le lundi, lorsqu'elle rentre entre 22 heures et 22 h 30 après deux heures passées à se confronter au sujet si tabou en France des « gens de la rue », je sens bien qu'elle cogite.

Je la trouve courageuse de faire chaque semaine ce qu'elle a commencé à faire. Alors, lorsqu'un déplacement professionnel doit l'éloigner de Paris, et donc des distributions, durant une dizaine de jours, j'ai accepté de la remplacer, d'y aller à sa place. Comment s'habiller, donc ? « *Il faut rester simple.* » O.K.

J'enfile en dessous de ma veste un hoody gris foncé qui me permet, au cas où, de poser une capuche sur mon crâne. Je ne prends ni montre, ni argent liquide, ni quoi que ce soit d'encombrant. Yasmine m'a dit : « Tu sais, les Restos du Cœur, c'est pas Disney, faut quand même faire gaffe. » J'ai écrit sur un bout de papier : « Les Restos du Cœur, c'est pas Disney. »

Je remonte la rue Joseph-de-Maistre jusqu'à l'hôtel La Terrasse – celui qui ouvre vers ce que des affiches du quartier disent être « Montmartre village » –, longe le cimetière de Montmartre par le viaduc (le pont Caulaincourt) qui le scinde en deux et permet aux piétons comme aux voitures de circuler autrement qu'entre les sépultures. Je cherche une bande-son à cette première fois, j'hésite avec *C'est arrivé près de chez toi* (ouais, presque sous ton nez) du Suprême NTM. Dans mes écouteurs, je cale finalement du PNL, *Jusqu'au dernier gramme* en mode *repeat*. « Igo la vie est moche / Donc on l'a maquillée / Avec des mensonges. » Je répète les paroles, mais uniquement dans ma tête, pour ne pas faire peur aux passants ni passer pour quelqu'un que je ne suis pas (c'est-à-dire quelqu'un qui chante fort du rap français dans la rue). J'emprunte le boulevard de Clichy jusqu'à la statue du maréchal Moncey, arrive devant le bureau de tabac de la place de Clichy, y croise deux sans-abri devant le McDo.

— Une clope ?
— Désolé, je ne fume pas.
— Une pièce, peut-être ?

Je n'en ai pas non plus. J'hésite à leur dire là où je me rends, non seulement pour leur suggérer d'aller avaler quelque chose de comestible, mais aussi pour me donner bonne conscience. Je ne dis finalement rien, mais essaie de retenir leurs visages en me disant que je risque, d'ici quelques minutes, de les croiser à nouveau.

Je franchis le passage pour piétons, prends la rue d'Amsterdam. Sombre, elle ne laisse plus à cette heure-ci passer le moindre rayon de soleil. La température s'est rafraîchie d'un coup et un léger frisson me parcourt le corps. Je noue autour de mon cou l'écharpe que je tenais jusqu'alors à la main. À la hauteur du métro Liège, je regarde mon Smartphone, qui indique 19 h 25. Je coupe la musique, éteins même mon téléphone. Je me sens légèrement tendu, car je réalise que je ne suis plus qu'à quelques mètres du site où aura lieu la distribution. Timidement, je commence à m'approcher.

Au croisement de la rue d'Amsterdam et de la rue de Londres, en attendant au passage clouté, je me sens pris d'une bouffée de chaleur. Mes mains sont devenues moites et dans ma gorge, je sens une épaisseur compacte qui remonte et m'aurait sans doute empêché de parler si j'avais dû le faire là, tout de suite. Je pose une main sur mes poumons, me forçant à inspirer, puis à expirer lentement. Trois fois. Je suis vraiment tendu. Je n'ai jamais fait ça. *Il faut rester simple.*

Le rendez-vous est fixé à 19 h 30, je suis à l'heure. Le camion des Restos du Cœur, comme me l'a dit Yasmine, se trouve place de Budapest, cette place perdue entre la place de Clichy et la gare Saint-Lazare qui ne parle pas à grand monde, si ce n'est à ceux qui travaillent à proximité. La journée, elle est foulée par les salariés qui peuplent les entreprises alentour – elles se comptent par dizaines dans le quartier. Le soir, elle est beaucoup moins fréquentée, et ce ne sont pas les quelques cafés qui la bordent qui changent vraiment la donne. Place de Budapest, les gens passent mais ne s'attardent pas. Pour accueillir des vagabonds, l'endroit me paraît tout indiqué.

J'arrive sur la pointe des pieds. À côté du camion, deux personnes sont déjà là : un homme et une femme. Lui n'est pas grand et a le crâne rasé, elle l'est un peu plus que lui et a les cheveux courts. Ils portent tous deux des lunettes. Je leur donne, approximativement, la cinquantaine. Avec une timidité que je ne me connaissais pas, je les salue poliment, sans préciser le pourquoi de ma présence. Ils me rendent mon « bonjour », très souriants, mais n'ajoutent rien et poursuivent une discussion qu'ils avaient débuté sans moi. Je me tiens proche d'eux, mais leur tourne désormais le dos. Comme qui dirait, je ne sais pas où me foutre.

De l'autre côté de la place, à une trentaine de mètres de nous, une file commence doucement à se constituer. Ils sont une vingtaine et d'autres s'ajoutent, progressivement. Je devine instantanément que ceux-là sont la raison première de ma présence ici. Ce sont les personnes qui viennent bénéficier des repas offerts par l'association. Certains ont la gueule de l'emploi (ou plutôt, de l'absence d'emploi) et d'autres ne l'ont pas du tout : je suis tout de suite surpris de voir, dans cette file, une pluralité que je n'aurais pas imaginée.
Tous ne sont pas vêtus de guenilles et chez certains, la chemise est même de sortie : contrairement à ce que l'on pourrait parfois penser, il n'y a pas seulement des sans-abri qui se présentent ici. J'ouvre grand les yeux. Comme une éponge, j'absorbe.

Les bénévoles arrivent au compte-gouttes, un à un ou en groupe, rejoignent la petite assemblée qui se forme devant le camion. Certains sont entre deux âges et d'autres ont dépassé l'âge où l'on peut encore, sans menacer sa santé, passer son lundi soir sous la brume à distribuer des repas chauds. Tous m'impressionnent. Ils se connaissent, se saluent, échangent des anecdotes qui n'ont parfois rien à voir avec les Restos du Cœur. C'est une petite famille ou, en tout cas, des camarades qui partagent des histoires, des convictions, des colères (et des luttes, même ?). C'est cependant ce que je construis, à ce moment-là, dans mon esprit. Ils se regardent et se tutoient et, pour le moment, je n'existe pas à leurs yeux. Tous ou presque portent un badge des Restos (un cercle avec le logo de l'association dedans) qui dit leur appartenance à une communauté clairement identifiée. Leur étendard est là, punaisé au niveau du cœur et ils le portent avec une élégance et une assurance toute simple. Qui sont-ils, ces gens qui font ce que je n'ai même jamais songé à faire sérieusement ? L'envie me prend de m'éclipser avant que quiconque ne remarque que j'ai eu, ne serait-ce qu'un instant, la prétention de vouloir servir, avec eux, la cause commune. Il est encore temps de le faire. Mais j'ai aussi le sentiment qu'il est déjà trop tard.

Beaucoup de visages, au loin, sont tournés vers le camion devant lequel je me trouve. J'ai l'impression que c'est moi qu'ils zieutent, et d'un œil mauvais qui plus est. « Lui c'est qui ? Il vient pour la première fois, c'est qui ? Bizutage ? » Mes jambes ne tremblent pas, mais c'est tout comme, et puisque je ne connais personne et que je suis un étranger pour tous, je ne sais où poser mon regard. J'ai plongé la tête la première dans la tanière du loup et maintenant, je me sens comme un tout petit agneau. J'en suis certain : si j'ouvre la bouche, je bêle. Nous sommes lundi soir, il est 19 h 30, et je ne suis pas à ma place.

— Bonjour. Jean-Jacques, dit dans mon dos une voix qui me sort de ma rêverie paranoïaque.

Je me retourne, je serre la main qu'on me présente avec chaleur. Jean-Jacques a dans sa démarche une bonhomie qui, immédiatement, me rassure. Il a les traits d'un homme qui en a vu d'autres, ses cheveux sont blancs, très longs, coiffés en queue-de-cheval, ses yeux sont surplombés par de petites lunettes fines. Dans son dos, il y a un sac pas forcément très neuf et dans ses gestes, on reconnaît quelqu'un qui a l'habitude d'être entouré par ceux qui sont autour de lui ce soir. Jean-Jacques est à l'aise, alors il n'en fait pas trop.

— C'est la première fois que je viens, je dis.
— Eh bien… bienvenue à toi !

Dans la foulée, une deuxième main. Celle de Patrick :

— Salut. Patrick.

La soixantaine, démarche assurée, cheveux courts et blancs, yeux bleus. Sympa comme tout, Patrick. Sa poigne dit la conviction d'un homme qui ne s'excuse pas de faire partie de ce monde-là. Je regarde la blancheur de ses dents, puisqu'il sourit beaucoup. Je ne sais toujours pas quoi faire de mon corps, mais au moins, j'ai la confirmation que je ne suis pas un spectre égaré et invisible dans le monde des vivants.

Nous sommes désormais une vingtaine de bénévoles. J'observe ce petit monde s'articuler, mon regard circule tout autour de la place. Je prends des notes mentales, dont je ne sais encore que faire.

Et puis arrive la cheffe. On reconnaît son grade, non grâce à un brassard qui ceindrait son bras, mais parce qu'elle porte une chasuble orange fluo, comme celles qui permettent d'être vu des automobilistes la nuit, à vélo. Le gilet jaune pour la France des ronds-points, le gilet orange pour celle qui distribue un peu de son pain. Je retiens l'information, primordiale : chasuble orange = responsable de site = interlocutrice potentielle.

La responsable du site Saint-Lazare pour la distribution du lundi soir s'appelle Amandine. Les bénévoles l'appellent par son prénom et la tutoient. Ils ne disent pas « Bonjour madame, à vos ordres ! » mais « Salut Amandine, ça va ? ». Elle a encore une fois eu des problèmes de train, elle s'excuse pour son retard auprès des bénévoles.

— Allez, on peut y aller, annonce-t-elle d'emblée.

Elle dirige, on lui obéit.

Le chauffeur du camion en ouvre les portes. Je n'ai pas le temps de comprendre ce qui se passe que, déjà, les bénévoles déplacent des tables, des conteneurs, des bacs. Dedans, il y a de la soupe, des plats chauds, des céréales, des fruits, du café.

— C'est toi le nouveau ? demande la responsable.

J'acquiesce, elle me lance un petit « O.K. » en guise de bienvenue. L'œil sympa, mais pas trop. Je suis « le nouveau » et elle est manifestement une ancienne. La cheffe a le verbe fort et l'allure de celles qui ne se laissent pas marcher sur les pieds, et peu importe la pointure des pompes qui essaieraient de le faire. Il existe des humains comme ça, chez qui tout est simple : ils prennent la parole et les autres les écoutent. Pour ces gens-là, les rapports hiérarchiques avec le reste du monde s'établissent très rapidement.

La cheffe me demande mon prénom, tâte un peu le terrain, cherche à savoir si j'ai déjà eu l'occasion de faire de l'associatif. Je n'essaie pas de m'inventer une quelconque expérience passée, elle n'a manifestement pas le temps pour ça.

— Et… t'as déjà bossé avec des gens de la rue ?

Pendant une fraction de seconde, je me perds dans mes pensées. *Des gens de la rue.* Spontanément se dessine, en mon esprit, la silhouette de Jeanne. C'était quelques années auparavant. J'ai l'impression que c'était hier.

Chapitre 3

Rue Ambroise-Paré

Il est 3 heures du matin. Je sortais d'une belle fête dans un bar de la rue Jean-Baptiste-Pigalle. Accolades, sourires dans tous les sens, alcools ambrés, paroles prononcées plus fort que d'ordinaire, flirts inoffensifs. J'avais fait le choix, plutôt que dépenser mes derniers euros dans un verre de trop, d'investir cet argent dans un carrosse, le genre noir métallique qui vous ramène chez vous en quatre clics. L'adresse était préenregistrée, un chauffeur à proximité, et je montai dans la voiture deux minutes après l'avoir commandée. En m'asseyant dans la berline noire aux sièges en cuir, je me félicitai de ne pas avoir cédé à l'appel de cette dernière bière qui m'aurait envoyé, à coup sûr, au pays des merveilles. De Pigalle à gare du Nord il n'y a pas beaucoup de route à faire : j'arrivai chez moi en moins de dix minutes.

— Merci à vous, bon courage pour le reste de la nuit.

J'avais claqué la porte un peu brusquement, sans faire attention. C'est que mon esprit s'était projeté vers le seuil de mon immeuble où deux silhouettes, vautrées l'une contre l'autre, zonaient devant la porte qu'il me fallait franchir pour accéder à la prochaine étape de ma nuit – mon lit.

Ces deux-là semblaient être en pleine descente. C'était probablement l'effet du crack, du Skenan, ou l'un de ces opiacés addictifs et dévastateurs qui circulent si facilement dans le quartier. Rue Ambroise-Paré, admettre que ce genre de tableau est fréquent, c'est enfoncer une porte ouverte et la défoncer, même, à grands coups de baskets. Le quartier n'est pas connu pour son caractère résidentiel. Ça se défonce sur la chaussée, dans les parkings, dans les cages d'escalier, dans les sanisettes, et même dans un lieu spécialement dédié à l'exercice de cette pratique (une salle de shoot où des compresses sont disponibles et les seringues sont propres*). Ici, dans cette rue étroite qui relie Barbès-Rochechouart à la gare du Nord, c'est la norme.

Leurs corps bougeaient à peine. Ils étaient allongés devant le seuil de l'immeuble et je ne pouvais pas y entrer. J'envisageais d'aller prévenir quelqu'un à l'hôpital Lariboisière, de l'autre côté de la rue. Mais personne ne serait venu chercher, à l'extérieur de l'hôpital, de nouvelles urgences à gérer – encore moins dans cette rue.

Je m'étais rapproché d'eux, et fus doublement rassuré. D'abord, ils n'étaient pas morts, même si la Mort avait laissé sur eux un peu de son parfum, au sens propre. Ensuite, bonne nouvelle pour moi : ils n'avaient pas l'air bien dangereux.

---

*Gérée par l'association Gaïa-Paris, la salle de consommation à moindres risques du 14, rue Ambroise-Paré (Paris X^{e}), « offre la possibilité de consommer des produits stupéfiants dans de meilleures conditions d'hygiène et de sécurité aux personnes en situation de précarité et dont le mode de vie et les consommations donnent lieu à des rassemblements urbains appelés "scènes de consommation" ». Source : www.gaia-paris.fr.

Ces deux silhouettes étaient en fait un homme et une femme. L'homme portait une capuche sur la tête, qui recouvrait un bonnet, et un très gros manteau à demi ouvert. La peau foncée et l'air hagard, sa barbe s'étalait, anarchique, sur un visage aux joues creusées. Il ne portait pas d'écharpe, mais sa compagne d'infortune, elle, en portait une. Elle était maigre, vêtue d'un jean et d'un manteau qu'elle avait, pour sa part, boutonné jusqu'en haut. Ses cheveux étaient coiffés en chignon et, dans la lumière tamisée des néons urbains, je n'arrivais pas à déterminer s'ils étaient châtains ou bruns. Sa peau était claire, ses habits sombres. Le garçon et la fille étaient vautrés l'un contre l'autre. Pour se tenir chaud ?

J'avais fini par m'avancer – mon pas était hésitant, je le reconnais –, et étais parvenu, malgré leur présence, à taper les quatre chiffres du digicode de l'immeuble. Je les avais enjambés et leur avais souhaité – réflexe absolument mécanique – une bonne soirée. Ma présence les avait fait sortir un instant de leur torpeur. Ils s'étaient redressés sans se lever, s'étaient écartés pour me laisser passer.

J'avais refermé la porte en faisant attention, quand même, à ce qu'aucun d'eux ne me suive. Après la porte il y avait un hall dans lequel se trouvaient les boîtes aux lettres des résidents de l'immeuble (régulièrement fracturées par nos voisins nomades), puis une porte vitrée, avec un second digicode, menant vers les appartements des étages supérieurs. Je n'avais pas à franchir cette porte : l'appartement que j'occupais, au rez-de-chaussée, était en fait une ancienne loge de gardien, transformée depuis un moment en logement à peu près conforme aux normes en vigueur, et son accès se faisait dans le même espace que l'accès aux boîtes aux lettres. Petit studio, pas plus de vingt mètres carrés, l'appartement était vétuste et pas vraiment propre, la seule fenêtre qu'il possédait donnait directement sur la rue Ambroise-Paré et de fait, je ne l'ouvrais jamais.

J'avais retiré mon manteau et mes chaussures. Dents brossées, fringues jetées en vrac sur le dos d'une chaise, je m'étais écroulé sur le clic-clac sans le défaire. J'avais fermé les paupières, puis les avais rouvertes quasiment tout de suite.

J'avais dans la tête qu'à quelques mètres de moi – pas plus de trois sans doute puisque mon canapé était collé au mur donnant sur la rue –, deux êtres humains comataient sur le sol. Des sans-abri qui élisent domicile sur les trottoirs, sur les bouches d'aération, sur les quais déserts des métros : à Paris, c'est une image tellement fréquente qu'elle en est banale. On voit les choses. On ne regarde plus. On trace. Est-ce l'ébriété qui me rendait plus sensible et plus emphatique, ou le fait que ces deux-là étaient prostrés sur le seuil de ma porte à *moi*, et pas devant celle de quelqu'un d'autre ? Je me sentais subitement coupable du confort, ordinaire pour ceux qui y sont habitués, dans lequel je me vautrais alors que je savais ce qu'il se passait au-dehors. Je déteste les allures satisfaites du petit bourgeois tellement sûr de lui qu'il ne prend pas la peine de baisser la tête pour constater qu'en dessous, il y a aussi autre chose. Je m'étais faufilé dans mon plumard alors que d'autres pionçaient sur le trottoir. Ça n'allait pas.

Je m'étais relevé, avais renfilé jean, tee-shirt, pull, bottines. Sur le seuil de mon immeuble, ils étaient toujours là.

— Excusez-moi, mais… est-ce que tout va bien ?

Non, pas du tout.

— Lui, là, il veut me violer.

Elle avait dit ça l'air las et la voix fracassée. C'était plus un râle qu'autre chose, sa voix. Elle avait dit « il veut me violer » avec le même ton qu'elle aurait dit « il veut me taxer une clope, mais j'en n'ai plus qu'une ». Mais aussitôt, elle avait repris le dessus sur elle-même. Elle avait redressé sa colonne vertébrale et avait répété :

— Lui, là, il veut me violer.

Elle l'avait dit plus fort pour que je l'entende mieux.

— Non, c'est pas vrai.

Le type aussi avait fait un effort pour que je l'entende. Mais il peinait à articuler, plus qu'elle encore. Ses paroles avaient laissé échapper un relent nauséabond. Ça sentait la vinasse, le mégot froid et la sueur chaude.

— C'est pas vrai.

Il se répétait. La défense était légère et pas vraiment convaincante. C'est aussi que je l'avais pris la main dans le sac ou plutôt, la main dans le calbute (pas le sien), celui de la fille, qu'il essayait vainement de déboutonner en y baladant ses gros doigts, calleux et crasseux, au moment où j'avais rouvert la porte dans leur dos. Elle avait répondu.

— Si, c'est vrai.

Le mec s'était alors tourné de trois quarts, avait levé les yeux, capté mon regard. Ses cernes faisaient la taille d'une moitié d'œuf, laissaient entrevoir des aplats violets et gris en dessous de l'œil. Il m'avait capté et, péniblement, s'était relevé. Il était bien plus grand que moi, et sans doute plus habitué aux confrontations musclées que je ne l'étais. Je sentais l'embrouille venir, n'étais pas certain de pouvoir l'assumer à cette heure-ci, regrettais déjà de m'être relevé. Ce n'étaient pas mes affaires, putain. J'avais serré mon poing pour être prêt à le dégainer si la situation s'y prêtait – je ne me faisais pas vraiment de film : il aurait suffi qu'il le veuille pour qu'il m'allonge –, mais fus finalement surpris et soulagé de constater que l'accusation de la fille l'avait plutôt fait détaler et renoncer à sa proie potentielle, devant les difficultés qui se présentaient. Il m'avait fixé une seconde, avait posé les yeux sur elle, puis avait tourné les talons, pressé le pas, pour disparaître dans l'obscurité de la rue Ambroise-Paré.

Chapitre 4

Jeanne

— Putain, le salopard, il voulait me baiser.
— Ouais… Ça va ? T'es comment, là ?
— Un peu fatiguée, j'avoue.
— Faut faire gaffe, la rue est dangereuse la journée déjà, mais alors en pleine nuit à cette heure-ci…
— C'est quelle rue, en fait, ici ?
— Rue Ambroise-Paré, à gare du Nord.
— On est à gare du Nord ? Mais moi j'habite à Chelles. Je pensais qu'on était à Chelles. On est à gare du Nord, à Paris ?

Elle n'avait pas l'air de jouer la comédie. Je lui ai redemandé si elle se sentait bien. Elle était « extrêmement fatiguée », avait peur de s'endormir dans la rue, qu'un autre type vienne lui tripoter le bas-ventre. J'avais eu pitié d'elle, lui avais dit :

— Rentre deux minutes dans le hall, si tu veux.

Elle m'avait immédiatement emboîté le pas. Elle ne s'était même pas levée, mais plutôt traînée jusqu'à l'intérieur de l'immeuble, puis s'était calée dans le coin du hall, comme un animal reclus et prisonnier d'une nouvelle geôle. Je la sentais qui tremblait. Ses dents claquaient de manière frénétique.

— Je vais te filer un oreiller et une couverture. Tu vas pouvoir te reposer un peu.

Elle avait grelotté un merci qui, arrivé jusqu'à moi, ne sonnait plus que comme un murmure qui disait pardon.

J'avais refermé la porte à clé derrière moi, posé mon regard sur un miroir, observé mon reflet. J'avais les cheveux ébouriffés, le teint un peu pâle, mais les yeux en face des trous. Je m'étais tapoté le visage, j'avais décuvé. Je m'imaginais me recoucher dans mon appartement, et laisser cette femme complètement défoncée dans le hall de mon immeuble. J'imaginais un voisin rentrer dans la nuit, tomber sur elle qui pioncerait dans le hall, la chasser à coups de pied, appeler les flics. J'imaginais la fille lui dire : « C'est le mec qui habite juste là qui m'a fait rentrer et qui m'a dit de rester ici. » Elle allait penser quoi, la proprio de mon appart, si elle apprenait que son locataire faisait entrer des camés dans l'immeuble en pleine nuit ? J'imaginais aussi la conversation que nous aurions avant qu'elle ne me mette définitivement à la porte. « C'était pour aider. » « Bien sûr, oui. T'es une bonne sœur ou quoi ? » Bon. En soi, la meuf avait l'air clean, et pas méchante. Un sale type était en train de profiter de son apathie quelques minutes plus tôt pour la tripoter, il l'aurait sans doute prise comme un animal sur le seuil de ma porte si je ne l'avais pas rouverte à ce moment-là. J'étais qui comme genre de mec, si je la laissais comme ça, dans le hall ? Je la laissais dormir là, mais l'exposais, en cas d'arrivée inopportune, à de nouvelles galères. Quelqu'un zone dans la rue, le type lambda s'en tape. Mais si ce même quelqu'un zone dans le hall de son immeuble à lui, alors là, c'est les flics, direct. J'avais décuvé, ouais, tu m'étonnes.

— Allez, reste pas là, cale-toi sur le canapé si tu veux.

Elle avait hésité une seconde, pas plus. Elle avait cherché mes yeux du regard et les avait trouvés. J'ignore ce qu'elle y avait vu, mais ça n'avait pas l'air de sentir trop mauvais. Je l'avais fait rentrer chez moi. Je n'étais pas loin de commettre une erreur.

Elle s'était instinctivement jetée sur le canapé. Je m'étais assis sur une chaise en osier, côté cuisine. J'avais croisé les jambes, lui avait souri afin de paraître détendu – ce que je n'étais pas du tout.

— Tu t'appelles comment ?
— Jeanne. Mon nom c'est Jeanne. Tu peux m'appeler Jeanne.
— O.K., salut Jeanne.

À la lumière, je découvrais plus nettement les traits de son visage. Elle me fixait et semblait, elle aussi, scruter les miens, chercher dans mes airs les indices qui pourraient lui indiquer dans quel pétrin elle venait ou non de s'embarquer. On se jaugeait l'un l'autre. Ses traits étaient fins et ses cheveux assez sales, bruns, mais sans les quelques crevasses qui parcouraient son visage, elle aurait sans doute été plutôt jolie. Jeanne, O.K.

— Jeanne, qu'est-ce qui s'est passé, ce soir ?

Elle avait lâché mon regard et plongé ses yeux dans le vague. Elle m'avait laissé le soin de répéter ma phrase.

— Je ne sais pas. Je n'ai pas tout compris. J'étais avec une amie à la gare, et… et je ne sais pas.
— À quelle gare ?
— À Chelles, je te l'ai dit.
— Oui. Tu te souviens qu'on est gare du Nord, ici ?
— Gare du Nord ? Ah oui. Mais comment je suis arrivée gare du Nord ?
— Je ne sais pas. Le R.E.R. est direct d'ici pour aller à Chelles, il faut prendre la ligne E. Tu es venue en R.E.R. ?
— Ah oui. C'est peut-être comme ça que je suis venue.

Si j'avais dit « tu es venue en hélicoptère », je pense qu'elle aurait répondu la même chose. Elle était complètement à l'ouest.

— Le mec avec qui tu étais, tu le connaissais ?
— Non.
— Il t'a fait du mal ?
— Non. Je crois pas, non.
— Tu en es certaine ?

Elle s'était arrêtée de parler. Je me répétais, mais elle ne répondait plus. Elle tremblait toujours mais avait retiré, tout de même, le sweat qu'elle portait jusqu'ici. Je découvrais sur ses bras désormais à l'air libre des hématomes importants, disséminés un peu partout le long de sa peau.

Elle portait la trace des aiguilles dont on se sert pour se trouer le bras, en capturer la veine. Ce n'était pas une surprise, mais j'en avais maintenant la confirmation : Jeanne était ce que l'on appelle ici, à gare du Nord, une *crackhead.*

J'avais fait un effort considérable pour ne plus regarder ses bras. L'image était dure, autant que celle d'une fille qui ne doit pas avoir dépassé la trentaine et qui est déjà, parce que sous l'emprise de la drogue la plus dévastatrice de la capitale, dans un état physique déplorable.

Je ne souriais plus, elle s'en était aperçue. Elle avait regardé ses bras, capté la raison de mon changement d'attitude. Jeanne avait alors fouillé dans la poche de son pantalon. Je n'avais pas eu le temps d'avoir peur de ce qui allait en sortir qu'elle m'avait tendu plusieurs photos, repliées sur elles-mêmes. Elle voulait me rassurer : ces photos étaient celles de ses enfants. Ils étaient très jeunes et très mignons et sur ces clichés usés, elle apparaissait à leurs côtés, sous un jour bien plus favorable. Sur les photos, elle était jolie. Je retrouvais un petit sourire.

— Ils sont très mignons.
— Oui. Ce sont les miens, ce sont mes enfants.
— Mais qui les garde en ce moment ?

Pas de réponse. Inutile de la relancer ni de tenter de forcer une porte qu'elle n'accepterait pas si facilement d'ouvrir.

— Bon… va falloir que tu les retrouves, tes enfants. Ça fait combien de temps que tu es partie de chez toi ?

Pour la première fois de la soirée, elle s'était montrée, dans sa réponse, absolument catégorique.

— Trois jours.
— Ça fait trois jours que tu n'as pas vu tes enfants ?
— Oui, ça fait trois jours.
— Et ils sont chez toi ?
— Oui.

La photo de ses enfants, comme elle l'espérait, m'avait rassuré, mais en même temps, m'avait angoissé. Jeanne ne se limitait pas à des veines gonflées, à des maigreurs squelettiques, à des hématomes violets un peu partout sur le corps. Naturellement, les *crackhead* aussi pouvaient avoir des enfants en bas âge qu'il fallait amener à la crèche, à l'école, aux sports collectifs. Les siens avaient trois et quatre ans, je les avais désormais eux aussi sur la conscience. La galère était plus sévère que prévu.

— Il va falloir que tu ailles les voir, tes enfants.
— T'as lu tous les bouquins que t'as ici ? Tu es un savant ?

Elle avait dit ça avec un sourire malin, afin de clore le sujet des bambins en mal d'assistance maternelle et diriger la discussion ailleurs. Malgré l'anxiété qui me gagnait, je rigolai.

— Tu sais, dans une bibliothèque, y a toujours des bouquins qu'on n'a pas eu le temps de lire, qu'on a achetés à un moment et qu'on n'a jamais pris le temps d'ouvrir. Peut-être parce qu'on n'avait pas vraiment envie de les lire, en fait…

— Non, je sais pas, je lis pas souvent, moi. Donc t'as pas tout lu, mais presque ?

— Voilà oui, presque.

— Qu'est-ce que tu fais comme métier pour avoir tous ces livres ?

— Je fais du journalisme. Enfin j'essaie. Ça ne fait pas très longtemps que je suis dans ce milieu-là et quand tu ne connais personne, c'est un peu dur. Je donne des cours à des jeunes à côté. En français justement, c'est pour ça que j'ai plein de livres. Ils ont des livres à lire pour l'école et moi, je les étudie en même temps qu'eux, pour pouvoir les aider à les comprendre.

Je venais de me confier à elle, sans m'en rendre compte. Je lui avais raconté une toute petite partie de mon histoire. Je devais la trouver sympa, au fond.

— Ah, c'est super ! Tu es un prof et un journaliste ! J'ai de la chance d'être tombée sur toi.

— Et toi, qu'est-ce que tu fais ?

— Moi, je sais plus trop. Là, j'aimerais bien manger un peu.

— Oui, évidemment. J'ai un peu faim aussi.

J'avais fait bouillir de l'eau pour les pâtes, sorti deux steaks, lui avait demandé comment elle les aimait. « Comme toi. » À point, donc. Je tentais de la garder au maximum dans ma ligne de mire, au cas où. Elle m'inspirait confiance, mais pas au point de la laisser seule sans surveillance. Elle me posait d'autres questions sur ma vie et sur mon métier, me demandait si c'était compliqué et s'il fallait faire beaucoup d'études pour y arriver.

Elle me demandait si j'avais des enfants, j'avais dit que je n'en avais pas. J'avais fini par la lâcher du regard un instant, pour me concentrer sur les pâtes que je devais égoutter et dans lesquelles je voulais mettre un peu de sauce tomate que je venais de faire chauffer. Je m'étais baissé pour prendre des assiettes dans un petit placard sous l'évier. Lorsque je m'étais relevé et l'avais regardée à nouveau, elle était debout face au canapé, en train de déboutonner son jean. Elle avait glissé quelques doigts dans sa culotte.

— Mais… qu'est-ce que tu fous ?
— Eh bien… je me déshabille.
— Non, reste habillée s'il te plaît.
— Ah, tu veux pas me… enfin, tu vois ?
— Te quoi ?
— Me baiser ? Enfin, me faire l'amour. Enfin, je sais pas… tu veux pas ?
— Non, je ne veux pas.
— Je voudrais prendre une douche avant, pour que ça soit plus agréable pour toi. Je peux ?
— Non vraiment, je ne veux pas. Reste habillée s'il te plaît. Et les pâtes sont prêtes, mange.

J'avais posé son assiette sur le comptoir pour qu'elle s'en saisisse. J'allais manger de ce côté-ci de la pièce, et elle de l'autre. Elle s'était assise après avoir pris l'assiette, un peu interdite. Elle avait reboutonné son jean. Moi, je débarquais, je retirais mes œillères et m'efforçais de regarder la situation avec un autre œil que celui, certainement un peu naïf, qui avait été le mien jusqu'ici. J'étais un garçon et elle, une fille. Je l'avais recueillie chez moi, venais de lui faire à manger, avais eu avec elle des échanges plutôt sympathiques. Je m'étais montré attentif, m'étais intéressé aux raisons qui l'avaient poussée à se trouver ici, sur le seuil de ma porte. En somme, je m'étais montré gentil. J'avais lu souvent l'histoire de ces mecs qui accueillent chez eux des nanas dans le besoin et qui négocient, en échange d'une nuit passée au chaud, la promesse d'un coït ou au moins d'une petite pipe mouillée. Ça existait, et vu ce qu'elle venait de me proposer, elle avait déjà dû être confrontée à ce genre de situation dans un passé plus ou moins récent. Elle avait fondu sur le plat que je lui avais préparé, l'avait avalé en moins de trois minutes. Puis elle m'avait regardé, fixement. Et relancé.

— Tu es sûr ?
— Sûr de quoi ?
— Je peux te sucer au moins si tu ne veux pas baiser. Je suis assez douée. Là je suis sale par contre, je serais plus à l'aise si je pouvais prendre une douche et si je pouvais me laver les dents.
— Non, tu ne comprends pas.

À l'extérieur, je faisais front, ne changeais pas de ton. À l'intérieur, je commençais gentiment à paniquer. Si elle n'était pas rentrée chez elle les deux dernières nuits, elle les avait passées où, ces nuits-là ?

— Laisse-moi dormir ici cette nuit, ou au moins faire une sieste. S'il te plaît. Juste quelques heures.
— Jeanne, il faut que tu m'écoutes. Tu t'es un peu reposée, tu as repris tes esprits, tu as mangé, mais maintenant,

il va falloir que tu repartes chez toi. Je pense avoir été sympa, et c'est à toi de l'être désormais.
— Mais… je peux pas rentrer chez moi.
— Et pourquoi ça ?
— Il est très tard, comment tu veux que je fasse ?

Elle avait raison.

— Est-ce que tu as de l'argent sur toi ?
— Je ne sais plus. J'en ai dépensé.
— Bon. Si tu en as, on va aller prendre un taxi tous les deux, et il va te ramener chez toi.
— Mais lui, il saura où c'est, chez moi ?
— Non, sans doute pas. Mais toi, tu vas lui indiquer, O.K. ?

Je commençais à perdre patience. Elle, par contre, ne perdait pas le nord.
— Je ne suis pas certaine de vouloir prendre le taxi maintenant, et de payer pour qu'il me ramène. Je préférerais dormir chez toi. Tu es vraiment sûr que tu ne veux pas que je te suce ? Ou que je te branle, au moins ? On pourrait dormir tous les deux, ce serait bien.

Je haussai le ton.

— Je vais le répéter une dernière fois : non, tu ne vas pas me sucer et je te demande d'arrêter de me demander ça.
— Pardon. Je voulais juste être gentille.
— Ce n'est pas la question, il ne s'agit pas d'être gentille. Je t'ai donné un coup de main tout à l'heure en te permettant de te reposer un peu chez moi, mais

maintenant il faut partir. On va aller chercher un taxi de l'autre côté de la gare.

— Non, je n'ai pas envie. S'il te plaît, laisse-moi dormir un peu.

Elle s'était allongée sur le canapé, avait placé l'oreiller au niveau de sa tête, qu'elle avait posée dessus. Repliée sur elle-même, en position fœtale, elle avait fermé les yeux.

— Non, ne joue pas à ça.

Elle ne répondait pas, faisait mine de dormir.

— Vraiment, je le répète, ça ne va pas le faire. Si tu veux jouer à ça, je passe un coup de fil aux flics, ça va pas être très long. J'ai cru comprendre qu'ils étaient un tout petit peu moins patients que moi.

Elle s'était redressée, d'un coup.

— Non, s'il te plaît, pas la police. Ça ne sert à rien. Je me repose un peu, et je pars en taxi, d'accord ?

— Tu t'en doutes bien, j'ai pas tellement envie d'en arriver là. Mais si tu refuses de partir alors que je te le demande, je le ferai, il faut que tu en aies conscience.

— Je peux au moins aller aux toilettes, avant de partir ?

Elle s'était levée, était passée juste à côté de moi, mais j'avais pris soin de ne pas la toucher. J'avais entendu le verrou se fermer. Au niveau du canapé, je remarquai une grosse tâche, humide et foncée. Le canapé était trempé, il ne s'en dégageait pas une odeur de pisse, mais une odeur de sueur. Je me demandai comment il était possible de transpirer autant vu la température hivernale, puis me rappelai les cratères sur ses bras.

Il était 4 heures du matin, j'avais une *crackhead* dans mon appartement. J'avais agi sans mesurer les conséquences concrètes de ce qui pourrait se passer ensuite. Elle cherchait à passer la nuit entière ici. Ses avances me faisaient flipper, je craignais qu'elle tente quelque chose de plus entreprenant si je ne la faisais pas partir rapidement.

Je regardais mon téléphone. Un message en attente, *via* Messenger. Une fille que j'avais rencontrée plus tôt dans la soirée, au bar, m'écrivait qu'elle avait été heureuse de discuter avec moi, qu'elle serait ravie de boire un café la semaine prochaine, si ça me branchait, avec un émoji clin d'œil à la fin du message. Si elle était allée chercher mon nom sur Facebook pour me contacter, c'est qu'elle avait dû accrocher. « Il est 4 heures du matin et j'ai une *crackhead* dans mon appartement. » J'avais écrit cette phrase sur le clavier de mon téléphone, avant de l'effacer. J'avais cherché quoi lui répondre, et avais finalement opté pour une phrase toute faite qui disait, en substance, que j'en serais très heureux également. Je redessinai les traits de son visage et la forme de sa silhouette dans ma mémoire.

Un bruit non identifié en provenance des toilettes m'avait forcé à revenir ici et maintenant. Il était 4 heures du matin, j'avais une *crackhead* dans mon appartement. Qu'est-ce qu'elle faisait d'ailleurs ? Je l'interpellai.

— Tout va bien ?

Rien.

— Jeanne ? Oh, Jeanne ?

Je répétai son prénom plusieurs fois avant de frapper à la porte.

— Réponds, s'il te plaît, Jeanne.

— Je me déshabille. Je vais prendre une douche, rapidement.

— Ah non, là tu abuses ! Je t'ai dit que je ne voulais pas que tu te déshabilles ici !

J'avais parlé fort, beaucoup trop pour l'heure qu'il était. Il ne s'agissait pas de réveiller les voisins avec Jeanne dans les parages.

— Jeanne, rien à foutre, j'appelle les flics.

Elle avait déverrouillé la porte immédiatement, était sortie de la salle de bains.

— Ça va, pardon. Je rigolais, O.K. ? J'ai bien compris que tu ne voulais pas me sauter, c'est bon.

Elle s'était rassise sur le canapé, peu importe qu'il fût mouillé. Elle avait de nouveau commencé à déboutonner son pantalon.

— Excuse-moi d'avoir crié. Ce que je veux, c'est t'aider, mais tu ne me facilites pas la tâche.

Avec sa bouche, elle faisait la même moue que font les enfants lorsqu'ils viennent de se faire gronder par l'un de leurs parents. Elle avait compris que je ne lâcherais pas l'affaire et qu'elle ne passerait pas la nuit ici. Les négociations avaient continué un moment, puis avaient finalement tourné en ma faveur. O.K. pour le taxi, c'était d'accord. Alléluia. J'avais dû l'aider à se lever, son équilibre n'étant pas des meilleurs. J'avais été immensément soulagé au moment où nous avions franchi, ensemble, la porte de mon appartement, puis celle de mon immeuble.

Chapitre 5

Gare du Nord

Dans la rue, Jeanne me tenait par le bras comme si nous étions deux amants rentrant, un peu éméchés, d'une soirée arrosée. C'était étrange, je n'acceptai son bras que durant quelques mètres. Rue Ambroise-Paré, je gardai les yeux bien ouverts, craignant que l'autre type soit demeuré tapi dans le coin, qu'il nous guette. J'insistai pour passer sur le trottoir d'en face, du côté de l'hôpital Lariboisière, et éviter ainsi l'intersection de la rue Guy-Patin, puis celle de la rue Saint-Paul. Je ne tenais pas, à cette heure-ci et si près du but, à me faire fracasser la tête.

Je l'avais orientée vers la gare, espérant trouver un taxi à l'emplacement qui leur était réservé. En journée, ils patientaient par dizaines pour embarquer à leur bord les touristes tout juste descendus de l'Eurostar, du Thalys, ou du R.E.R. B – celui qui mène aux deux aéroports les plus proches de Paris. Mais à cette heure-ci, aucun taxi en vue. Le temps que je jette un œil aux alentours, j'avais perdu Jeanne, évaporée.

Les bras ballants et l'esprit égaré, je ne savais plus quoi faire ni penser. Par réflexe, je m'étais enfoncé à mon tour dans la gare, la cherchant des yeux. J'étais enfin débarrassé d'elle et pourtant, je la cherchais. Il était 4 h 30 du matin et mon corps portait encore en lui les stigmates de ma petite beuverie du soir. Mon cerveau soudainement libéré du poids que représentait Jeanne rappelait à mon corps son besoin de repos. Mais je continuais à la chercher du regard, allongeais mes pas dans une gare aux relents de corbillard, sans retrouver sa trace. Quelques lascars traînaient un peu plus loin, je les entendais discuter. J'avais aussi croisé une patrouille de flics. Ils m'avaient regardé de haut en bas, avaient vite compris que je n'étais pas le genre de type qui, à cette heure-ci, posait problème gare du Nord. J'avais hésité à leur demander s'ils n'avaient pas vu Jeanne, mais m'étais réfréné aussitôt, comprenant que de l'extérieur, ma situation aurait pu paraître un peu suspecte.

J'avais fini par ressortir de la gare, direction le parvis principal – un vrai champ de bataille. Des sans-abri y végétaient sur des bancs, y ronflaient sur des cartons, chassaient de gros rats dodus et agressifs à coups de canettes qu'ils envoyaient en plein dans leur museau. Ceux qui dorment dehors, dans le quartier, dorment souvent ici. Les bouches d'aération dégagent une chaleur sale mais rassurante et le squelette de la gare propose une multitude de recoins et de toitures qui protègent, autant que faire se peut, du froid, des intempéries, et de plein d'autres choses que ceux qui n'ont jamais passé une nuit dehors ne peuvent imaginer*. J'avais traversé le parvis, m'étais aventuré sur le boulevard de Magenta, avais passé une tête rue de Maubeuge, avant de revenir sur mes pas. Je cherchais Jeanne. C'était lorsque j'avais renoncé à la

*À lire sur le sujet, Patrick Declerck, *Le Sang nouveau est arrivé*, Gallimard, 2005.

trouver que je l'avais aperçue, à l'endroit où elle m'avait laissé, dix minutes plus tôt. Elle me regardait. Elle me souriait.

— J'attends le taxi.

Je lui avais rendu son sourire. J'étais paradoxalement heureux de la voir, j'avais commencé à me faire du souci pour elle et n'assumais pas du tout de rentrer me coucher en la sachant dehors. Je craignais aussi de la retrouver devant chez moi, décidée à me proposer une nouvelle partie de jambes en l'air afin de profiter du confort sommaire, mais salutaire, de mon canapé convertible.

— Il n'y a pas de taxi, ici, je lui dis. Mais on va t'en trouver un.

Plusieurs fois, elle s'était arrêtée, s'était installée un moment sur le trottoir, était repartie. Pénible, Jeanne. Ingérable. Rue de Maubeuge, j'avais fini par trouver un taxi, l'avais hélé, m'étais précipité à sa rencontre. Le taxi avait baissé sa vitre, était reparti dès qu'il avait pu voir plus nettement, à la lumière urbaine des lampadaires, le visage cerné et crevassé de ma nouvelle amie. Trois autres chauffeurs m'avaient fait le coup avant que l'un d'entre eux ne se montre un peu plus compréhensif et prenne au moins le temps de m'écouter. Je lui avais expliqué rapidement la situation, pouvant difficilement éluder l'aspect somme toute un peu repoussant de Jeanne.

— C'est une amie à moi. Elle a un peu déconné ce soir. Elle n'est pas méchante. Elle habite dans le 77, à

Chelles. Je sais que c'est hors zone et que c'est loin, mais on a urgemment besoin d'un taxi.

Le chauffeur m'avait regardé, dubitatif. Je jouais au plus malin, il l'avait bien compris.

— Gamin, vous avez fait quoi avec ta copine ? Elle a un peu déconné ? On est gare du Nord, ne me prends pas pour un imbécile.

J'étais épuisé et n'avais pas la force d'inventer un bobard trop gros. J'avais enchaîné, sans filet.

— O.K., je l'ai recueillie chez moi tout à l'heure alors qu'elle allait se faire violer par un mec, là, comme ça, dans la rue. Elle a sans doute été droguée et est clairement sous le choc. Elle a ses deux gosses qui l'attendent, depuis trois jours, seuls à la maison. Là je lui donne un coup de main pour ne pas laisser tomber une femme en difficulté. Voilà, c'est ça l'histoire.

Pas persuadé que le reste aurait joué en la faveur de Jeanne, j'avais tu les propositions de coït, de branlette et de sommeil feint sur le canapé. Je m'étais éloigné du taxi, convaincu qu'après ma petite tirade pseudo-tragique, il allait déguerpir. Mais le chauffeur s'était penché par la fenêtre. Jeanne venait de s'asseoir sur le trottoir, avait fait basculer son regard dans le flou. Elle se grattait le bras de manière frénétique. Ça faisait deux heures que j'étais avec elle, je m'étais presque habitué à son odeur. Mais clairement, elle puait toujours autant et pourtant, nous étions à l'air libre. À la place du chauffeur, je ne l'aurais pas prise.

— J'allais faire une dernière course avant de rentrer et de terminer mon service. J'habite à Gournay, juste à côté de Chelles, alors bon, ça peut peut-être le faire.

Heureux hasard. C'était la première fois de la soirée que la chance me souriait.

— Elle a de quoi payer la course, ta copine ?

J'avais sorti mon portefeuille et en avais retiré un billet bleu. C'était un bon samaritain, O.K., mais qui avait un business à faire tourner. J'avais oublié la question du prix de la course et n'avais pas eu le réflexe de calculer le prix qu'elle pourrait coûter.

— J'ai vingt euros, là.
— Non mais tu déconnes, vingt euros ? Y en a pour cinquante, facile.
— J'ai ça, moi.

Jeanne venait de se relever, et après une fouille minutieuse de sa chaussette gauche, avait sorti un billet de vingt euros.

— Quarante euros, monsieur, on est proches quand même ?
— Allez, c'est d'accord. C'est bien parce que c'est ma route. Mais je te préviens, je les encaisse avant la course, les quarante balles, j'veux pas qu'elle déconne en chemin. Et si elle fait un truc bizarre sur la route, je l'éjecte direct du taxi. Et peu importe si ça arrive dans trois minutes ou dans vingt, pour moi c'est pareil. Pigé ?

— Elle est tranquille, t'inquiète. Pour le reste, je comprends. T'es déjà super de la prendre.

Elle était montée dans le taxi. Les bras m'étaient tombés, mes jambes m'avaient semblé affreusement lourdes : le taxi avait emmené Jeanne dans sa course, je m'étais assis quelques secondes à l'endroit où elle l'avait été quelques instants auparavant.

La nuit n'est jamais vraiment tout à fait silencieuse à Paris, surtout dans ce quartier-là, mais autour de moi, le boulevard de Magenta était étonnamment calme. Mon téléphone indiquait 5 h 10 du matin. Au loin, j'avais entendu à nouveau les rumeurs de la ville. Elles se pressaient et se rapprochaient. C'étaient les pas, accélérés et capuchonnés, de deux lascars qui arrivaient du métro Barbès et qui ne tarderaient pas à se retrouver à mon niveau si je ne bougeais pas tout de suite. J'entendais au loin leurs voix graves et menaçantes échanger ce qui, de là où je me trouvais, ressemblait à des menaces. J'avais eu ma dose de galères pour ce soir. Je m'étais levé et avais détalé sans demander mon reste.

Chapitre 6

Les cuillères, les serviettes

— Alors, tu en as déjà fait, de l'associatif ? T'as déjà bossé avec des gens de la rue ?

La cheffe me regarde avec l'air de celle qui attend une réponse.

— Pardon, euh… De l'associatif, si j'en ai déjà fait ? Non, pas vraiment… Mais je suis là pour ça. Je veux dire… évidemment que je suis là pour ça.

Elle ne me sourit pas franchement, mais dans son regard, je ne perçois pas d'animosité non plus. Une vague indifférence, tout au plus. Elle fait signe à une jeune fille de s'approcher : elle aussi est nouvelle. Amandine nous explique alors, aussi rapidement que sommairement, ce qui va se passer ce soir.

— Comme vous le voyez, les bénévoles sont en train d'installer le site de la distribution. Une fois que l'espace sera mis en place, on pourra commencer à servir les personnes accueillies.

« Personnes accueillies. » Je ne savais vraiment pas comment nommer ces gens qui se rendent aux Restos du Cœur pour y récupérer des repas à consommer sur place ou à emporter. Des gens dans le besoin ? Trop vague. Des sans-abri ? Ils ne le sont pas tous. Des personnes-qui-galèrent-en-ce-moment-mais-iront-sûrement-mieux-bientôt-et-d'ailleurs-on-peut-leur-permettre-d'aller-un-peu-mieux-en-donnant-de-notre-temps ? « Personnes accueillies » en revanche, c'est O.K., ça a du sens. D'autres bénévoles – la plupart, en fait – parlent, eux, de « bénéficiaires ». C'est politiquement moins correct et les mots de l'association ne sont pas ceux-là, mais dans l'usage, ils conviennent. La cheffe pointe du doigt la file d'attente, qui semble avoir doublé de volume depuis le moment où je l'ai regardée pour la dernière fois :

— Ce sont les personnes qui attendent pour être servies. Elles font la queue là-bas et elles circuleront ensuite entre les différents stands. Il y a du café, des céréales, de la soupe, et un stand social pour récupérer des vêtements chauds. Tous les deux, pour votre première fois, on va vous mettre au stand « plats chauds ».
— Tu aurais un conseil à nous donner ?

La nouvelle a pris la parole. Elle me semble beaucoup plus décontractée que je ne le suis moi-même.

— Non, pas spécialement. Il faut être poli et respectueux. Ne pas se laisser impressionner. Pour le reste, je vous conseille d'observer.

La responsable me confie à une autre bénévole, sans prendre la peine de répéter mon prénom (sans doute ne l'a-t-elle pas retenu). Elle précise que je suis « du renfort pour les plats chauds ». La bénévole me lance un « Bienvenue » sans lever la tête, concentrée alors sur une tâche qui semble lui demander une attention maximale. J'ai comme un sentiment de rentrée des classes, je suis le petit nouveau venu d'une province lointaine, dans une école où tout le monde se connaît déjà. Je ne parle pas encore leur langage, mais je vais observer, O.K.

— Ce qui serait bien, m'annonce la bénévole, c'est que tu te mettes en bout de file, et que tu distribues les cuillères et les serviettes. Mais avant, il faudrait défaire les bols en plastique et faire en sorte qu'on puisse s'en servir dès que la distribution aura commencé.

Elle me montre la marche à suivre et ce n'est pas difficile : je m'en occupe avec elle.

Les cuillères et les serviettes. La première mission qui m'incombe paraît être à ma hauteur. Elle correspond au niveau de connaissance qui est le mien au sein de cette petite mécanique qui, de l'extérieur, me paraît si complexe. Sur le stand « plats chauds », nous sommes dix au total, cinq de chaque côté. Au début de la table (qui sont en fait deux tables en zinc collées l'une à l'autre), deux personnes distribuent des fruits, des petites salades et du pain. Viennent ensuite les deux bénévoles en charge des plats chauds.

L'un d'entre eux commence par remplir les bols en y mettant des féculents. Le second s'occupe de la viande ou du poisson, qu'il sert dans le même bol, au-dessus des féculents. Et en bout de table, on trouve ceux qui s'occupent de donner les cuillères et les serviettes. Ce soir, ce dernier maillon de la chaîne, j'ai l'honneur de l'incarner, comme ma camarade qui débute aux Restos du Cœur. Je suis sur la file de droite, celle réservée aux hommes « dans la force de l'âge », et elle dans la file de gauche, celle réservée « aux femmes, aux handicapés et aux personnes âgées ». À chacun sa tâche, ça a l'air d'être le credo. Observer.

Je pose des questions que je n'aurais jamais cru poser, désireux d'exécuter au mieux la tâche qui m'est dévolue.

— On donne d'abord la cuillère, puis la serviette, ou l'inverse ?

Le regard dubitatif que l'on me lance me laisse entendre que je n'ai qu'à faire ce qui me paraît le plus logique. Ce sera donc cuillère, puis serviette. J'échange un regard avec la nouvelle bénévole.

— Bon courage, me dit-elle.
— Merci, à toi aussi, lui réponds-je, avec un enthousiasme même pas exagéré.

Je suis chargé de la distribution des cuillères et des serviettes, et j'en suis parfaitement heureux.

En bout de table, un signal a été donné, la distribution peut débuter. Patrick et Jean-Jacques sont responsables de la bonne tenue de la file. Le duo fait en sorte que ça avance, que le trafic soit le plus fluide possible :

— Monsieur, s'il vous plaît, avancez, vous retardez tout le monde.

Je ne pense pas tout de suite aux *Temps modernes* de Charlie Chaplin car je n'ai foncièrement pas le temps de songer à autre chose qu'à ce que je suis en train de faire là, tout de suite, maintenant.

Devant nous, quelque cent cinquante visages défilent. Dans notre file, donc, que des hommes. Vingt, trente, quarante, cinquante, quatre-vingts ans, même. C'est M. Tout-le-monde, M. Personne, ou M. Qui-fait-flipper-si-on-se-retrouve-tout-seul-avec-lui-sur-un-quai-de-métro-le-soir-aux-alentours-de-23-heures. C'est le mec dont on ne s'étonne pas du tout de le trouver ici parce que la vie a laissé sur lui des indices qui ne trompent pas, et celui dans lequel on se retrouve, dans lequel on se dit : *ça pourrait être moi. Les Restos du Cœur, c'est pour tout le monde.* Je ne pensais pas que c'était à ce point. Je ne parviens pas vraiment, sur le moment, à les différencier les uns des autres, car trop d'informations se percutent en même temps. Mon cerveau bout et pour ne pas défaillir, l'axe central sur lequel il se concentre, c'est cette histoire de cuillère et de serviette.

— Beaucoup de riz pour moi.
— Un peu plus ?
— Encore du poisson ? Mais il est dégueulasse, ce poisson ! Vous n'avez pas autre chose ?

— C'est salé ?

J'hésite, au départ, à ajouter à ma formule de politesse un « bonne soirée » qui, dans d'autres circonstances, irait de soi. Je me dis que c'est peut-être inadapté, de souhaiter une « bonne soirée » à des gens qui en sont là. Mais je me rends rapidement compte que, sur ce sujet-là comme sur tant d'autres, je me plante. « Très bon appétit, monsieur, et très bonne soirée à vous », lance ma voisine de distribution. J'adapte donc ma formule. Elle est mieux comme ça.

Les visages défilent. Et la plupart sont marqués. Je croise des regards, des silhouettes et des allures nouvelles. Les échanges, même succincts, que j'ai avec eux me désarment tous, sans exception.

— Vous savez si les toilettes ont rouvert, place de Clichy ? C'est pas évident de trouver un endroit pour se soulager si les toilettes sont fermées…
— Le riz, je le digère mal. Je préfère ne pas en prendre… Si c'est pour me faire dessus après toute la nuit, non merci.

Je ne sais quoi répondre lorsque l'on me pose une question, mais heureusement, ma voisine répond à ma place. Je me contente donc de donner la cuillère, la serviette, et de souhaiter un bon appétit.

— Il vous reste des duvets ou vous avez déjà tout donné ?

— Hier soir, je suis arrivé trop tard à Invalides, ils avaient déjà tout remballé. Est-ce que je peux en avoir deux fois du coup ?
— Je peux avoir deux serviettes s'il vous plaît ? Je n'ai pas de mouchoirs, ce n'est pas pratique.

Certains sont d'une politesse désarmante. D'autres d'une méchanceté gratuite. Parfois le regard fusille et parfois, il caresse. Un monsieur d'une cinquantaine d'années prend la parole. Il est là pour la première fois, m'assure-t-il.

— Est-ce que vous êtes là d'autres soirs de la semaine ?
— Moi je suis là pour la première fois, monsieur…
— Oui, monsieur, il y a des distributions ici à Saint-Lazare le mercredi et le vendredi soir, toujours à la même heure, dès 20 heures et jusqu'à 21 h-21 h 30.

Ma voisine de gauche me corrige sans prendre la peine de me jeter un regard. C'est qu'aux plats chauds, ça ne ralentit pas. *Les Temps modernes*, ouais. En une heure de distribution, j'ai l'impression d'avoir ouvert plus de portes qu'en trente années d'existence. Devant moi déjà, mille nouvelles lectures du monde possibles. Socrate, la caverne, les ombres. Les cuillères, les serviettes.

— Bonsoir monsieur, excellente soirée à vous.

Je souhaite une bonne soirée à plus de personnes que je ne l'ai jamais fait au cours de mon existence. Les cuillères, les serviettes. Les ombres.

— Je crois qu'on n'a plus de poisson. Et quasiment plus de riz non plus. On bascule ?

Amandine est arrivée à notre niveau afin de vérifier cette histoire de riz et de poisson. Ça fuse.

— O.K., oui, on bascule.

Le deuxième service peut débuter, à la place des plats chauds arrivent alors des baguettes, des sandwichs et des viennoiseries.

Je me retrouve à côté d'un bénévole plutôt très âgé (plus de cheveux sur la tête, mais beaucoup de rides sur le visage). C'est lui qui, quelques instants plus tôt, remplaçait les plats de viande et les plats de féculents lorsque les précédents étaient vides. L'accent duquel il enrobe ses mots est celui d'un Italien, ou peut-être bien d'un Espagnol. Ses « r » roulent comme des toupies et ses « u » sonnent comme des « ou ». Il est si petit que son visage dépasse à peine la table, le fait qu'il se tienne aussi courbé confirme son âge avancé. Marco – c'est son nom – fait onduler ses lèvres de manière si particulière que l'on ne sait pas très bien s'il sourit ou s'il grimace. Il m'indique la marche à suivre.

— Toi, tou t'occoupes des viennoiseries. Tou en donnes oune par personne et s'ils râlent, tou en donnes oune quand même.

J'acquiesce et m'exécute.

Ce qui était tout à l'heure un défilé quasi ininterrompu de silhouettes s'est transformé avec l'arrivée, au deuxième tour, des sandwichs et des viennoiseries. On a désormais l'impression d'être au marché des Enfants Rouges de Belleville, de Richard-Lenoir, de la porte de Montmartre : voilà qu'on choisit, qu'on touche, qu'on retourne, qu'on renifle même parfois avec les narines grandes ouvertes, au grand dam des bénévoles qui rappellent pourtant : « Monsieur, on ne touche pas les aliments, s'il vous plaît ! Et si vous touchez, vous ne reposez pas, vous prenez ! » « Je vais tout toucher pour tout prendre alors, voilà ! »

Bénéficiaires, bénévoles. Initiales ? BB. Un pour tous, et tous pour qui, au juste ? La relation entre les deux entités est étonnante. Les bénéficiaires, même dans la force de l'âge, se font parfois « disputer » par des bénévoles plus jeunes qu'eux, comme des enfants que l'on gronderait après une grosse bêtise. « Mais enfin, faites attention tout de même, vous en mettez partout ! » « Monsieur, ça va oui, on ne vous dérange pas ? Vous ne pouvez pas faire la queue comme tout le monde, non ? » On en engueule certains, mais pas tous. Il y en a, ce sont des chefs de meute, des loups affamés, des apaches en représentation. Ils ne vous regardent pas ? Tant mieux car s'ils croisent votre regard trop longuement, ça déstabilise. Je n'en suis pas encore là : des regards, je n'ose encore en soutenir aucun. Même ce petit vieux qui me demande une baguette en me remerciant très chaleureusement de faire ce que l'on fait m'impressionne.

À la file, Jean-Jacques et Patrick se montrent plus tendus que tout à l'heure. Les sandwichs offrent une gamme variée de choix aux personnes accueillies, alors elles prennent le temps de choisir. Sauf que le temps, et puisque les horaires sont les horaires (à 21 h 30, tout doit être remballé), on n'en a pas vraiment. Le duo presse les bénévoles comme s'ils avaient tous un train à prendre et que l'heure de la récré était terminée pour tout le monde. On retourne en cours et au pas de course, s'il vous plaît.

— Non, madame, vous exagérez, il faut avancer, là.
— Monsieur, vous bloquez tout le monde, dépêchez-vous un peu.
— Allez, monsieur, on n'a pas toute la soirée, allez.

Côté bénéficiaires, ça râle sévère.

— Ça va ouais, lâche-moi un peu, on peut regarder ce qu'on nous propose de manger !

Attention au passage d'un train, éloignez-vous de la bordure du quai, s'il vous plaît.

— Eh oh, pas la peine de pousser !

Ça râle, mais ça avance. Parce que si Jean-Jacques et Patrick sont contraints de jouer aux petits soldats faisant défiler la Grande Armée dans le col du Grand-Saint-Bernard, dans la file, ça presse aussi. Top 14, Perpignan contre Stade Toulousain, le demi de mêlée introduit le ballon sous la mêlée, on pousse ! Plus vite ceux de devant seront passés, plus vite ceux de derrière seront servis.

— Il reste encore des croissants ? Comment ça, non, mais c'est une blague ?

Dans cette deuxième phase de la distribution, je dois, sous la direction de Marco, distribuer les baguettes. Je m'y applique avec une maladresse terrible. Je ne peux en effet tendre une baguette à un bénéficiaire sans me le voir reprocher juste après par Marco.

— Non, loui, il ne faut pas loui donner, il a déjà mangé.
— Mais… les autres aussi ont déjà mangé, non ?
— Oui, mais loui, il a mangé plous !
— Comment est-ce que je fais pour le savoir ?
— Il faut regarder ! Et loui par contre, tou peux loui en donner plous, c'est bon, il est gentil ! Ah madame, prenez deux baguettes, allez. Ah loui non, non pas à loui, non, non !

Rapidement, Marco prend le relais, compensant par son énergie débordante mon incompétence pénalisante. Je quitte mon stand penaud, le sentiment du devoir mal fait, regarde de loin ce petit monde continuer à tourner sans moi pour en décomposer le mécanisme. Une main se pose alors sur mon épaule, celle de Patrick, qui a quitté un instant la file pour venir vers moi.

— Ne t'inquiète pas, c'est Marco il est… enfin, c'est Marco ! Ne t'inquiète pas.

Je lui souris, c'est ma manière de le remercier. Mais je ne parviens décidément pas à comprendre l'ensemble des logiques qui circulent sous mes yeux depuis 19 h 30.

Chapitre 7

Amitiés

La plupart des baguettes, des sandwichs et autres ont été distribués. Marco a été pris à partie par un bénéficiaire qui lui reprochait sa subjectivité. Il a fini par lui donner une baguette, mais c'était moins une. Je regarde la foule qui se disperse, qui s'émiette et ne ressemble déjà plus du tout à la masse compacte d'il y a une heure. J'ai rallumé mon téléphone : bientôt 21 heures, la distribution a filé à une vitesse folle. En un clin d'œil, les bénévoles ont saisi ce qui restait sur les tables, ont tout rapporté dans le camion, se sont emparés des tables elles-mêmes, puis des tréteaux, ont tout donné au chauffeur qui les a rangés, comme dans un Tetris, à l'intérieur de son camion. Les tables ont été lavées au préalable, il ne reste bientôt plus que le stand café qui continue à servir une file d'attente qui ne désemplit pas encore complètement. Un bénéficiaire s'avance alors vers moi. Son ventre est rond et son crâne dégarni, il porte une barbe d'une semaine et des lunettes arrondies.

— Salut, bonsoir, excusez-moi de vous déranger… vous n'êtes pas là tous les soirs, c'est bien ça ?
— Non, monsieur, nous sommes là… le lundi, le mercredi et le vendredi.

J'ai retenu la leçon. Je suis fier de ma réponse.

— Ici, à Saint-Lazare ? Toujours au même endroit ?
— Euh… oui ! Enfin… attendez, je vais demander.
— Oh non, non, ne vous dérangez pas, c'est bon. C'est parce qu'hier je suis passé ici, environ à cette heure-là, et il n'y avait personne. Mais entre-temps, quelqu'un m'a dit que le dimanche soir, c'était à Invalides que ça se passait. Sur la pelouse, c'est ça ? Bon, je demanderai. Mais vous, c'est tous les lundis ?
— Oui oui, ici, nous sommes là le lundi.

Ma réponse est assurée. Je tiens le cap.

— Bon, très bien. C'est marrant que vous vous soyez installés ici parce que figurez-vous qu'il y a des années, je travaillais juste à côté ! Eh oui !
— Ah ! Et… où est-ce que vous travailliez à l'époque ?

Je me tords dans tous les sens, change de position toutes les cinq secondes. Une fois encore, je ne sais pas où me mettre. J'ai le sentiment d'être totalement illégitime, et je suppose que mon interlocuteur doit le remarquer. Pourtant il sourit. Et bavarde.

— Je travaillais à la Banque postale, à quelques rues. J'y suis resté dix ans… ce n'est pas rien ! Je déjeunais le midi dans le coin, là où il y a la Fnac, à Havre-Caumartin. Je venais souvent ici, il y avait une brasserie où je me souviens que l'on mangeait pour pas très cher, et très bien ! Et puis j'ai quitté la Banque postale ou plutôt, c'est elle qui m'a quitté, si vous voyez ce que je veux dire… Ma femme m'avait quitté avant la banque, d'ailleurs. La bouteille, elle, ne m'a pas trop quitté, et m'est toujours fidèle depuis. Oh, je ne suis pas alcoolique vous savez, pas du tout, mais il y en a qui le prétendent ! C'est pour ça que j'en parle d'ailleurs, je ne devrais pas. « Robert, tu bois trop ! », qu'ils me disaient. Parce qu'on boit un quart de rouge le midi, on est un alcoolique ? Allons bon ! En France, le pays du vin et de la bonne chère ! Le sang du Christ dites-moi, tout de même ! C'est du poison, le sang du Christ ? Non, ils ont exagéré, à la Banque postale, de me licencier pour faute grave sous prétexte que je buvais trop et que mon travail s'en trouvait dégradé… Je m'y sentais bien pourtant, à la Banque postale… Après, j'ai fait quelques petits boulots, mais le problème des petits boulots, c'est qu'ils ne rapportent pas grand-chose… J'ai fait fleuriste, vous vous rendez compte ? Enfin, je note, le camion est ici le lundi soir… et le mercredi et le vendredi ? Je reviendrai alors, vous êtes tous bien sympathiques et discuter avec vous, c'est agréable. Est-ce que vous savez si les menus sont différents à chaque fois ?

— Non monsieur, désolé, je ne sais pas…

— Non bien sûr, je vous dérange, pardon ! Bien sûr, j'imagine que ce n'est pas pareil mais qu'enfin, c'est proche ! Je les vois mal servir du bœuf bourguignon avec du bordeaux ! Ou alors, ce soir-là, il faudra me prévenir ! Je suis de Bordeaux, moi, figurez-vous, j'y ai passé mon adolescence avant de venir travailler ici dans le 9ᵉ. C'est une belle ville, Bordeaux, vous connaissez ?

— Un peu, comme ça. Je crois savoir qu'il y fait bon vivre…

— Oh oui, ça, c'est agréable Bordeaux, très agréable ! La vie citadine y est plus paisible qu'à Paris, il y a des musées et des librairies bien que ce soit une grande ville et l'océan n'est pas loin… Et quand vous poussez jusqu'à Arcachon… La dune du Pilat c'est… magnifique ! Vraiment magnifique ! Je retournerais bien vivre à Bordeaux, moi ! Vous qui connaissez bien Bordeaux, qu'en pensez-vous, on y mange bien, non ?

— C'est que je ne connais pas si bien la…

— Oui, vous avez raison ! On y mange très bien ! Le monde entier vient dans la région pour goûter à la gastronomie « à la française », et aux vins que toute l'Europe nous envie ! Et ces idiots d'Américains qui dépensent des fortunes dans de médiocres bouteilles, juste parce qu'elles viennent de Bordeaux – tous les vins ne se valent pas à Bordeaux, oh non ! –, une ville dont ils n'arrivent même pas à prononcer correctement le nom ! Ah, ils sont absurdes, les Américains. Ils ont construit leur monde sur un cimetière indien et se demandent encore pourquoi leur société est habitée par autant de fantômes… Non, les Américains, ce n'est pas mon truc. Ce que je préfère vraiment, c'est Bordeaux, pas de doute. D'ailleurs je vous ai dit que j'étais de Bordeaux, mais c'est inexact, en réalité, je suis né à Saintes. C'est une petite ville qui n'est pas très éloignée de Bordeaux et qui possède une abbaye, mon Dieu, une très belle abbaye. Ah, Saintes, c'est vraiment joli aussi ! Terminer ses jours à Saintes… pourquoi pas !

— Je suis allé une fois à Saintes, j'y ai…

— Ah, vous connaissez ! Mais vous êtes un grand voyageur dites-moi, vous avez tout vu. Oui, vous avez raison, Saintes, c'est plus joli que Bordeaux encore, enfin… c'est différent. On n'y recherche pas la même chose. Et l'arc de triomphe qui borde la Charente… ah, tout ça me manque, vous voyez ! Oui, tout ça me manque. Ce n'est pas comme si c'était hier, mais enfin… presque. Il s'en est passé des choses entre l'arc de Germanicus de Saintes en balade avec maman et la place de Budapest avec vous là maintenant… Bon, allez, pas de mélancolie, ce n'est pas le moment. Je vais prendre un café et je file. Bonne soirée, merci pour cette conversation !

Je le regarde s'éloigner et emprunter la rue d'Amsterdam après avoir récupéré un café. La bénévole dont c'était aussi le premier jour s'est avancée vers moi.

— Ça s'est bien passé pour toi ?
— Oui, je crois… je me suis fait engueuler en distribuant des baguettes, mais apparemment, il ne faut pas que je m'en inquiète…
— Je vois… Moi, je crois que ça a été. J'ai distribué les cuillères et les serviettes… La prochaine fois, j'essaierai de faire autre chose ! Tu as pu discuter un peu avec des personnes accueillies ?
— Eh bien, un monsieur vient de me parler, mais je ne dirais pas vraiment qu'on a discuté. C'était… étrange. Je crois qu'il avait surtout besoin de parler, pas tellement d'échanger.
— Je comprends… Moi l'année dernière j'étais bénévole à S.O.S. Amitié. Autant te dire que ce genre de

conversation, j'y suis un peu habituée. Il y a beaucoup de gens qui ont simplement besoin de parler, d'évacuer, parce qu'ils n'ont personne avec qui le faire. C'est dur quand tu n'as pas d'épaule sur laquelle poser ta tête, tu sais. Là j'ai discuté avec un monsieur qui me racontait qu'avant, il était policier. Il a fait une bêtise un jour – il ne m'a pas précisé quelle bêtise – et depuis, il n'a plus le droit d'exercer.

— Je me demande ce qu'il a fait, pour ne plus avoir le droit d'exercer…

— Ne le juge pas. Ça arrive à tout le monde de commettre des erreurs.

— Non, je ne le juge pas, je disais juste… enfin, oui, tu as raison, ça arrive à tout le monde.

— Oui. Bon. Il me disait qu'il venait ici depuis plus de deux ans, que cette distribution-là était agréable, mais qu'ailleurs, ça pouvait l'être un peu moins. Il me parlait de gare de l'Est et de Rosa Parks*, où apparemment, c'est plus sportif. Il a un peu dérapé sur les Noirs et les Arabes qui étaient vraiment très nombreux aux distributions, mais je n'ai pas rebondi là-dessus… Pas certaine que ça serve à grand-chose.

— Ça consistait en quoi, ton boulot à S.O.S. Amitié ?

— C'était principalement de l'écoute. On t'attribue un créneau horaire sur lequel tu t'engages à répondre au téléphone. On ne peut pas prendre tous les appels, ils sont trop nombreux. Mais il faut en prendre un maximum, naturellement. Parfois, quand quelqu'un t'appelle, la conversation dure deux minutes. Parfois, encore moins que ça. C'est très fréquent que les gens

*Le site de Rosa Parks a, entre-temps, été remplacé par celui de la porte de Saint-Ouen.

appellent et raccrochent immédiatement. Et parfois, les coups de fil durent très longtemps. Les gens confessent des choses qu'ils ne peuvent pas confier à leur famille, et qu'ils ne veulent pas forcément dire à leur psy. Tu as la tristesse du monde toute la soirée au téléphone et tu n'as pas de place pour tout le monde à table. Il y a des soirs où ce n'est pas évident. Sans compter que je ne suis pas psy…

— Tu as fait ça longtemps ?

— Je l'ai fait un an. Mais c'était trop éprouvant, je n'en pouvais plus. Tu passes vingt minutes au téléphone avec quelqu'un qui te dit qu'il a envie de mourir, tu essaies de le rassurer et de lui dire que ce qu'il veut sans doute plutôt, c'est arrêter de souffrir, et non pas de mourir – ouais, c'est vraiment ce genre de discussion –, et puis tu raccroches sans savoir si la personne passera à l'acte ou pas. Parfois, la personne rappelle le même soir ou quelques jours plus tard et parfois, elle ne rappelle jamais. Les extrapolations sur ce qu'elle est devenue, c'est cadeau : c'est pour ton imagination. Une fois, un monsieur m'a appelée et au bout de dix minutes, a fini par me dire qu'il avait couché avec sa fille une fois, lorsqu'elle était petite. Il a dit « couché », et le terme, là encore quand on en parle, je ne l'ai pas digéré. Il ne la voyait plus désormais – tu m'étonnes –, et il regrettait amèrement de l'avoir fait. Il ne l'avait jamais dit à personne. C'est ce qu'il disait au téléphone. Il s'est mis à pleurer, il n'arrivait plus à articuler, il est devenu inaudible. Au bout du fil, il n'y avait plus que les sanglots et les repentirs d'un homme qui avait violé sa fille quinze ans auparavant. La conversation a duré une bonne heure, et quand tu es bénévole pour ce genre d'association, il est évidemment strictement interdit de juger ton interlocuteur, ou en tout cas de lui faire sentir. Tu es soumis à la neutralité la plus totale, quoi qu'on te dise. Mais une fois qu'il m'avait parlé de sa fille, je n'avais plus envie de l'écouter, c'était trop dur. Il m'a donné des détails sur la manière dont ça s'était passé… de vrais détails. J'étais écœurée. C'est après ce soir-là que j'ai arrêté S.O.S. Amitié. Psychologiquement, c'était trop. Je passais parfois des nuits blanches à cause d'une seule conversation qui m'avait chamboulée. Avec mes études, c'était devenu ingérable. Quand les gens parlent sans filtre, et que c'est même le contrat initial, une parole complètement libérée, je t'assure que pour la personne qui est au bout du fil, c'est souvent très difficile. Chez un psy tu libères ta parole, mais en face de toi, il y a quand même un être humain. Là, il n'y a qu'un combiné de téléphone… « J'ai envie de mourir, mademoiselle. Qu'est- ce que je peux faire ? » « Cette pétasse m'a quitté, elle baise avec un autre type maintenant et je vous jure, je vais récupérer le fusil de chasse de mon grand-père et la fumer. » On te donne des techniques pour répondre à tout ça, tu as des formations assez poussées pour assumer ces conversations*, mais au bout d'un moment, ça pèse trop. Donc autant te dire

*Dans la rubrique « Devenir écoutant », le site officiel de l'association précise : « Une formation théorique avec l'aide d'un psychologue permet au futur écoutant de recevoir les apports théoriques nécessaires. Ainsi, il pourra acquérir les spécificités de l'écoute S.O.S. Amitié, telles qu'elles sont définies dans la charte S.O.S. Amitié : écoute anonyme, confidentielle, neutre, bienveillante et emphatique, non jugeante, active, non directive aussi, centrée sur la personne qui appelle. (…) Une formation pratique par des écoutants formateurs bénévoles complète ce dispositif. »

que ce qu'on fait ici, les cuillères et les serviettes, ça va, je pense que je vais m'en sortir.

Les portes se sont ouvertes encore un peu plus. J'y vois de la lumière et beaucoup de zones d'ombre, mais peu importe, elles sont ouvertes. J'ai cette scène de la saga *Matrix* en tête où Neo, le héros aux lunettes noires et aux vêtements de cuir, se retrouve dans ce long couloir blanc, avec une rangée infinie de portes fermées. Il faut les ouvrir une par une pour pénétrer dans les réalités qu'elles proposent, mais on ne peut pas toutes les ouvrir en même temps, ça ne fonctionne pas comme ça. J'ai le sentiment, ce lundi à 21 heures à Saint-Lazare, que toutes les portes se sont entrebâillées d'un coup. La première conclusion que je tire de cette soirée m'apparaît comme une évidence. J'en fais part à ma nouvelle camarade.

— Avec tous les clichés qu'on peut avoir sur les gens de la rue, les sans-abri, la précarité et tous ces sujets qui font tout de même bien peur, je n'aurais jamais pensé qu'à ces distributions, les personnes qui se présentent pourraient être… je ne sais pas trop comment le formuler... des personnes comme les autres ?

Chapitre 8

Ligne 7

— Bonjour mesdames, bonjour messieurs. Vous me connaissez peut-être car je suis là tous les jours, week-ends, jours fériés et congés d'été inclus. Moi je ne vous connais pas, car voyez-vous, je suis l'individu isolé et vous êtes la foule compacte. Et c'est moi qu'on remarque, puisque c'est moi qui prends la parole. Il est 7 h 30 du matin, oui, je sais, c'est un peu tôt pour entendre ce genre de complainte, vous êtes encore dans le coaltar, c'est pas marrant. Alors, je vous la fais courte : je dors dans la rue depuis quelques semaines, et sans exagérer, c'est extrêmement dur. Mesdames, si d'aventure certaines d'entre vous me trouvent attirant et se sentent, comme moi, un peu seules, j'ai pris l'habitude de pioncer rue La Fayette, à proximité de l'église, devant le métro Poissonnière. Sait-on jamais… Bon, en deux mots et j'arrête de déconner : la rue c'est bien, mais pas tous les soirs. Là vous me voyez, je rigole avec vous et j'ai un peu le sourire (j'ai pu prendre un café, ça donne un peu d'énergie), mais sachez que ce n'est pas toujours le cas. Je n'ai plus de larmes, j'en ai trop lâché sur les trottoirs, mais j'ai encore un cœur et parfois, il saigne un peu. Je me suis fait un lumbago car mon matelas n'est pas très confortable. J'aimerais bien dormir dans un vrai lit, un de ces quatre. Vous savez, un vrai lit… Bon, mais pour ça, il me faut un peu de monnaie car l'hôtellerie à Paris… je ne vous apprends rien, c'est cher, voilà, et j'ai pas d'argent. Et j'ai pas d'endroit où dormir, merde. Si vous pouviez me dépanner, quelques centimes, quelques euros… Franchement, même la petite pièce rouge qui passe pas dans la machine à café parce que ça n'a pas assez de valeur, je prends… J'en suis là, ouais, j'en suis là. Ouais, j'suis vraiment dans la merde… Même les centimes, je prends. Et les clopes aussi, je prends.

Beaucoup de casques vissés sur les têtes, et les yeux exorbités devant les écrans qui ouvrent vers les ailleurs, multiples et interchangeables. Il n'a pas parlé bien fort (la voix est cassée, de nature ou de circonstance), alors peu l'ont vraiment entendu. Et puis c'est vrai que ça fait tôt, 7 h 30 du matin. Le café est à peine digéré, les rêveries de la nuit pas encore tout à fait évaporées. La ligne 7 n'est pas la plus douillette de Paris, certains voyageurs en sont déjà, ici au métro Cadet, à leur troisième sollicitation. On ne peut pas donner à tout le monde. C'est bien malheureux, mais on ne peut pas. Il n'a pas parlé bien fort. Moins fort que le précédent, en tout cas. Celui-là, personne n'a décidé de l'entendre.

— Hé oh, y a quelqu'un ?

Il hausse la voix, cette fois. Des yeux quittent les écrans, se tournent vers lui. Quelques secondes pour prendre la température, jauger la situation et évaluer si ce type-là représente ou non un danger potentiel. Ça n'a pas l'air d'être le cas.

— J'suis transparent ou quoi ? Vous m'entendez ? Même pas un vrai regard, personne ? J'suis un fantôme, j'suis un spectre, une rumeur ? Bon et merde, pourquoi j'insiste, y a rien à tirer de ceux-là…

Chapitre 9

Europe

Place de Budapest. Un carrefour, un vrai. Les noms que portent les rues des alentours suggèrent un voyage au sein du Trans-Europ-Express. Europe, c'est même le nom du quartier. Plus loin, les rues de Milan, de Constantinople, d'Édimbourg, de Florence, de Berne ou de Lisbonne, ici la rue d'Athènes, celle de Londres, d'Amsterdam, et quelques mètres plus au nord, le métro Liège. Et la place de Budapest à l'intersection de tout, place forte d'une Europe des précaires où les frontières auraient été défaites depuis longtemps, là où la seule langue que tout le monde parlerait couramment serait celle de la dalle.

Place de Budapest, c'est la ligne de départ vers le grand voyage. Parigots, Bretons, Normands, Péruviens, Vietnamiens, Kabyles, Chinois, Marocains, Sénégalais, Tziganes, Gabonais, Italiens, Ukrainiens, Syriens, Turcs, Portugais, Tunisiens. C'est pas Bruxelles, la capitale de l'Europe, c'est pas Washington D. C., la capitale du monde, c'est Budapest. Sauf qu'ici, pas de bains thermaux pour faire venir les plus riches dans le fief des anciens communistes. Ici, on ne barbote pas dans l'eau en discutant des bienfaits des minéraux sur sa peau. La flotte ici, on l'a bue par le nez, on a bien failli s'y noyer, on a dû apprendre la brasse, le crawl, le papillon, la débrouille, pour ne pas couler à pic, pour qu'on ne nous repêche pas quelques jours plus tard, le teint blafard et les orifices dégoulinant de liquide. Ma première distribution et certaines gueules que j'ai pourtant à peine croisées m'ont occupé l'esprit sept journées durant. Depuis, je cogite beaucoup.

Pour ma deuxième distrib – toujours sans Yasmine –, j'enfile la même veste élimée que la semaine précédente. J'ajoute une couche de vêtements car la température s'est, en sept jours, largement rafraîchie. Je traverse le pont Caulaincourt, franchis la place de Clichy, longe la rue d'Amsterdam, dépasse le métro Liège pour arriver place de Budapest, à 19 h 30.

— Salut, Jean-Jacques.

La poignée de main est la même que la dernière fois, le salut aussi.

— Salut, Patrick !

Les dents blanches, la colonne vertébrale bien droite, l'allure résolue.

— Salut, Amandine.

La responsable de la distribution me tend la main avec le regard que l'on donne aux inconnus que l'on rencontre pour la première fois.

— Salut… j'étais déjà là la semaine passée… mais ça n'a pas d'importance !

Elle me toise une fraction de seconde.

— Mais oui, bien sûr, excuse-moi ! Si tu savais le nombre de bénévoles qui viennent une fois et qui ne reviennent plus jamais ensuite…

Les dires d'Amandine se confirment immédiatement puisque je constate, un peu déçu, que l'ancienne bénévole de S.O.S. Amitié n'est pas revenue. Les autres bénévoles, eux, arrivent progressivement, échangent des sympathies et beaucoup de bonne humeur, et même si je me retrouve une nouvelle fois seul, je me sens nettement moins tendu que la semaine précédente. Le poids de l'expérience, il faut croire...

Les bénévoles patientent au nord de la place de Budapest, Amandine est de nouveau arrivée un peu en retard et, de l'autre côté, la file des bénéficiaires a commencé à se former ; il y a, entre la distribution de lundi dernier et celle-ci, une ressemblance troublante.

Le « go » est lancé pour que l'on commence à décharger le camion. Nous nous alignons comme le ferait une équipe de déménageurs sans muscles ni ceintures dorsales, mais avec beaucoup de bonne volonté, attendant patiemment qu'une caisse de fruits, de yaourts ou de poisson soit déchargée.

De très lourds poteaux sont sortis en premier, Patrick et Jean-Jacques y accrochent des rubans de balisage afin de délimiter le périmètre qu'ils devront s'assurer de bien contrôler d'ici quelques minutes. C'est ensuite au tour des tréteaux, sur lesquels se posent les longues tables en zinc (huit au total), puis les tables elles-mêmes, que certains portent seuls, parce qu'ils sont forts, et que d'autres portent à deux, parce qu'ils sont moins forts ou craignent le revers du coup de reins que l'on se fait en voulant faire comme si on était fort.

— Fais gaffe à pas te bloquer le dos, Philippe ! lance Amandine qui n'en est manifestement pas à sa première prévention. Tu ne viendras pas te plaindre si tu te réveilles demain avec un lumbago !

Philippe est un peu âgé pour jouer à M. Costaud puisqu'il doit largement avoir dépassé la soixantaine. Avec sa table, il s'en sort tout de même très bien, ce qui n'empêche pas Amandine de me demander d'aller l'aider.

— Salut. Philippe.

La voix est grave mais douce, ses cheveux sont blancs et sa moustache plus épaisse que le reste de sa barbe. Son visage dit les années qui se sont écoulées et ses mains, les années passées à manipuler, non pas la plume et le stylo, mais plutôt la faucille et le marteau. Lorsqu'il sourit, on voit qu'il lui manque quelques dents. Philippe a l'air, de ce que j'en vois, très sympa. Ensemble, on pose le plateau sur les deux tréteaux réservés à cet usage près du kiosque – fermé à cette heure-ci – de la place de Budapest. Il fait en sorte que ça ne bouge pas trop. C'est la place du stand réservé à la soupe : pas question de faire basculer quoi que ce soit dans le vide, ou sur un pied qui se serait trouvé au mauvais endroit au mauvais moment.

— Tu es nouveau, non ?

J'acquiesce gentiment.

— Oui, je suis déjà venu la semaine passée… Et je me suis dit que ça ne me déplaisait pas, ce qui se passait ici !
— Ravi de l'entendre, dit-il avec un clin d'œil bien assuré. Je gère la soupe avec Dorothée, c'est notre place à nous. Dix ans que je suis là ! Tiens, aide-moi à apporter la soupe par ici d'ailleurs : ce conteneur-là, c'est impossible de le porter seul…

Philippe n'a pas tort, et je manque moi aussi de me bloquer le dos en l'aidant à transporter cet énorme récipient d'une grosse vingtaine de kilos.

L'air est frais, mais les efforts physiques me réchauffent, je transporte un conteneur plein de soupe au milieu d'une place remplie de personnes qui nous regardent nous affairer. Je ne peux m'empêcher de me demander, à nouveau, ce que je peux bien faire là…

Spontanément, une fois le camion totalement débarrassé, je me dirige vers le stand plats chauds sans que personne m'ait spécialement indiqué de le faire. Je suis surpris que l'on ne m'oriente pas plus que ça. On me rassure :

— C'est l'une des spécificités du lundi soir à Saint-Lazare. Sur d'autres sites, lorsque tu arrives, les responsables font l'appel, ont déjà réfléchi au stand où tu allais devoir te mettre, etc. C'est un autre genre.

— À Bréguet-Sabin par exemple, sur le site qui s'étend le long d'une parcelle du boulevard Richard-Lenoir, c'est comme ça, me précise Philippe. Ici, les gens n'ont pas forcément de poste établi à l'avance, mais tu vas voir, rapidement, les gens retournent au même endroit. Ce n'est pas officiel, ça se fait tout seul. Les deux là-bas, par exemple, Annie et Barbara, sont toujours aux céréales, je ne les ai jamais vues ailleurs. Et d'ailleurs, même toi, spontanément, tu es revenu aux plats chauds…

Je me retrouve en effet à la même place, et à côté de la même personne que la semaine passée. J'aime à penser que j'y ai désormais des repères solides. Je sais qu'en bout de table, on distribue d'abord les cuillères, puis les serviettes. C'est une routine qui me plaît déjà.

Ma voisine s'appelle Stéphanie, j'ai eu cette fois l'occasion de lui demander son prénom. Stéphanie est bénévole ici depuis quatre ans. Cheveux coiffés en queue-de-cheval, taille fine, regard vif, quarantenaire. Elle travaillait « juste à côté d'ici », rue de Londres. Elle passait systématiquement à côté de la distribution pour aller prendre son train gare Saint-Lazare, qui la ramenait à Bois-Colombes, sur la ligne J du Transilien.

— Depuis, ma boîte a déménagé ses locaux un peu plus loin, dans le 18e, mais moi, je suis restée dans cette distrib-là. On prend des habitudes avec le temps, que ce soit avec les bénévoles ou avec les bénéficiaires. C'est mon rendez-vous du lundi soir !

Avec Stéphanie et Marco, qui nous a rejoints (sourire sans dents mais sourire plein), on détache les bols en plastique les uns des autres afin qu'ils puissent être remplis une fois la distribution lancée. Puis, je fais deux petits tas devant moi afin d'organiser, moi aussi, mon espace de travail. Un tas pour les cuillères et un tas pour les serviettes. Je suis prêt.

Chapitre 10

Défilé

Dans la file, une bousculade entraîne une clameur. Des « oh » et des « ah » éclatent dans le ciel. Les bruits des voitures qui circulent autour de la place ne suffisent pas à les camoufler, ils sont bien trop nombreux. Réactive, Amandine nous dit d'attendre trente secondes avant de lancer la distribution. Son visage est angulaire, ses cheveux coupés court, ses épaules hautes. Elle sourit peu et lorsqu'il est à l'arrêt, son visage ne dit pas « bienvenue », mais plutôt « attention à toi, mec ». Elle est, dans ces moments-là, d'une efficacité remarquable. En un bond, elle se retrouve au milieu de l'embrouille – car c'est bien de cela dont il s'agit, d'une embrouille. Elle n'est pas bien grande, mais compense les *a priori* par un charisme impressionnant.

— Il se passe quoi, ici ?
— Lui, là, il ne veut jamais faire la queue comme tout le monde, c'est un ouf. Le respect, faut que ça aille dans les deux sens, c'est pas possible ça !

Un type aux joues bouffies et à la bedaine ostentatoire s'est agacé. Son bonnet est érigé droit sur la tête et couvre une partie de ses cheveux, blancs comme l'est la barbe épaisse qui encadre son visage.

— Monsieur, pourquoi ne faites-vous pas la queue comme tout le monde ?

Amandine a pris le ton que prendrait une mère s'adressant à un enfant plutôt sage d'habitude, mais qui, ce soir, se montrerait dissipé. Ça fonctionne.

— Ah, il y a une queue… j'avais pas vu… vous êtes sûre ?
— Monsieur, vous rigolez ? Il doit y avoir quatre-vingts personnes qui attendent juste derrière vous. Vous vous doutez bien qu'ils attendent pour la même chose que vous, non ?
— Ces gens-là, ils attendent aussi pour la soupe ?
— Oui, monsieur, ils attendent aussi. S'il vous plaît, mettez-vous derrière tout le monde.

Ce type-là plane sévère, son état physique n'a échappé à personne. Le vent l'a conduit jusqu'ici, et peu importe que le reste du monde ait décidé de s'y déplacer également. Des cernes ont créé un véritable fossé sous ses yeux et dans sa bouche, qu'il garde constamment entrouverte, manque une bonne rangée de dents. Pour lui, ça ne va pas fort.

— Non, mais j'ai assez faim là, je préfère rester ici. Je vous jure, je vais aller vite, je prends une soupe et je m'en vais.
— Non, monsieur, désolée, mais ça ne se passe pas comme ça. On va vous donner une soupe et avec grand plaisir, mais avant, il va falloir patienter un tout petit peu derrière tous ces gens qui attendent, comme vous.

— Non, mais j'ai faim, je vous dis.
— J'ai entendu. Les autres aussi ont faim. Mais eux ont la courtoisie et le civisme d'attendre, alors il vous faut faire pareil.

Ahmed a compris, a fait oui de la tête, mais avec les yeux, il dit toujours non. Il a commencé à reculer, puis s'est arrêté, prêt à insister de nouveau et à réclamer, encore, de pouvoir passer devant tout le monde.

— Ahmed, comment vas-tu mon grand, qu'est-ce qui se passe ?

Patrick est venu prêter main-forte à Amandine, bientôt rejointe par Jean-Jacques. Ils viennent de terminer leur petit tour de la file. Ils ont serré la main, pas seulement des bénévoles, mais également d'une grande partie des bénéficiaires – ceux qui sont O.K. pour la leur serrer –, qu'ils appellent souvent par leur prénom. Ils ont aussi serré la main d'Ahmed et ce geste l'a rassuré.

— Ahmed, pourquoi tu ne veux pas faire la queue comme tout le monde ?
— Non, mais d'accord, je vais attendre un peu, mais il y aura de la soupe encore tout à l'heure ?
— Oui, bien sûr qu'il y en aura, ne t'en fais pas.

Ahmed finit, sans agressivité ni rien du tout, par se déplacer de l'autre côté de la file d'attente. Bombe désamorcée. Jean-Jacques l'a suivi, a continué à discuter avec lui, non plus de ce petit incident-là, mais de la pluie et du beau temps. Littéralement.

— Il commence à faire froid, hein, ça y est, ça va vraiment être l'hiver.
— Ouais, c'est vrai. Au moins il ne pleut pas, mais c'est vrai qu'il fait froid. Mais c'est un bon froid, pas un mauvais.

Ils sont désormais entre cent et cent cinquante à patienter. Les différents stands sont prêts, 20 heures est sur le point de sonner et devant moi, j'ai un tas de cuillères et un tas de serviettes. La voix d'Amandine a dit : « On y va. » Patrick et Jean-Jacques se sont positionnés en début de file, deux autres bénévoles ont commencé à circuler parmi les bénéficiaires. À 20 heures pile, la distribution peut commencer, et les gestes de la semaine passée se répéter. « Bonsoir, monsieur. Et bon appétit. »

Celui-là me dévisage, le regard patibulaire et les yeux sombres, et ne daigne pas répondre lorsque je lui souhaite un bon appétit. Celui-ci me sourit aussi largement qu'il le peut, me remercie chaleureusement avec des yeux grands ouverts. Celui-là encore paraît ne même pas m'avoir vu, comme si la cuillère et la serviette qu'il venait de recevoir avaient atterries dans ses mains par la grâce du Saint-Esprit. Lui m'arrache la cuillère comme s'il était venu récupérer un bien précieux que je lui aurais personnellement dérobé. Elle me snobe, fait comme si je n'étais qu'une idée, lointaine et inconséquente. Lui me sourit, sans rien dire d'autre que ce qu'il dit avec les yeux. Lui est dans la lune ou sur une planète lointaine, dans son propre cosmos, inattentif au monde qui s'agite autour de lui. Elle me lance un regard plein de charme, qui dit les habitudes que l'on ne perd jamais vraiment, même lorsque l'on ne se retrouve pas dans la position de celle qui pourrait se faire délicatement séductrice. Lui me lance des yeux pleins de bonté, reconnaissants et sincères. Lui encore n'a plus qu'un œil, il cache celui qui ne fonctionne plus comme le font les pirates dans la culture populaire. Certains ne disent rien lorsque d'autres aimeraient bien dire beaucoup, mais n'en ont pas l'occasion car les gens que nous accueillons aux plats chauds sont trop nombreux pour qu'on puisse prendre le temps de discuter avec eux. Elle fait patienter tout le monde en s'arrêtant au niveau de Stéphanie, qui sert la viande juste à côté de moi, en lui demandant de quel pays provient le bœuf que l'on sert ce soir-là.

— Je ne sais pas, madame, mais il est très bon, ne vous inquiétez pas !
— Il n'est pas empoisonné au moins, c'est sûr ? Il n'y a pas la vache folle là-dedans ?

L'empoisonnement ? C'est un vrai sujet ici. La première fois qu'on en entend parler, on fronce un peu les sourcils, on plisse un peu les lèvres, et on ne contrôle pas forcément les yeux qui disent « soyons sérieux deux minutes, s'il te plaît ». C'est *Hamlet*, c'est *Game of Thrones*. Pourtant, certains bénéficiaires, de l'empoisonnement, ils en ont vraiment peur. Quand on passe trop de temps dans la rue à bouffer de la terre, à se foutre de la merde sous les ongles et à chercher le semblant d'un regard dans les yeux des congénères, la paranoïa, ça vient vite.

— La semaine dernière, à Invalides, ils ont servi des yaourts aux fruits qui étaient périmés depuis un mois. Un mois ! Ça fait beaucoup.
— Mais enfin, madame, pourquoi est-ce qu'on chercherait à vous empoisonner ? ai-je répondu sans réfléchir.

Question stupide, et pas du tout consciente du contexte dans lequel elle intervient. Cette dame-là allait bloquer la file quelques instants encore, car elle avait décidé de me faire la leçon.

— Pourquoi ? Eh bien, parce qu'on gêne, je suppose. Nous les pauvres qui bouffons à tous les râteliers parce qu'on n'a pas de quoi bouffer, qui mendions un peu de pain aux bourgeois qui ne daignent même pas nous regarder, qui coûtons des impôts aux honnêtes citoyens qui considèrent déjà qu'ils en paient trop. Pourquoi on voudrait nous empoisonner ? Mais la charité chrétienne, c'était un autre temps, ça, c'est fini. On gêne, je vous dis ! Allez hop, les pauvres, on dégage, on les raie de la carte et on laisse les bancs disponibles pour les amours des bancs publics !

Je reste interdit quelques secondes. Le temps que Stéphanie me rassure, et que la dame se soit éloignée en continuant à me lancer, dans sa barbe cette fois, des reproches scandalisés.

— Laisse. Elle est un peu folle sur les bords. Elle pense toujours qu'on lui veut du mal. Elle a sûrement ses raisons, mais du coup, elle nous le fait un peu payer à chaque fois… Tu vas t'y habituer !

Derrière nous, deux passants, Smartphone à la main et écouteurs dans les oreilles, se sont faufilés entre les plats chauds, les cafés, les bénéficiaires. Ils n'ont pas eu le flair, pas franchi le trottoir, pas capté ce que l'on faisait ici. Ils se sont retrouvés au milieu de la distribution. Plein phare, boum. Circuler entre les épaves, jeter un œil mais pas les deux en même temps pour ne pas plonger ailleurs trop longtemps, tracer sa route. Une certaine forme de panique dans le regard : les précaires, les démunis, les sans-dents au teint blême, on les voit de loin et quand ils s'approchent de trop près dans le métro, dans le tram, dans les transports en commun, on enfile la cape d'invisibilité en espérant que cette fois-ci, elle fonctionnera correctement. Mais de si près… et si nombreux…

— Quand les passants déboulent ici, par hasard et par malchance, c'est toujours le même scénario, me dit Stéphanie.

Ils ne savent plus sur quel pied danser et dans quelle réalité ils se trouvent. Ils sourient bêtement – ou ne sourient plus du tout. Tanguy, le coresponsable du site avec Amandine – brun longiligne, sans barbe, chouette mec – est venu les chercher, leur a indiqué par où il était préférable de sortir, par où il était préférable de revenir, pour eux, de l'autre côté du miroir, celui où tout n'est pas toujours beau, mais où, au moins, il est chaque jour possible de changer de calbute.

Les cuillères, les serviettes. Rester concentré. Éviter les vagues. Rester simple. Observer, et tenir compte du contexte. Ne pas l'oublier.

— Bonjour, madame, et bon appétit à vous. Une cuillère et une serviette, voilà.

Qu'est-ce que je fous-là ? Rester simple.

Celui-ci a l'allure d'un sans-abri de très longue durée, avec pommettes écarlates et cheveux collés à la figure à force d'être encrassés par la saleté de l'asphalte. Celui-là porte, la colonne un peu voûtée mais le regard fier, un costume deux-pièces pas si mal taillé, témoin en coton synthétique, puisqu'il vient lui aussi chercher une soupe pour ce soir, d'un emploi pas suffisamment rémunéré pour pouvoir se fournir des denrées alimentaires suffisantes. Celui-là, encore, pourrait être un voisin de palier car les vêtements qu'il porte ressemblent aux miens. Seul son regard, qui fuit sans prendre le temps de se poser, trahit la situation dans laquelle il se trouve réellement. Le suivant me marque particulièrement car dans son dos est accroché un large sac étiqueté Uber Eats, symbole à deux roues (il a cadenassé son vélo de l'autre côté de la place) d'un système qui, à force de donner l'illusion de l'entrepreneuriat libéré de toutes contraintes, précarise à l'extrême ceux qui ont le tort de ne pas pédaler assez vite. Celle-là est vêtue d'étoffes déchirées en de multiples endroits ; un voile recouvre le haut de sa tête afin de cacher ses cheveux, mais ses yeux, eux, sont maquillés comme si elle devait se rendre à un gala particulièrement important. En fin de distribution, je serai surpris de la découvrir en train de s'étaler, le geste soigneusement appliqué comme un rituel souvent répété, du rouge sur les lèvres.

En un peu plus de vingt minutes, nous distribuons tous nos plats chauds. Le deuxième tour, où l'on doit distribuer baguettes et viennoiseries, est en train de s'organiser.

Aux dires de Stéphanie, qui en discute avec la bénévole chargée de la distribution des pâtes – elle s'appelle Hélène –, il y a cette semaine un peu moins de nourriture que la semaine passée.

— Tu crois qu'il va y en avoir assez pour tout le monde ?
— Je ne sais pas… ils sont combien cette semaine ? Cent soixante-dix ?
— La semaine dernière, ils étaient quasiment deux cents. Ça varie vraiment en fonction des lundis, c'est fou.

Je m'immisce dans la conversation, essaie de comprendre ce qui fait que les chiffres, d'une distribution à une autre, puissent varier à ce point.

— En général, le premier lundi du mois, il y a moins de monde car certains ont touché le RSA. Le dernier lundi du mois en revanche, ils sont beaucoup plus nombreux. Le peu d'argent qu'ils perçoivent a été dépensé, *ils n'ont d'autre choix que de venir ici.*
— Est-ce que ça concerne tous les bénéficiaires ?
— Non, pas du tout. La plupart, dans les faits, on les voit tous les lundis et toute la semaine, ils se déplacent sur les autres sites de distribution à République, Nation, Rosa Parks, Denfert…

Un type interrompt notre échange, se dirige directement vers Stéphanie, qu'il a l'air de bien connaître, snobant correctement les autres. Personne ne s'en offusque.

— Alors Stéphanie, tu vas bien ?
— Salut, Cyril !
— Tiens, tu me sers un peu de bœuf, s'il te plaît, j'viens d'arriver là, j'ai trouvé un petit travail pour faire la plonge dans une pizzeria, j'viens de sortir.
— C'est nouveau, non ? Tu ne faisais pas ça la semaine dernière ?
— J'ai commencé vendredi dernier. Ils me paient au black, mais c'est pas grave, ça fait de l'argent de poche ! Et surtout, je peux continuer à toucher les allocs, c'est pas plus mal. Dis, vous avez besoin de monde, là ? Je veux dire, côté bénévoles.
— Je ne sais pas. Tu as du temps en ce moment, si tu te remets à travailler dans un restaurant ? Dans tous les cas, il faut que tu voies avec Amandine et Tanguy.
— O.K., bon, je vais les voir. Allez, à plus, Stéphanie.

Stéphanie me lance un regard complice.

— Cyril est bénéficiaire. Mais dès qu'il trouve un petit boulot, il vient nous proposer son aide. C'est un peu perturbant car parfois, tu te retrouves avec lui à distribuer des yaourts et la fois d'après, c'est à lui que tu en distribues…
— Ils sont nombreux à vouloir faire ça ?
— Non, pas spécialement, mais ça arrive qu'un bénéficiaire nous dise qu'il aimerait bien devenir bénévole, pour, quelque part, rendre la monnaie de la pièce.

Quelques-uns en émettent la volonté, mais ne le font pas vraiment. Ils sont rares comme Cyril à franchir le pas. Il faut une sacrée force mentale pour passer d'un côté du miroir à l'autre.

— Et quand il est bénévole... ça se passe bien ?

— Oui, franchement. Parfois il est un peu spécial, mais tu ne peux pas passer trois ans à la rue et redevenir quelqu'un d'ultracommun comme ça, en un claquement de doigts. Mais il a pu retrouver un logement ces derniers mois, ce qui, comme tu l'imagines, facilite largement sa réinsertion.

Cyril, comme tous les autres, s'est positionné dans la file car le deuxième tour est sur le point de commencer. Comme la semaine passée, je suis aux viennoiseries et comme la semaine passée, je me retrouve à côté de Marco. Il paraît moins agité ou alors c'est que je me suis, déjà, habitué à sa manière très inhabituelle de parler, à ses mouvements contrariés, à sa faculté à faire les choses, avant tout, comme il a envie de les faire. Marco parle à certains bénéficiaires comme s'ils étaient des amis très proches, et à d'autres comme s'ils étaient des ennemis intimes. Aucune de ses réactions n'est rationnelle et de fait, il me perturbe beaucoup. Les années ont fait disparaître la plupart de ses dents et courbé sa colonne vertébrale, Balzac en aurait sans doute, s'il avait rompu le pain avec nous, fait l'un des personnages de sa *Comédie humaine*. Un personnage qui semble, décidément, m'avoir pris pour cible.

— Non, il ne faut pas toutoyer les bénéficiaires comme ça, il ne faut pas !

— Mais le mec, là, a vingt ans…
— C'est malpoli de toutoyer, c'est tout… ça peut vexer les gens !

Marco a raison. Je ravale ma fierté. Il me reste des viennoiseries à distribuer. Focus.

— Madame, pain au chocolat ou croissant ? Non, c'est l'un ou l'autre, pas les deux.
— Mais le monsieur, là-bas, en a eu deux, c'est Marco qui les lui a donnés !

C'est une histoire sans fin.

De nouveau, et alors que Marco prend (physiquement) le contrôle des opérations à ma place, je me sens absolument inutile, je suis sur le point de m'éloigner de la table, ne voulant pas gêner davantage. Je sens alors sa main se poser sur mon épaule.

— Sois patient, mon ami. Il faut être patient pour apprendre ces choses-là.

Nous avons distribué tout ce que nous avions à distribuer. Philippe m'aide à débarrasser ma table, la lave avec la rapidité de quelqu'un qui sait comment fonctionne ce genre de choses.

— Faut pas que ça brille, hein, c'est pas l'objectif, faut juste que ça ne soit pas trop sale. Voilà, ça suffit comme ça, on ne s'emmerde pas.

Nous portons la table à deux, puis le chauffeur la remonte dans le camion qu'il nous a aidés à décharger il y a moins de deux heures. Il est 21 h 15. Il décolle.

Décharger le camion. Emménager. Organiser l'espace le plus fonctionnel et le plus simple possible. Permettre une circulation à l'intérieur de cet espace pendant deux heures (parfois un peu plus), temps d'installation compris. Et puis tout refaire, mais en sens inverse. Déménager. Recharger le camion, en tentant de faire rentrer tout ce qui y était rangé, tréteaux, tables, conteneurs désormais vides. Entendre le chauffeur remettre le contact, allumer le moteur, puis les feux de signalisation. Et la semaine suivante, rembobiner. C'est leur ritournelle à eux. Ce n'est pas encore la mienne.

Chapitre 11

Sylvie

— Vous n'avez pas honte, jeune fille ? Tout va bien dans votre tête ?

Une dame – cheveux noirs comme son regard, petite taille, colonne bien droite, peau blanche, pas encore trop ridée – vient de hausser la voix, de prendre le ton du reproche accusateur et méchant. Sylvie n'est pas toujours très agréable avec les bénévoles, c'est un fait incontestable et connu. Mais ce soir, c'est encore autre chose. Le trop-plein, le verre qui déborde. Elle a planté ses yeux dans ceux d'une bénévole – Gabrielle, pas là depuis bien longtemps – qui avait respecté la consigne qu'on lui avait donnée, mais qui peinait à l'argumenter. Prendre une décision, dire « non, ce n'est pas possible », c'est une chose. Justifier cette décision, la maintenir, ne pas changer de cap, ne pas bouger d'un iota quand le corps tout entier aurait envie de lâcher sous la pression qui lui est imposée, voilà qui n'est pas évident. Et c'est un euphémisme. Le respect des consignes, que ce soit côté bénévoles ou personnes accueillies, est essentiel dans ces distributions. Il faut une ligne directrice claire et précise pour que tout le monde s'y retrouve, et une logique collective dont il faut le moins souvent s'éloigner. Entre bénévoles, c'est comme entre deux parents : il faut se contredire le moins souvent possible pour pouvoir rester encore un peu crédible aux yeux de ceux qui ont tendance à vous prendre au mot.

— Oui, mais votre collègue m'a dit que…

C'est foutu. C'est que le sentiment de la grande injustice, chez une personne qui ne possède plus grand-chose, naît encore plus rapidement que chez une personne qui possède beaucoup. Et surtout, il n'a pas les mêmes conséquences.

L'ego blessé, la faille ouverte. Dans ses yeux, du magma. Sylvie s'est fait Gabrielle, trop tendre et inoffensive, qui a osé dire « non ». « Petite pute sans morale », c'est pas sympa, et même si aucun des reproches qui sont lancés dans ces moments-là ne sont pas spécialement ciblés, ils blessent.

— Amandine, remplace-moi, s'il te plaît, parce que je risquerais, moi aussi, de l'insulter, a dit Gabrielle qui n'a pas bronché sur le coup, mais qui aurait pu finir par le faire.

Alors place à la cheffe en personne. Sylvie a placé Amandine sur le peloton d'exécution, lui a bandé les yeux. Présentez, armes. Amandine n'en est pas à sa première gestion d'embrouille aux Restos du Cœur. Elle fait front, mais ce soir, le regard de Sylvie est empli d'une colère qui mute en quelques secondes en début de haine. On lui a refusé un yaourt à la fraise sous prétexte que pour tout le monde, c'est un yaourt, et pas plus. Pour elle, c'est l'humiliation de trop. Cette fois, ça ne passe pas.

— Vendredi déjà, ils ne m'ont donné qu'un seul yaourt. Comment je fais pour me nourrir avec ça ? Vous voulez nous laisser crever ? Vous venez ici pour nous narguer ? Faire comme si vous aviez de la nourriture à nous donner alors qu'en fait, vous n'avez rien ? Vous êtes une sadique, ça vous fait plaisir de nous voir insister pour avoir un yaourt de plus ? La semaine dernière, les yaourts étaient périmés à Denfert, et là il n'y en a plus qu'un par personne ? Vous pensez qu'on ne voit pas clair dans votre jeu ? On est pauvres, pas stupides ! On sait bien qu'on gêne, on sait bien qu'on veut nous éliminer ! Les pauvres gâchent la vue des riches, on sait ! Déjà ils veulent nous faire dégager de la place de Budapest parce que le restaurant veut ouvrir sa terrasse. Sauf qu'avec des pauvres qui puent juste à côté, c'est moins vendeur, c'est sûr. Les murs ont des oreilles et les pauvres aussi, figurez-vous. Ne prenez pas vos grands airs avec moi, ça ne fonctionne pas. Avant, j'avais un travail, mademoiselle, qu'est-ce que vous croyez ? J'ai payé des impôts toute ma vie et maintenant, ce que l'on me donne, ça ne me suffit pas. Et qui est-ce qui le récupère, l'argent que j'ai donné toute la vie à l'État ? Hein, dites-moi ? C'est vous, qui profitez de mon argent ? Vous qui me refusez un yaourt ? Vous qui n'avez tellement pas de problèmes dans votre vie que vous venez regarder comment ça sonne à l'oreille, un problème ? Vous qui êtes tellement parfaite que vous venez afficher cette perfection devant les gens qui sont dans le besoin ? Mais on s'en fout de vous, ça ne nous intéresse pas ! Vous êtes contente avec votre belle action, vous êtes contente de venir rappeler aux pauvres comment ça fait d'être riche ? Donne-moi un yaourt, connasse, où je t'éclate ta petite gueule par terre !

Amandine a encaissé. Elle a pris un coup, plusieurs même, mais a décidé de ne pas les rendre. Elle répond, toutefois, avec un panache qui me marquera longtemps.

— Madame, vous savez très bien comment tout ça fonctionne. Il y a des règles et ce sont les mêmes pour tout le monde. On donne un yaourt par personne, pas un de plus, pas un de moins. Ensuite, s'il en reste en fin de distribution, vous pouvez venir en prendre un de plus, et même d'autres s'il en reste vraiment beaucoup. Là, la distribution a commencé il y a trente minutes, et des personnes peuvent encore venir réclamer de la nourriture pendant une très grosse demi-heure. Vous êtes là tous les lundis et ailleurs les autres jours de la semaine d'après ce que vous me dites, ne faites pas comme si vous découvriez tout ça. Pour le reste, je préfère ne pas vous répondre. Sachez juste que non seulement je paie mes impôts, mais je donne aussi de mon temps. S'il s'agissait de vous narguer, je trouverais sans doute des manières plus inventives, et ne me contenterais pas d'un yaourt à la fraise. Maintenant, s'il vous plaît, avancez, il y a d'autres gens derrière qui attendent leur tour, et qui voudraient bien, eux aussi, un yaourt.

— Pauvre conne.

Sylvie a murmuré. Tout le monde, néanmoins, a entendu. Amandine aussi.

Aussi solide soit-elle, Amandine reste quelques instants sonnée. Patrick, Stéphanie, puis Jean-Jacques sont venus prendre de ses nouvelles, voir si le « pauvre conne » n'était pas trop mal reçu. Pour Amandine, ça va. Les insultes, elle connaît, ce n'est pas ce qui arrive le plus souvent. Mais ça arrive.

— Elle est un peu à cran, Sylvie, en ce moment. Elle n'est pas la seule d'ailleurs.

Chapitre 12

Le Saint-Esprit

Ces dernières semaines, Sylvie est sous tension. Tout le monde, à Saint-Lazare, l'est en réalité un peu. Il y a cette rumeur qui circule dans les rangs des personnes accueillies, qui relate ces plaintes qui auraient été émises par le voisinage à propos des distributions du lundi, mercredi et vendredi soir, et qui dit en sourdine qu'il va falloir le déménager, le site. Déménager, ou même carrément fermer ? On parle aussi d'un restaurant qui voudrait agrandir sa terrasse aux dépens de notre espace, de travaux qui rendraient indisponibles la place de Budapest, bref, de contre-temps logistiques à venir. Pour nos bénéficiaires, c'est le sentiment de ne plus être les bienvenus, ici à Saint-Lazare, qui domine.

— Ça fait un an qu'on en parle, de ce déménagement de site, tempère Philippe.
— Mais rien ne bouge. On a une autorisation de la municipalité pour faire nos distributions ici, il va falloir qu'ils soient costauds pour nous dégager.
— Et qu'est-ce qu'ils reprochent aux Restos, exactement ?
— Ce qu'ils nous reprochent ? Eh bien, d'occasionner, trois soirs par semaine, un rassemblement de deux cents personnes qui ne font pas partie des deux cents personnalités préférées des Français, si tu vois ce que

je veux dire… Ah ça, tout le monde se souvient de Coluche et le bonhomme, il n'y en a pas beaucoup qui auraient quoi que ce soit à redire dessus. Sacré mec, Coluche. Ouais, on sait. Tu vois, je ne sais pas comment les gens fonctionnent dans leur tête, mais ils s'imaginent peut-être que lutter contre les problèmes de pauvreté, ça se fait sans inclure les pauvres dans la balance. Tout le monde aime les Restos du Cœur, mais personne n'aime voir un pauvre en bas de chez soi, qui dort sur un matelas avec une odeur d'alcool frelaté dans la tronche. Comment est-ce qu'on fait, du coup ? Tu vois le mec qui tient son resto là-bas, à l'intersection de la rue de Londres et de la rue d'Amsterdam, c'est lui qui voudrait bien établir son petit commerce en plein air, avec une jolie terrasse qui déborderait sur la place, des chaises, des parasols et des tables en plastique sponsorisées par Coca-Cola. Je doute que ce soit un mauvais bougre, le mec, il doit être comme tout le monde, si on lui laissait la possibilité d'éradiquer la faim dans le monde, je me doute bien qu'il n'aurait rien contre. Mais concrètement, il préférerait que ce combat-là ne se fasse pas aux dépens du développement de la terrasse de son restaurant, voilà tout.

Philippe a l'âme qui penche (qui bascule même) à gauche de la gauche, versant « je ne me laisse pas faire et je vous emmerde ». J'apprends ce jour-là qu'il travaille à temps partiel dans le syndicat d'une très grosse boîte « pas toujours très réglo avec ses salariés ». Pourquoi un temps partiel, et pas un plein-temps ? « Parce que si tu passes tes années actives à être trop occupé pour pouvoir regarder arriver ta retraite, tu peux être certain qu'elle finira par te prendre par surprise, en traître. Moi, la retraite, je la vois venir de loin, je saurai la forme qui est la sienne quand elle se présentera devant moi. »

J'ai le droit à ce clin d'œil dont Philippe est décidément coutumier. Notre conversation aurait dû s'orienter, puisqu'il a lui-même mis le sujet sur la table, vers le moment de sa retraite. Mais Frédéric fait irruption à ce moment-là. Il se tient à quelques mètres en nous observant, souhaite certainement prendre part à notre conversation sans oser demander la permission de rentrer à l'intérieur du petit cercle que nous avons formé. Nous lui ouvrons.

— Est-ce qu'on peut t'aider, Frédéric ?

Philippe a fait pivoter son corps vers Frédéric afin de signifier : « Je suis attentif. » La cinquantaine, les yeux clairs, le sourire toujours au coin des lèvres et prêt à se déployer à la moindre occasion, Frédéric pèse bien ses mots avant de les prononcer. On voit qu'il a besoin de se concentrer pour le faire. Il regarde Philippe, puis il me regarde moi, il prend sa respiration comme s'il allait se lancer, pendant deux heures, dans un concerto en solo.

— Est-ce qu'il reste encore à manger ?

Il tient dans sa main droite un sac de courses duquel on voit dépasser des fruits, des yaourts, une salade et un sandwich qu'il a récupérés un peu plus tôt. Je me souviens, effectivement, l'avoir croisé à mon stand.

— À ce que je vois, tu as déjà récupéré pas mal de choses, non ?
— Oui… pourquoi ?
— Eh bien, parce que le peu de nourriture qu'il reste est réservé aux retardataires. Il y a toujours des gens qui arrivent au dernier moment, il faut absolument qu'ils trouvent quelque chose en cas d'urgence.

Philippe a pris le ton d'un enseignant désolé de donner une mauvaise note à l'un de ses élèves.

— C'est pas grave, tant pis, a dit Frédéric, déjà passé à autre chose. C'était au cas où. Mais surtout, je voulais vous demander… est-ce que vous croyez en Dieu ?

Philippe lâche un grand sourire franc et sincère, jette un regard dans ma direction, me fait un nouveau clin d'œil. Il lui répond n'avoir rien de spécial contre Dieu, mais que ce n'est pas nécessairement à lui qu'il pense le soir en s'endormant. Frédéric se concentre à nouveau pour relancer Philippe. Il semble aimer interagir avec les autres, mais avoir du mal, concrètement, à le faire.

— Mais vous ne m'avez pas répondu… est-ce que vous croyez en Dieu ?

Toujours ce même air, statique et sincère. Le fait qu'il nous interroge sur la question de la croyance en une divinité supérieure oriente nécessairement mon jugement, puisque c'est aussi le contexte qui dicte la manière dont on perçoit le monde et les acteurs qui le façonnent : je lui trouve soudain le visage d'un illuminé.

— Frédéric, tu sais, les Restos du Cœur, c'est une association areligieuse et apolitique, ça veut dire qu'on ne doit pas donner notre opinion sur des questions comme la religion ou la politique. Tu penses ce que tu veux, il n'y a aucun problème, mais moi, je ne dois pas t'imposer mes idées.

Philippe a pris une mine plus sérieuse, mais pas Frédéric qui reformule sans le dire, par le biais de ce sourire statufié et par son mutisme, cette question à laquelle nous n'avons pas encore vraiment répondu.

— Mais puisque c'est toi, Frédéric, et que l'on se connaît bien, je vais te le dire quand même : je ne crois pas en Dieu, mais j'aime son fils. Jésus était le premier des marxistes : il n'y aurait pas eu de *Capital* sans le Nouveau Testament !

Frédéric a de nouveau manifesté une concentration importante et a dit à Philippe et à moi-même – je n'ai pas dit un mot, mais suis inclus dans son regard, et donc dans ses considérations – qu'il l'avait toujours su. « Su » quoi ?

— Vous ne pouvez pas faire ce que vous faites sans croire en Lui, sans croire en sa grandeur et en sa bonté. Dieu est miséricorde, aimer Jésus c'est aimer Dieu puisque les deux ne font qu'un. Puissent le Père, le Fils et le Saint-Esprit vous bénir.

Frédéric s'en est allé sur ces mots, l'air plus rayonnant encore que celui qu'il arborait au début de notre conversation.

— Frédéric est un type étrange, me dit Philippe. On a déjà eu cette conversation sur Dieu, le Saint-Esprit et tous ces trucs-là, à plusieurs reprises. C'est quelque chose qu'il demande souvent aux bénévoles, s'ils croient ou non en Dieu. Je crois qu'il a besoin qu'on le rassure.

Il se gratte la tête comme s'il cherchait une explication vraiment rationnelle à ce qu'il venait de me dire. J'y vais de ma petite interprétation personnelle :

— Peut-être que c'est aussi une manière pour lui de vous dire merci ? D'essayer, comme il vient de le faire, de vous évangéliser, et donc, quelque part, de vous permettre de trouver la voie qui est la bonne, selon sa vision du monde à lui ?

Philippe a réfléchi quelques secondes avant de faire cligner son œil.

— T'as peut-être raison… ou peut-être que tu te plantes ! Allez, on va aider les autres à ranger les dernières tables au lieu de chercher à trouver un sens aux paroles de ce brave Frédéric qui n'est pas réputé, entre nous, pour la qualité de sa bibliographie… si tu vois ce que je veux dire !

Autour de nous, la place s'est vidée. Il est 21 heures passées de quelques minutes, le camion vient, à son tour, de quitter une place sur laquelle ne résonnent plus que les rires amicaux de vagabonds qui ne se sentent manifestement pas trop mal ici. Ils se mêlent à ceux de bénévoles dont la bonne humeur, après plus d'une heure passée à se confronter aux mille visages de la misère sociale (cent quatre-vingt-douze, ce soir, pour être précis, et selon les décomptes du nombre de repas distribués), prouve bien que l'associatif humanitaire n'est pas qu'une affaire de formules de politesse pesantes et toutes faites adressées à moins bien lotis que vous.

Amandine prend la parole, annonce aussi fort que possible le mot « DÉBRIEF ». Sa voix s'étend sur toute la place, est relayée par Patrick, puis par Jean-Jacques. Amandine réclame, avec cette autorité que l'on ne conteste pas puisqu'il s'agit d'une autorité naturelle, quelques dernières minutes d'attention avant de « libérer » tout le monde. Un cercle d'une vingtaine de bénévoles se forme autour d'elle, qui débute son petit speech de fin de distrib.

— Près de deux cents personnes accueillies, vingt-deux bénévoles, bravo, beau boulot, comme toujours. (Petits applaudissements.) J'ai bien noté que la soupe était trop salée, je vais faire remonter. Espérons qu'ils ne remplacent pas, la semaine prochaine, le « trop de sel » par un « trop de poivre »... (Petits rires.) Pas assez de desserts, oui, c'est vrai, il n'y en a jamais assez, mais essayez la semaine prochaine de ne pas trop distribuer tout de suite aux mêmes personnes. On a eu ce soir deux messieurs qui sont arrivés trop en retard, on n'a rien pu leur offrir du tout. Quand, à côté de ça, vous avez des personnes qui sont passées quatre fois aux plats chauds, ça la fout mal. (Silences gênés.) Il faut vraiment que l'on pense ensemble à prévoir plus de réserves. Stand social, ça a été ?

— Impeccable, pour nous.

C'est Hugo qui a pris la parole.

— À part ce monsieur qui redemande chaque semaine un duvet… On lui a refusé ce soir parce qu'il en avait déjà récupéré deux ce mois-ci. Mais il ne l'a pas bien pris : il a beaucoup râlé, mais comme d'habitude, on ne comprenait pas ce qu'il disait. On a été obligés de lui offrir un gilet en guise de compensation car il s'est ensuite mis à se frapper la tête contre le camion jusqu'à ce qu'on vienne le voir… (Murmures peinés.) Bon, mais franchement, à part ça, rien à signaler, impeccable ! (Rires soulagés que l'atmosphère se soit détendue.)

— Oui, celui-là, il faut y faire bien attention. Il ne fera jamais de mal à une mouche sauf si cette mouche, c'est lui. Et là, c'est vrai qu'il peut avoir tendance à y aller fort… Autre chose ? Le café ? Oui, on a encore signalé la semaine dernière qu'on avait absolument besoin de plus de thé, d'autant qu'avec le nombre de cafés que s'avalent certains, je ne sais vraiment pas comment on évite chaque lundi les crises de tachycardie… (Rires pas trop assumés.) Bon, si vous n'avez rien d'autre à faire remonter, je voulais juste remercier les nouveaux qui nous ont rejoints les dernières semaines (applaudissements sympas), et je vous dis à tous à lundi prochain, 19 h 30 !

Chapitre 13

Hara-kiri

Ce sont les gueules, d'abord, que j'ai retenues. Celles des bénévoles, bien sûr. Facile : ils baignent dans la même eau que celle dans laquelle je baigne moi-même. Il n'est pas compliqué de se souvenir qu'untel travaille dans une galerie d'art contemporain, que celui-ci est coiffeur pour des personnalités qui en ont les moyens, que celle-là travaille dans une boîte d'événementiel et passe, de temps à autre, quelques disques branchés devant un public qui l'est tout autant. La même eau. Facile.

Je grave dans ma mémoire, non pas encore les prénoms, mais les visages des personnes que l'on accueille le lundi, durablement marqués et intenses comme ceux que photographie Lee Jeffries*. Ce n'est pas une légende : la rue les déforme vraiment, les visages. Les rides paraissent plus épaisses, les joues plus creusées, les paupières plus lourdes. Des gueules, plus des visages. Ce n'est plus la même chose : l'une a violemment récupéré en chemin ce qu'avait négligemment semé l'autre.

Le premier à m'avoir vraiment marqué, et ce dès mes toutes premières venues aux Restos, est sans doute cet

---

*Un photographe britannique spécialisé en portraits de personnes ayant connu les affres de la vie dans la rue.

homme à l'allure d'empereur japonais, qui vous regarde comme s'il allait vous planter un katana Hattori Hanzō dans le bide, et en faire gicler du sang comme dans *Kill Bill*, lorsqu'il ne laisse pas planer son regard à mille lieues d'ici, très loin dans le cosmos, obnubilé par une forme, une pensée ou une ombre que lui seul peut voir. Sur sa tête, il porte toujours, artifice inédit, une couronne qui ressemble à celle que le Christ portait le jour de la Passion et de la Crucifixion. Il ne prononce que quelques mots toujours monosyllabiques et encore, s'il peut se satisfaire d'un mouvement de tête, c'est mieux. Je ne suis pas persuadé qu'il parle français, ou même qu'il le comprenne. Le plus souvent, il nous indique ce qu'il veut avec le doigt tendu vers l'objet de son désir. Il toise l'autre comme le ferait un prince, mais a des manières, lorsqu'il ingurgite goulûment ce que l'on vient de lui servir, d'un mendiant moyenâgeux. Avec ses mains, il se saisit souvent des pâtes, du riz ou des haricots, et les porte à sa bouche sans même prendre la peine de faire disparaître les restes qui demeurent coincés dans sa barbe ou aux commissures de ses lèvres. Il réclame son poulet dans un bol de café et si l'idée même du mélange me dégoûte au plus haut point, c'est la sienne, singulière et indifférente à ce que peut en penser le reste du régiment. Dans son empire, il règne en maître incontesté puisque lui seul y vit.

Je l'ai croisé une fois dans le quartier, rue de Clichy. Il était assis par terre, les jambes en tailleur et les yeux fermés, plongé dans une méditation intense que même les bruits des voitures ne parvenaient pas à venir déranger. Il était chez lui. Et ne donnait pas l'impression de s'y sentir trop mal.

Chapitre 14

Ritournelle

J'ai mis quelques mois avant de trouver mon rythme aux Restos du Cœur, quelques mois pour comprendre que j'avais envie de m'investir, de « m'engager » comme on dit dans le jargon associatif, pas seulement de manière ponctuelle et éphémère, mais plus durablement. Je calais d'abord mes venues sur les absences de Yasmine puisque j'étais devenu, dans les faits, son remplaçant officiel au sein de la distribution du lundi soir à Saint-Lazare. Quand son travail l'empêchait de venir et quand le mien le permettait, c'est moi qui débarquais à sa place, c'était désormais acquis dans la tête de tout le monde. Je venais aux Restos une fois par mois, puis une fois toutes les trois semaines, bientôt un lundi sur deux. Plus je venais et plus je me sentais utile, plus je me sentais concerné par les problématiques de l'association, et par celles de ces gens dont je commençais à connaître les visages, les humeurs, les histoires, les silences.

Sa première fois aux Restos ? Tout le monde l'a en tête. On plonge dans une grotte sans lumière et sans diplôme de spéléologie en poche, on met les pieds là où personne n'a franchement envie de les mettre, on patauge. On boit la tasse, on remonte.

Mais la plupart des personnes, comme me l'a effectivement précisé Amandine lors de mes premières distributions, ne viennent le plus souvent qu'une, deux, trois fois avant de retourner, comme si de rien n'était, à la vie normale. Ce n'est pas que l'expérience ait été mauvaise. Ce n'est pas ça.

C'est comme les histoires de cœur, ces trucs-là, ça ne s'explique pas. Certains peuvent rester dix ans avec une fille et tourner ensuite la page en moins de dix jours, de la même manière qu'il suffit parfois d'effleurer ses lèvres, juste un instant, le temps que le poison s'infiltre, pour que son souvenir vous poursuive des années durant.

C'est comme chez le psy, chacun son rythme, la taille des fissures diverge en fonction du cerveau dans lequel elles se sont formées. Certains prennent un rendez-vous une fois, papotent une heure et pleurent un bon coup, s'entendent dire qu'ils ne sont pas responsables des fautes de leurs parents, que la peur de la mort est une peur universelle, et que vieillir sereinement, c'est accepter de sélectionner des options qui en enterrent d'autres, et la machine est réparée, pas besoin d'aller plus loin. Et chez d'autres, dix ans de psychanalyse ne sont pas suffisants. Il reste toujours un souvenir à faire remonter à la surface, à explorer, un souvenir qu'on met en relation avec d'autres, qui en déterre de nouveaux, qui huile encore et toujours le grand mécanisme de la psyché humaine. Aux Restos, voilà, c'est pareil. Certains viennent une fois. Ils ont fait le tour. Sont parvenus à leurs conclusions. Ont compris l'essentiel. À la prochaine !

J'ai commencé à percevoir la place que prenait cette activité dans mon quotidien, et dans celui du couple que nous formons avec Yasmine, à partir du moment où les personnes que nous accueillons le lundi n'étaient plus simplement là pour servir d'illustration à un propos plus général – « c'est fou de se dire que beaucoup de ces gens ont un emploi et même souvent un logement, je ne me serais jamais imaginé ça » –, mais intervenaient dans nos discussions comme serait intervenue n'importe laquelle de nos connaissances communes.

— Loïc te passe le bonjour. Il a écouté Mayra Andrade. Il ne trouve pas ça aussi intense que Cesária Évora – il a précisé que c'était de toute manière impossible d'être plus intense que Cesária Évora. Mais il a avoué qu'elle avait une sacrée belle voix. Il a promis qu'il réécouterait plus attentivement lorsqu'il aura le temps.
— Et Hervé était là ?
— Oui, mais je crois qu'il n'était pas spécialement de bonne humeur. On ne s'est pas parlé très longtemps, il avait l'air ailleurs. En revanche, j'ai beaucoup discuté avec Cédric. Il est gentil, Cédric, on a envie de le prendre dans ses bras pour lui dire que ça va aller, que tout va s'arranger. Il n'arrive pas trop à sourire, mais on sent qu'il a envie de le faire. Mais là où tu as raison, c'est que c'est incroyable la tristesse qui peut se dégager de ce monsieur. Elle te fait boire la tasse et elle finit par t'engloutir tout entier, sa tristesse…

Au bout d'un an, je ne pouvais plus imaginer caler quoi que ce soit d'autre le lundi soir. C'était un soir balisé pour cette activité-là, comme d'autres le font pour leur rendez-vous hebdomadaire à la salle de sport, au théâtre, au cinéma. Certains de mes proches – ceux à qui je n'avais pas cru bon de parler du bénévolat que j'avais commencé à faire, en tout cas – m'avaient d'abord cru pris d'une passion soudaine pour la gastronomie et les adresses branchées parisiennes, moi qui avais toujours été globalement sommaire dans mon alimentation et qui n'étais pas franchement le genre à courir les derniers restaurants à la mode. Je disais que je ne pouvais pas ce lundi car le lundi, maintenant, pour moi, « c'était le soir des Restos ». Et j'oubliais, consciemment ou pas, de préciser de quel type de restos il s'agissait… Place de Budapest, 19 h 30-21 h 30 : à moi aussi, c'était devenu mon rendez-vous du lundi.

Deuxième partie

Chapitre 15

Rue Biot

Un soir à Saint-Lazare, j'entends parler par Tanguy du réseau Entourage*, qui permet à des particuliers (« des voisins », comme eux le formulent) de venir en aide à des personnes dans le besoin et *résidant* dans le quartier. C'est l'idée du circuit court, mais dans une optique humanitaire. Il y a une application à télécharger. Jean-Yves a besoin d'une couverture. Il se trouve actuellement sur la place Jacques Froment, dans le 18e.

« J'ai une couverture à offrir, j'habite rue Joseph-de-Maistre, juste à côté de la place Jacques-Froment. Ça tombe bien. » Ça fonctionne comme ça.

Tanguy a essayé, il a jugé le processus « efficace, intelligent, humain ». Il trouve ça « fou que personne n'ait pensé à lancer ça avant ». Il me convainc de me renseigner.

Il me recommande de contacter Claire, qu'il connaît de loin. Elle gère une partie de la communication de l'association. Paris est tout petit, la mise en relation est facile. On échange quelques messages sur Twitter, je passe un soir dans les locaux d'Entourage. Je lui fais part de mon

*Les Restos du Cœur, précisons-le, ne sont pas liés au réseau Entourage.

intérêt pour la question, si épineuse, des gens de la rue. Je lui dis vouloir trouver une manière de témoigner des histoires que j'entends, du drame social indicible auquel nous assistons chaque jour. Je lui parle de ce que nous faisons aux Restos. Claire a mon âge – la trentaine –, genre bourgeois bohème un peu arty, sensible à la même cause que la mienne. Le courant passe bien.

Elle me convie aux apéros que l'association organise une fois par mois, dans un café du 17e arrondissement, rue Biot, une rue qui débouche sur la place de Clichy. Je m'y rends un soir, aux alentours de 18 h 30, sans savoir vraiment ce que je viens y chercher.

Nous sommes en juin, la terrasse du petit bar de la rue Biot est remplie comme le sont la plupart des terrasses de la capitale à cette heure-là. Les gens sont en tee-shirt, ont ressorti leurs lunettes de soleil, certains ont même osé le port du short qui remonte jusqu'aux cuisses.

La terrasse est remplie, mais c'est à l'intérieur du bar, au premier étage, que j'ai rendez-vous. Le réseau Entourage en réserve l'espace un soir par mois afin d'y organiser une soirée très privée – l'*event* circule sur Facebook, c'est comme ça qu'il se diffuse –, dont l'objectif, tout simple, a de quoi séduire : permettre à deux communautés très distinctes, celle des gens de la rue et celle des gens qui n'ont pas eu à passer par cette étape-là, de se rencontrer. Ceux qui ont les moyens sont invités à régler d'avance, au bar, les consommations que d'autres boiront à leur place. Je paierai ce soir-là cinq bières, mais n'en boirai que deux.

À l'étage, la soirée a débuté comme n'importe quelle soirée. Ceux qui se connaissent parlent entre eux et plus fort que les autres, ceux qui ne se connaissent pas encore restent figés dans un silence gêné.

Il y a surtout, au premier étage du petit bar de la rue Biot, des « gens de la rue » et des gens de l'association. Un curieux, aussi – nous sommes deux ! – , est venu voir comment les soirées se déroulent. Il ne parle pour le moment à personne, mais sa présence n'est pas désagréable pour autant. J'espère qu'il en est de même pour la mienne, car je dois reconnaître que, les premières minutes, je ne suis pas spécialement à mon aise au sein de ce petit rassemblement dans lequel je ne connais personne et où, ce n'est pas une nouveauté, tout le monde m'impressionne. Rebelote.

J'inscris un sourire automatique sur mon visage, joue au mec faussement à l'aise, la pinte lapée du bout des lèvres pour ne pas avoir besoin, trop vite, d'aller en chercher une seconde. Ici, c'est un peu *Le Cercle des poètes disparus*, mais où les poèmes se liraient sur les visages, et non pas sur les lèvres.

Et puis Claire prend la parole. Plutôt que de se lancer dans un grand discours sur les raisons d'un tel événement, elle indique que tout le monde est invité… à jouer à un jeu. Non pas un jeu à boire – l'idée serait sans doute mal venue –, mais un jeu au cours duquel chacun doit inscrire le nom du pays qu'il souhaiterait visiter.

Le jeu divertit énormément le petit auditoire. Sur mon front, j'ai collé le mot Liban, car je souhaiterais visiter le Liban. J'ai hésité entre Cuba, l'Inde, la République démocratique du Congo et l'île de Sainte-Hélène. Australie, Sénégal, Mexique, États-Unis, Égypte, Italie, Portugal, Japon, Madagascar, Bora-Bora… Le tour de table est un tour du monde, chacun y va de la petite anecdote qui fait qu'il a choisi ce pays-là, et pas un autre.

— Je suis un passionné de chevaux, alors naturellement, j'aimerais visiter la Mongolie ! J'aimerais chevaucher dans les steppes désertes et inhabitées jusqu'au petit matin, et m'arrêter juste le temps que mon cheval se repose. Voilà le voyage que j'aimerais faire, un jour, quand tout ira mieux.

L'un de ceux qui, depuis le début, se montre moins réceptif aux rêves de voyages des autres – sur son front, il a collé le nom de l'Amazonie, mais ne souhaite pas développer plus que ça –, a alors indiqué, à tout le monde et à personne, qu'il reprendrait bien une bière. Je saute sur l'occasion en lui indiquant que j'en reprendrais bien une aussi, et que la sienne est pour moi. Il s'appelle Xavier. Il veut visiter l'Amazonie et a été, pendant de longs mois, à la rue.

— Comment ça se fait que tu t'intéresses à des gens comme nous ?

Nous avons trinqué et nous nous sommes, comme le veut l'usage, accoudés au comptoir. Ma bière mousse plus que ce qu'elle devrait, je fais celui qui ne comprend pas tout à fait le sens de la question qu'il vient de me poser.

— Des gens comme vous ?

Il se met à rire.

— Allez, c'est bon, on peut se parler franchement. Qu'est-ce qui t'intéresse chez des gens qui sont, ou qui ont été, à la rue ?

Avant que je parvienne à intellectualiser une réponse un peu sensée – je n'en ai, en réalité, toujours pas vraiment trouvé –, il embraye.

— T'inquiète pas, je ne veux pas te piéger, ça change un peu qu'on s'intéresse à moi… c'est pas comme si ça avait toujours été le cas.

Xavier vient d'ouvrir une porte. Il n'a pas fallu y frapper longtemps. J'entre, doucement.

— Tu l'as eue souvent, cette impression qu'on ne s'intéressait pas à toi ?

J'ai enfilé mon costume de psy de comptoir. Je ne peux pas m'en empêcher.

— Oui… et non.

Xavier a d'abord pris l'option réponse lapidaire. Puis, il s'est lancé. En cinquième sur l'autoroute, pied gauche relevé, une seule main sur le volant, détente.

— J'ai été à la rue pendant un an et demi. De toi à moi, ma situation était dure, c'est vrai. Mais pas autant qu'elle peut l'être pour certaines personnes qui, elles, galèrent vraiment. J'ai testé, un peu comme beaucoup de gens dans ma situation, le centre d'hébergement d'urgence de Nanterre*. Et quelques autres. Mais ces endroits-là ne me convenaient pas tellement. J'étais encore en forme, en bonne santé, quand je dormais là-bas, j'avais systématiquement l'impression de prendre la place de quelqu'un. C'est moi qui ai pris la décision de quitter ma femme, c'est moi qui ai déconné en abandonnant un peu vite mon boulot, il fallait que j'assume mes erreurs. J'avais besoin, moralement, de me refaire. J'ai rapidement trouvé un espace à côté de République, rue du Temple. Je préférais être dans la rue mais seul, avec un lieu à moi, plutôt que dans des centres d'accueil avec d'autres mecs. Je suis un solitaire, j'ai besoin d'espace… Tu me diras, pendant dix-huit mois, j'ai été servi à ce niveau-là ! J'ai récupéré un vieux matelas, l'ai calé dans un renfoncement qui était – c'est pour ça que je m'étais mis là – protégé par un petit toit. Je dormais dehors, mais quand il pleuvait, j'étais protégé, je ne me retrouvais pas entièrement mouillé comme c'est le cas pour certains copains. J'avais de la chance. Les gens du quartier se sont rapidement habitués à moi. J'aime la solitude, mais je suis loin d'être sauvage. Je parle avec tout le monde, je me fais des copains

*Avec ses deux cent dix-sept places disponibles (hors plan hivernal), le Centre d'hébergement et d'assistance aux personnes sans-abri (Chapsa) de Nanterre propose « un hébergement d'urgence pour une nuit aux personnes exclusivement orientées par la Brigade d'assistance aux personnes sans-abri (Bapsa) de la Préfecture de police, par la Régie autonome des transports parisiens (RATP) ainsi que par le Service intégré d'accueil et d'orientation (SIAO) Urgence/115 ».

partout ! Ça aide d'être comme ça, c'est certain. J'essaie de rester positif, les gens apprécient. Si j'avais tout le temps fait la gueule à cette époque, possible que les gens auraient été moins sympas avec moi... L'avantage de ce genre de quartier – le 3e arrondissement de Paris, ça va, il y a pire ! –, c'est que les gens ont plutôt des sensibilités de gauche, mais ont des modes de vie de droite, car pour habiter ici, il faut quand même avoir un bon compte épargne. Tout bénef : ce sont des gens qui sont préoccupés par les questions sociales ET qui ont les moyens de contribuer à aider un peu les gens comme moi. Et je dois reconnaître qu'en dix-huit mois passés là-bas, je n'ai jamais connu aucun jour sans que quelqu'un ne vienne m'apporter un sandwich, une salade, des viennoiseries, des fruits. Je ne dirais pas que je mangeais à ma fin car ce serait mentir. Mais je mangeais, toujours. J'essayais de garder l'argent que je gagnais en faisant la manche – j'avais posé un verre vide devant mon petit espace, je parvenais toujours à récolter une bonne douzaine d'euros dans la journée – pour me payer, de temps à autre, une bonne nuit dans un hôtel. Je me douchais une fois par semaine dans les bains-douches municipaux*, je sais que ça fait un peu crado dit comme ça, mais en réalité, ça me suffisait largement. Quand tu dors dans la rue, l'hygiène, ce n'est pas toujours ce qui importe le plus. Et au moins quand tu te laves, c'est agréable, ce n'est plus une habitude que tu reproduis sans même te demander si tu as envie de la reproduire.

---

*Une quinzaine de bains-douches municipaux sont mis gratuitement à disposition par la Ville de Paris.

Xavier parle de son histoire avec une liberté que je n'ai jamais rencontrée. Il ne cherche pas ses mots mais les trouve immédiatement, comme s'il les avait en permanence sur le bout de la langue. Il me confiera plus tard que *via* Entourage, il est régulièrement amené à témoigner de son expérience dans des collèges, des lycées, des entreprises souhaitant sensibiliser leurs élèves ou leurs employés à une question très souvent jugée taboue. Celle d'un individu « comme les autres » (travail, famille, plats cuisinés) qui, en quelques semaines, bascule, se retrouve à la rue, devient contraint, parce que le système ne prévoit pas *raisonnablement* que qui que ce soit bascule à ce point, de demander aux autres ce qu'il ne peut plus obtenir par lui-même. L'apprentissage accéléré de la débrouille, de l'humilité, de la résistance, de la survie. Son histoire, il l'a apprise par cœur. Au comptoir du petit bar de la rue Biot, de nouveau, il la récite.

— Les moments les plus durs, ce sont ceux où tu ne te concentres ni sur l'hygiène, ni sur la nourriture, ni sur la literie. Lorsque tu es seul dans le petit espace que tu t'es fabriqué. Même à l'abri, l'humain a besoin d'échanges, de contacts, de lâcher-prise. Je te le dis de nouveau, mais le fait d'avoir pu m'installer dans une rue comme la rue du Temple a grandement contribué à ce que la période que j'ai vécue ne soit pas encore plus compliquée que ce qu'elle était déjà. J'ai rencontré des personnes adorables qui passaient un temps fou à discuter avec moi alors qu'honnêtement, à cette époque-là, les choses que j'avais à dire concernaient exclusivement ma situation de sans-abri. C'est pas parce qu'on est à la rue qu'on n'a pas d'humour, je sais bien, mais quand même… Mais ils écoutaient. Ils étaient gentils. Et puis j'ai eu la chance de pouvoir faire un peu d'intérim. Un mec dans le quartier m'avait à la bonne, je ne sais pas trop pourquoi. Il m'avait refilé le plan, offert un vieux costume à lui qui ne lui allait plus mais qui, à moi, m'allait très bien. Je faisais de l'accueil dans des événements, au parc des expos par exemple, porte de Versailles. C'est comme ça que j'ai commencé à m'en sortir. Tu es un peu propre, tu gagnes de l'argent, tu en mets suffisamment de côté pour pouvoir retrouver un logement… Je suis en foyer, désormais. C'est pas le luxe, mais franchement, je ne suis pas à plaindre… Je suis conscient d'être passé à côté de la catastrophe. Je n'ai pas bu très longtemps lorsque j'étais à la rue, j'ai eu la force de ne pas céder à ça. C'est trop facile et ça te bousille, je pense avoir arrêté à temps. Ce soir je bois un coup avec toi, mais sinon, ça va, je ne m'éclate pas une bouteille de mauvais whisky au goulot comme j'ai pu le faire dans les moments les plus compliqués. Aujourd'hui, je t'assure, je vais bien. Et je voudrais aller en Amazonie, voir à quoi ressemble le berceau de la Terre avant qu'on ne le détruise. On ne se doute pas à quel point ça va vite : à un moment, tu possèdes en toi les ressources les plus inépuisables de la planète, et le lendemain, il n'y a plus rien d'autre qu'un parking. Dis, ça te dérange de m'en payer une autre ?

Chapitre 16

Ordre mendiant

Une fois qu'elle a identifié celles et ceux qui sont susceptibles de s'engager un peu plus formellement sur la durée – car « pourquoi perdre du temps avec ceux qui ne viennent que pour faire du tourisme humanitaire », elle dit –, Amandine aime confronter les bénévoles au plus de stands possible : « C'est important que tout le monde comprenne comment marche la distrib. C'est important, aussi, que les bénévoles comprennent ce dont ils préfèrent s'occuper. Faut que ce soit agréable pour tout le monde. Après tout, ça reste du bénévolat ce que l'on fait… »

Un lundi, on me met aux plats chauds afin de servir le poulet, c'est-à-dire le plein de protéines et donc, pour beaucoup, la raison première de leur venue aux Restos du Cœur. Le morceau de poulet est accompagné de pâtes à la tomate et c'est Stéphanie, comme à son habitude, qui les sert. À côté de moi, un bénévole participe à sa première distribution. Il est chargé, bien sûr, des cuillères et des serviettes. J'ai pour mission de lui transmettre mon savoir-faire. J'indique la marche à suivre au garçon dont c'est le premier jour – Étienne, petite trentaine, joues rosées, châtain aux cheveux courts, bosse pour le ministère de la Justice, sympa comme le copain qu'il deviendra bientôt.

— Si je peux te donner un conseil ? Il faut être poli et respectueux. Pour le reste, je te conseille d'observer.

J'ai testé dans les semaines qui ont suivi le stand céréales, le stand social et même la file avec Patrick et Jean-Jacques où je me suis senti bizarrement à l'aise, bien loin des appréhensions de mes premières heures aux Restos. C'est décidément l'inconnu qui fait peur et chercher à le comprendre, c'est le vider de toute l'étrangeté ténébreuse qui le caractérisait alors. C'est impressionnant, une armée de gens qui attendent pour pouvoir récupérer un peu de pain et de chaleur, surtout lorsqu'au sein de ceux-là, beaucoup sont des habitués de la vie dans la rue. Mais au bout d'un moment, cette image-là, aussi, devient la norme. Car elle existe, elle est là, elle est concrète.

À la file, je n'avais pas été mal à l'aise. J'avais dit « bonjour » et « s'il vous plaît », « attendez deux minutes », « c'est à vous, monsieur », « passez une excellente soirée », « il y a également du café là-bas et puis de la soupe et des céréales, enfin vous connaissez tout ça mieux que moi ». J'avais papoté avec ceux qui avaient envie de papoter à propos de tout et surtout à propos de rien. Ils engageaient la discussion, je la relançais. J'étais tombé sur un *bon jour,* sans frictions aucune et avec un petit soleil de fin de journée qui ne faisait pas de mal. Il y avait eu, ce soir-là, bien plus de « merci pour tout ce que vous faites pour nous » que de « d'où je dois faire la queue avec les sans-dents, moi, monsieur ? Laisse-moi passer devant, j'vais pas attendre avec eux ». Je n'avais pas été malchanceux. Mais comparé au duo Patrick-Jean-Jacques qui compte approximativement (je n'ai pas vraiment fait le calcul) autant d'années d'engagement bénévole à eux deux que l'association d'années d'existence (Les Restos du Cœur sont nés en l'an de grâce 1985), je n'étais encore qu'un jeune garçon inexpérimenté.

Patrick, Jean-Jacques. Deux sentinelles aux avant-postes, pour que personne ne prenne quiconque par surprise. Eux gèrent la file d'une main de fer car, ici, c'est la première ligne, celle où l'odeur de gaz est la plus forte, celle où naissent les disputes qui, même minimes et insignifiantes au premier regard, si elles ne sont pas désamorcées, viendront immanquablement gangrener le reste de la distribution. Quelqu'un qui en double un autre qui a décidé de ne pas se laisser doubler ? Le ton qui monte comme ça, pour un tout petit rien et se termine en très grand fracas ? C'est toute la file qui peut soudain se trouver prise au piège d'une tension absolument contagieuse et qui se répandra, assurément, aussi vite qu'une traînée de poudre.

Quand dans la file, ça patine, ça traîne, ça rouspète, Patrick et Jean-Jacques insistent pour que le mouvement s'accélère. Et si un bénéficiaire râle parce que quand même « ça va, on n'est pas des chiens non plus », il avance tout de même. Eux dictent des ordres, et se font entendre car la plupart de ceux qui viennent chercher des repas le lundi soir sont familiers de leur silhouette, de leur accoutrement, des verbes qu'ils emploient pour dire « stop, on se calme, il y en aura pour tout le monde », de leur patience qui demeure toujours, même lorsque la tension a atteint un seuil absolument explosif. Il faut être un ancien pour occuper ce rôle-là, car il faut que les autres, autant que possible, vous aient en mémoire.

Les plats chauds ? C'est la course permanente et la rengaine infernale, l'absolue nécessité de ne pas perdre un instant sous peine de faire s'enrayer les rouages de cette grande machine bien huilée. Trop de rushs et pas assez de place pour le bavardage avec les amis bizarres du lundi soir. On avance, on n'a pas le temps, on a cent cinquante personnes qui attendent pour être servies. Pas le temps, qu'on vous dit. La gestion des plats chauds, c'est pas pour moi, pas tous les lundis en tout cas, voilà mes conclusions.

Les céréales ? L'équipe est déjà au complet, de même qu'à la soupe, où Philippe et Dorothée – qui est là depuis vingt ans et qui squatte même, chaque lundi soir, chez une copine parisienne afin de pouvoir dormir ici et ne repartir que le lendemain dans le Loiret où elle habite désormais – gouvernent en maître. Le stand social ? Même constat, seuls les acteurs diffèrent : le duo Hugo-Thierry est à la manœuvre de l'espace qui conseille, qui oriente, qui octroie des vêtements, des kits hygiène et parfois même des duvets à destination de ceux et celles qui sont dans une galère qu'il ne vaut mieux pas imaginer.

Hugo a sa propre boîte, c'est un macroniste de gauche, soit un entrepreneur libéral qui a choisi de ne pas considérer que c'est la loi du plus rentable qui doit nécessairement organiser l'ordre social. C'est un passionné de pêche, de golf et de très bons vins et pourtant, il m'est particulièrement sympathique à moi qui ne sait ni pêcher ni jouer au golf, et qui différencie à peine un verre de côtes-du-rhône d'un verre de chianti.

Thierry, lui, est prêtre. Oui, prêtre. On s'étonne presque d'en trouver un ici. Thierry est le genre de mec qui me réconcilie avec l'idée que je me fais de la religion.

Thierry est prêtre, O.K. Mais prêtre dominicain, c'est-à-dire membre d'un ordre mendiant – qu'on appelle aussi frères prêcheurs – qui fait, depuis le XIIIe siècle, le vœu de la vie en communauté et surtout, de la vie immensément modeste. Un couvent, une chambre à soi, beaucoup de prières, peu de biens matériels, mais beaucoup de matière grise, et un intérêt réel pour les problématiques qui touchent les moins bien lotis. La richesse, c'est avant tout *là-dedans* qu'on la trouve, c'est ce qui importe le plus.

Thierry est un prêtre dominicain qui, lorsqu'il se présente aux distributions, ne vient pas avec le même habit blanc qu'il porte au couvent, mais traîne un look d'avant-guerre avec casquette de Peaky Blinders sur la tête, crâne rasé, clope au bec, démarche de loubard et refus évident de proposer une énième caricature du genre. Un prêtre cool, Thierry, un prêtre punk si l'on veut, qui a le droit de dire des gros mots, de s'envoyer quelques bières en fin de distribution avec ses camarades de lutte et d'aller voir comment ça sonne, un miséricordieux, en dehors des pages sacrées et des messes endimanchées. Quand il me salue, Thierry me donne du « salut, mec ». Je l'appelle père Thierry, il me précise que je peux l'appeler Thierry.

Reste pour moi le stand café, un stand auquel aucun bénévole de l'équipe du lundi soir n'est spécialement lié, allez savoir pourquoi. Du café, j'en bois beaucoup, un peu plus sans doute que ce qui est recommandé par les autorités médicales compétentes en la matière. Je suis tout indiqué.

Chapitre 17

Au stand café

Ma responsabilité est devenue cet espace, un plateau en zinc soutenu par deux tréteaux et sur lequel sont posés à chaque extrémité – dans un parfait équilibre ! – un conteneur de café et un conteneur d'eau chaude. Café, thé, lait, et les soirs où les réserves nous le permettent, quelques gâteaux pour accompagner les boissons que nous devons servir les plus chaudes possible : mon lundi est fait de ce zinc-là, enrobé du doux parfum du café chaud qui a un peu coulé sur la table et qui, si l'on ne se méfie pas trop, finit même par vous couler sur les godasses. Heureusement que j'aime ça, le café.

— Quelqu'un aurait des serviettes, s'il vous plaît ?

En quelques mois, et parce qu'Amandine a fini par comprendre que je prenais du plaisir à m'en occuper, on m'a officiellement « confié » le stand café. Lorsque je ne peux pas me rendre disponible le lundi soir, désormais, je m'en veux. J'ai la sensation du déserteur qui préfère prendre congé des galères plutôt que d'aller sur le front porter secours aux partenaires. Des besoins ailleurs, à d'autres stands ? Ah non, s'il vous plaît, moi je reste là. C'est ici que je me sens le plus utile.

Moi qui n'ai jamais bossé dans la restauration, je me trouve des airs de quelqu'un qui aurait passé sa vie de l'autre côté du comptoir, le torchon sous le bras, à essuyer les verres jusqu'à ce qu'ils brillent, à répondre avec courtoisie aux demandes pas toujours courtoises des clients qui, comme chacun sait, sont toujours rois. Ces clients du lundi soir n'en sont pas dans le sens strict du terme, mais se comportent très souvent comme tels. C'est le jeu. Le client est roi, ici aussi.

— Café, monsieur ?
— Noir, sans sucre.
— Café, monsieur ?
— Oui et avec un sucre. C'est déjà bien sucré ? Alors non, pas d'autre sucre.
— Café, monsieur ?
— Un thé plutôt, je préfère à cette heure-là. Avec un café à 20 heures, je ne dormirai pas de la nuit !
— Café, monsieur ?
— Je peux en avoir deux ? Noir sans sucre ? Comme ça je ne reviens pas après, j'ai un train assez tôt.
— Café, monsieur ?
— Bonjour. Je ne suis pas habitué… C'est gratuit ? Oui ? Alors d'accord.
— Café, monsieur ?
— Moitié café, moitié lait.
— Café, monsieur ? Monsieur ? Monsieur ?
— Oui, avec du lait. Plus de lait que de café.
— Café, monsieur ?
— J'ai apporté ma bouteille, est-ce que vous pouvez la remplir ?
— Café, madame ?

— Oui, un café.
— Café, monsieur ?
— On n'a pas de gâteaux, aujourd'hui ? Ah bon ? Mais vendredi ils en avaient des gâteaux, on ne peut pas en avoir ? Vous êtes l'équipe des radins, c'est ça ?
— Café, monsieur ?

Lui, c'est une épave, une vraie, le rescapé d'un naufrage qui dure depuis tellement de temps que même lui ne se souvient plus quand ça a commencé. *Le Pequod* s'est fait renverser par la baleine blanche Moby Dick, où est le navire, où s'est-il échoué ? Dans sa tête, c'est l'île de Robinson, mais sans la volonté de rebâtir un semblant de civilisation. Ses yeux s'amincissent, ses lèvres sont gercées, ses pommettes sont si rouges qu'elles donnent l'impression de pouvoir éclater à n'importe quel instant. L'odeur qu'il transporte avec lui fait fuir tous les autres et dans la file, on voit que tout le monde se force, par politesse, à ne pas porter la main à son nez pour le boucher. Avec lui, ce sont des relents de moisissure, d'excréments, d'humidité et de sueur qui s'invitent dans la file. Ça pue, c'est une horreur, c'est comme ça. Son froc, une fois sur deux, est quasiment baissé jusqu'aux genoux. On doit voir ses sous-vêtements, et même peut-être ce qu'il y a encore en dessous, mais personne n'est assez dingue pour tourner le regard par ici. Avec une main et une seule (pas les deux), il tient son pantalon qui tiendrait aussi bien avec une ceinture, mais pour ça, faudrait-il qu'il en possède une. Et surtout que son tour taille soit suffisamment épais pour que le bout de tissu ne tombe pas jusqu'à ses genoux. Il a le regard d'une démission posée depuis longtemps. Il n'est pas méchant, pas du tout. Il faut de la force pour ça et clairement de la force, il n'en a plus. Je me demande chaque semaine comment il fait pour tenir encore debout.

— Café, monsieur ?

Sa réponse met du temps à se former, bien qu'aucun suspense ne demeure vraiment.

— Un CAFÉ, oui !

Il insiste particulièrement sur le mot « café », il le hurle presque. Ça lui demande un effort de se reconnecter au monde : la barrière qu'il s'est construite pour s'en protéger, il met du temps, systématiquement, à la déplacer.

— Un peu de sucre avec ?

Une attente, encore.

— NON ! Pas de… SUCRE, NON !

Dans une main, le haut de son jean et dans l'autre, son café sans sucre. Lorsqu'il se pointe aux distributions, il ne capte pas d'autres regards, il les traverse. Il ne parle avec personne, pas même avec lui-même. Sauf une fois, où il s'est mis à hurler à s'en rompre les cordes vocales, comme ça, sans raison apparente. Il n'avait pas dit un mot et n'avait pas laissé paraître, dans son attitude, qu'il allait d'un coup tout lâcher. Il avait juste éjecté des sons de sa bouche, des onomatopées qui disaient « ah », comme chez le docteur. Ça devait coincer, il fallait les en extraire, leur faire prendre l'air. Autour de lui, tout le monde avait eu un geste de recul. Mais le hurlement n'avait été suivi de rien d'autre. Sa main droite tenait toujours son café et sa main gauche son futal, les yeux dans le lointain, sa silhouette était restée tordue. On n'avait plus, après ça, entendu le son du fin fond de ses entrailles durant le reste de la distribution.

— Café, monsieur ?
— Un… CAFÉ, oui.

Derrière l'épave, aujourd'hui, vient le Commandeur. Lui, lorsqu'il débarque au café, il faut qu'on le sache. Toujours. Paternaliste et hautain, il se croit à Sochaux dans les années 30 dans les usines Peugeot. Et s'imagine que c'est lui, M. Peugeot. Nous sommes ses salariés, c'est lui qui nous permet, chaque mois, de rapporter du pain et des patates dans nos foyers. « Moi, Coluche, je le connaissais très bien dans les années 80. Oui, c'était un copain ! Et un bon ! » nous a-t-il dit un jour. Alors puisqu'il a connu Coluche, ici, il est un peu chez lui, il a ses repères et ses petites manies. Il tient sa colonne vertébrale très droite, ce qui renforce encore la position de ses épaules, carrées et hautes. Lorsqu'il arrive au stand café, le Commandeur, il ne demande rien. Il ordonne. Avec le sourire, mais il ordonne.

— Vous me donnerez un café noir et sans sucre.

Un regard sur *ses* gentils bénévoles, avec un sourire satisfait.

— Bon, c'est bien, vous avez l'air de tenir le stand aujourd'hui, c'est bien. Le café est chaud ? Il était tiède, la semaine passée et c'est quand même moins bon tiède, le café.

Il inspecte, prend des notes mentales, compare.

— Le vendredi, ils ne font pas comme ça avec le café. Ils mettent le thé de l'autre côté de la table. C'est plus pratique, non ? Ça avance mieux, et ce n'est pas pour être désagréable, mais le thé y est souvent meilleur, le vendredi. Mais enfin… c'est vous qui savez ! Moi, je veux aider, c'est tout.

Il prend le verre de café qu'on lui sert, se saisit de sa cuillère, l'analyse.

— Elles sont propres, vos cuillères ? Les laisser traîner sur les tables comme ça, est-ce que c'est vraiment hygiénique ? C'est important l'hygiène, vous savez. Il y en a même qui disent que c'est grâce à ça qu'on se protège des maladies… mais je ne dis pas ça pour être désagréable, vous êtes déjà bien gentils d'être là pour donner du temps à ces pauvres gens.

Un regard sur moi.

— Du sucre, s'il vous plaît ? Vous m'en mettrez deux cuillères, d'accord ?

Puis à Étienne.

— C'est une question comme ça, mais pourquoi est-ce qu'on ne fait pas deux files au stand café ? Une file avec les gens normaux et une file avec… les autres ? Je ne dis pas ça méchamment, pas du tout, mais je trouve toujours ça spécial qu'on soit mélangés de cette manière-là… Bon, enfin ! Il arrive, ce sucre ? J'ai un train à Saint-Lazare à 20 h 35, je ne voudrais pas le louper. Vous n'auriez pas un couvercle pour le café ? Non ? Bon, c'est déjà ça. Il est bon aujourd'hui. Vous ne savez pas ? Vous ne goûtez pas ce que vous nous servez, naturellement. C'est pour les autres, pas pour vous ? Pour *ces gens-là* ! Bon, je prends le train pour Vesoul, pour ailleurs peut-être. Je vous dis à la semaine prochaine, si vous êtes encore là pour conserver la mémoire de notre vieux copain Coluche ? Allez, bonne soirée !

— Café, monsieur ?
— Noir… comme moi !
— Café, monsieur ?
— …
— Café, monsieur ?
— Non. Thé.
— Café, Hervé ?
— Oui, merci beaucoup.
— Café, monsieur ?
— Avec plaisir, tu vas bien ?
— Café, Frédéric ?
— Oui, s'il vous plaît.
— Café, madame ?
— Oui.
— Café, monsieur ?

D'ordinaire, il est courtois et poli, pas de problème. Ce soir, c'est une autre affaire.

— Magne-toi où je te défonce ta petite gueule, qu'il murmure, en arrivant devant moi au stand café.

Menace, malaise. Je parviens à garder mon calme.

— Ça marche, monsieur.

Sa casquette est posée sur sa tête, ses gestes sont nerveux, ses yeux envoient des flammes.

— Du sucre dans votre café ?

Il murmure, toujours.

— Ouais du sucre, ouais.

Il n'a pas attendu que je lui serve comme c'est pourtant la consigne, s'est servi lui-même, en a pris plus que ce que l'on accorde de manière générale aux bénéficiaires (« il en faut pour tout le monde », « il faut qu'on tienne jusqu'à 21 heures avec ce stock-là », etc.). Je préfère ne pas lui faire remarquer. Il s'est éloigné avec son café très sucré à la main, s'est dirigé vers la rue de Budapest, où il a disparu. Je n'ai pas croisé son regard et n'ai surtout pas tenu à le faire. De temps en temps, celui-là, il faut faire gaffe. Quand il veut passer devant tout le monde et qu'il a le regard des mauvais jours, je l'autorise à le faire, je ne dis rien. Je préfère qu'il double une douzaine de personnes, dont je devrai sans doute subir les plaintes ensuite, plutôt que d'avoir à lui rappeler les règles élémentaires de la courtoisie et de la vie en communauté. Garder de l'énergie pour ce qui compte, ne pas risquer de débordement. Rester focus.

— Café, monsieur, ou thé peut-être ?
— Ni l'un ni l'autre, du lait.
— Café, monsieur ?
— Non… du rhum si vous avez ! Aha !
— Café, monsieur ?

Celui-ci, j'ai toujours peur qu'il fonde en larmes. Il n'est pas muet, mais ne dit jamais un mot. Il ne communique qu'en hochant la tête, dans un sens ou dans l'autre. Ses cheveux sont sales, noirs, plaqués sur la tête. Sa peau est pleine de pustules, de boutons et de fêlures. Ses habits sont toujours les mêmes, semaine après semaine. Un K-way pour couvrir le torse, un pantalon de survêtement pour couvrir les jambes, des tongs faisant office de chaussures. Même en hiver.

— Le monsieur qui a l'air indien ou pakistanais, là-bas, il vient toutes les semaines et il n'ose pas le dire, mais il dort dans la rue. On tente de lui offrir un duvet ? demande Thierry à la responsable.

Amandine a essayé.

— Monsieur, on a un duvet, dans le camion. Est-ce que ça vous intéresserait ? Ça pourrait vous servir ?

Il a frôlé son regard de ses yeux tristes, s'est tiré sans demander son reste. Il a pris son café noir, sans sucre, sans un mot de plus. Je n'ai jamais entendu le son de sa voix. Pourtant, je ne l'ai jamais vu manquer une seule distribution et son café, il le boit toujours ici, isolé au milieu de la foule, mais au milieu d'elle, quand même. Les autres lui font sans doute un peu peur, il recherche leur présence, mais puisqu'il ne sollicite pas le moindre contact, il ne prend pas le risque d'être de nouveau rejeté par eux. Peut-être ne parle-t-il pas français. Ou alors, il n'a absolument plus rien à dire à ceux qui daignent encore communiquer avec lui. Café, Sylvie ?

— Surtout pas, non, et puis quoi encore ?! Du thé, plutôt.
— Café, monsieur ?
— Moitié café, moitié lait, moitié sucre !
— Café, madame ?
— Oh oui, merci, jeune homme. Ça fait du bien un bon café, ça réchauffe ! Puis on ne va pas se laisser abattre, ça il ne faut pas. Vous m'en mettriez un peu dans une bouteille, pour que je puisse en avoir pour demain matin ? Pas beaucoup, pas trop… top, c'est bon ! Merci, jeune homme, merci et bonne soirée à vous.
— Café, monsieur ?

Lui, à chaque fois, je crois que c'est le grand Karl qui passe, en immersion dans les usines de Manchester pour y rencontrer le grand Friedrich, et la porte d'entrée vers son propre destin. Comme Karl Marx, il porte la barbe broussailleuse et les cheveux blanc ébouriffés. J'ai systématiquement la sensation, lorsqu'il me demande un café noir – « sans sucre, sans lait, sans rien de superficiel », précise-t-il toujours – et que je lui prépare, qu'il en profite pour fouiller à l'intérieur de ma cervelle. Je lui donne ce qu'il m'a demandé, il me remercie en tentant de plonger ses grands yeux bleus dans les miens.

— Jeune homme, je vous remercie. Continuez comme ça, vous êtes sur le bon chemin.
— Quel chemin ?
— Le bon. Celui sur lequel personne vous dira jamais de ne surtout pas aller.

Chapitre 18

Claude

— Café, monsieur ?
— Oui noir, sans sucre.
— Café, monsieur ?
— Non, du thé s'il vous plaît, avec un sucre.
— Café, monsieur ?
— Moitié café, moitié lait.
— Café, monsieur ?
— Oui. Il est déjà pas mal sucré, non ?
— Café, monsieur ?
— Oui noir, sans sucre.
— Café, monsieur ?
— …
— Café, madame ?
— Bonjour, jeune homme, du thé s'il vous plaît.
— Café, monsieur ?
— Oui, merci, bonne soirée à vous, merci d'être là !
— Café, monsieur ?
— Que du lait.
— Monsieur, un café, évidemment !
— Noir, sans sucre.
— Hé oui, comme toujours !

Claude, des cafés, il en prend trois, quatre, parfois cinq par soir. Ils ne sont pas très forts, mais le risque de tachycardie, lui, est bien réel. Je lui fais la remarque de temps en temps, mais essaie de me limiter dans mes recommandations à deux balles sur ce qui est bon pour sa santé et ce qui l'est moins. Le paternalisme avec Claude, j'évite, d'autant qu'il aurait, justement, l'âge d'être mon père. S'enfiler cinq cafés en si peu de temps, il sait bien ce que ça fait, c'est un grand garçon. Claude, c'est pas le genre à avoir besoin d'une main pour le guider.

— Ça va toi, le boulot ? Tu écris des articles intéressants ?
— Ça va. Je m'emmerde un peu en ce moment. Je ne vais pas me plaindre, mais je m'emmerde. Bon… et toi ?
— Bof, tu sais… ça va ! Y a un peu plus de monde ce soir, non ?
— Ouais, j'ai l'impression. Semaine dernière on devait être à peine cent cinquante, là je pense qu'on approche des deux cents… Quel jour on est, là ?
— Eh ben… le 27… c'est pour ça !
— Ouais. Fin du mois y a toujours du monde. Les aides ont été dépensées, reste plus que les Restos !
— Ouais ! La plupart des gens ne savent pas gérer leur budget, hein !
— T'as pris la pluie hier à Invalides, ou ça a été ?
— Ouais, galère… C'était pas facile, hier. Dès qu'il pleut de toute façon, on ne va pas se mentir, c'est moins facile que quand il fait beau !
— Vivement qu'on vous reçoive sous des préaux qui protègent de la pluie, pas vrai ?
— Ça tu sais, je ne pense pas que ça puisse arriver un jour. Je veux dire, durablement et systématiquement. L'État a trop besoin de nous, et plus qu'on ne peut l'imaginer. C'est bien beau les subventions qu'ils donnent aux

associations comme la vôtre pour que vous puissiez continuer à exister, et continuer à assurer le travail qu'eux ne gèrent pas. Mais de là à vous donner de vrais locaux pour nous accueillir, avec des murs et tout ? Ça, je ne pense pas. Je sais que ça existe dans certains cas*, mais ils ne peuvent pas systématiser le truc.

Nous, les gens de la rue, on est aux yeux des autres l'incarnation de la menace, de la sanction. Si un gamin ne travaille pas bien à l'école, les parents vont lui dire : « Attention, si tu continues, tu risques de devenir clochard. » Et pour que les gamins aient concrètement conscience de ce que c'est, un clochard, il faut nous laisser dans la rue. Il faut qu'ils nous voient, tu comprends ? Qu'ils aient une vision concrète de ce que c'est. Sinon, c'est comme le croque-mitaine : tu y crois jusqu'à cinq ans et après, basta, tu passes à autre chose.

Tu as raison, hein, si vous proposiez des lieux fermés pour les distributions de repas le soir, ce serait super pour tout le monde : on n'aurait pas peur de la pluie, du froid ou d'autre chose. Mais dans ce cas-là, on deviendrait invisibles. Et de ça, l'État, il ne veut surtout pas. Tu vois, au Moyen Âge, quand quelqu'un se mettait, par ses actes, au-dessus de la loi, la société, incarnée par les princes et tous ces gens-là, le sanctionnait. Et on le mettait au pilori le mec, les mains, les pieds et même la tête prisonniers du fer, pour que tout le monde puisse bien comprendre qu'avec la loi, on ne rigole pas. Et que si tu ne rentres pas dans le rang, eh bien on va faire en sorte que tu y reviennes très vite.

*Dans le 1er arrondissement, le site Saint-Roch propose par exemple des repas quotidiens (19 h 30-20 h 45) au sein d'un site « fermé » au 24, rue Saint-Roch.

Ceux qui nous regardent le plus, tu sais qui est-ce que c'est ? Ce sont les enfants. Quand ils ont jusqu'à six, sept ans je dirais, on les fascine. Lorsqu'ils nous croisent avec leurs parents et qu'ils posent leurs petits yeux innocents sur nous, y a un truc qu'ils ne pigent pas. Là-dedans, ça cogite. Quand ils voient un monsieur ou une dame dans la rue en train de dormir sur un carton, ça ne correspond pas à ce qu'ils essaient d'assimiler de la réalité. Tu les vois sourire et d'un coup, quand ils passent devant toi, ils ne sourient plus du tout. Ils ont peur ? Ça vient après ça, quand ils ont compris que tu représentais un danger potentiel. Tout jeunes, je dirais plutôt qu'ils comprennent, en nous voyant pioncer sur des bouches d'aération, que la vie n'est pas aussi schématique que ce qu'on veut bien leur inculquer. La nuit, tout le monde ne dort pas dans un lit, non. Ou en tout cas pas le même genre de lit que le leur. S'asseoir par terre dans la rue, c'est sale ? Pas tant que ça et de toute façon, parfois, tu n'as pas le choix.

Dans ces moments-là, ils cherchent systématiquement le regard de papa ou de maman. Systématiquement. Sauf que maman ne baisse pas les yeux sur le monsieur auquel elle n'a d'ailleurs pas même songé accorder ne serait-ce qu'un regard du coin de l'œil. Elle a vu le monsieur de loin, maman, elle aurait aimé changer de trottoir si la circulation sur le boulevard Haussmann lui avait permis de le faire. Tu dis bonjour ? Maman ne répondra pas, mais le gosse regardera. La discussion entre eux, elle viendra après, quand ils seront suffisamment loin du monsieur pour qu'il ne puisse rien entendre. Bientôt, à leur tour, ils auront l'impression

qu'un sans-abri, c'est dangereux, qu'il faut faire attention. Pourquoi est-ce qu'il se retrouve dehors ? Parce qu'il n'a pas bien travaillé à l'école, peut-être qu'il l'a bien cherché ?
La rue, c'est l'espace public. Mais la rue, quand les gens constatent que c'est là que tu vis, c'est surtout la prison. L'espace où tu te retrouves parce que tu n'as pas voulu suivre les règles, ou parce que tu n'as pas su t'y adapter.

Les paroles de Claude sont toujours emplies d'une sagesse et d'une lucidité que j'admire. Ses choix sont les siens, je ne les juge pas et tente, lorsque je discute avec lui, de mettre au maximum de côté la morale, les bons sentiments et les lignes toutes tracées. Je cherche systématiquement sa présence et si je pouvais, je passerais parfois l'entièreté des distributions à discuter avec lui.

— Et toi, Claude, tu as voulu suivre les règles ?

Lui et moi, on commence à se connaître un peu. Avec certains, peut-être que la question serait mal passée, que la discussion se serait interrompue. Pas avec Claude.

— Moi, j'ai décidé d'arrêter d'être un pigeon. J'avais une femme et une fille, on habitait rue Dugommier, dans le 12e, juste à côté du métro Daumesnil. Quartier chic et appartement confortable, c'était bien, mais ce n'était pas moi. À un moment, et je te la fais courte car je ne vais pas t'embêter avec ces histoires, j'ai senti que je n'étais pas vraiment libre, que ma place n'était pas là. J'avais un boulot, je travaillais aux impôts. Il y a plus intéressant, mais il y a pire aussi. Mais j'en ai eu assez. Je ne respirais plus, j'étouffais. Le matin, je prenais la ligne 6, je changeais à Bercy pour prendre la 14, puis Madeleine, la 12, et Marx Dormoy. Et le boulot jusqu'à 17 heures. Et rebelote. Deux changements, quarante-cinq minutes de trajet. Le soir, tu rentres. Tu te couches tôt parce que le boulot t'emmerde et que la gosse te fatigue. Et tu recommences le lendemain. Et le week-end, tu amènes la petite au piano, puis tu vas dîner chez la belle-mère, porte de Charenton. Entre-temps, tu as pris le métro dans un sens, puis dans l'autre. Et tu recommences ta semaine de boulot. Et les deux changements pour arriver au bureau… Non, de cette vie-là, je n'en pouvais plus. Vraiment, je n'en pouvais plus. Je ne dis pas que ma vie actuelle est meilleure, mais je préfère cette vie-là à celle que j'avais avant. Je n'ai plus la pression de la famille, plus la pression d'élever correctement une gamine, d'assurer au boulot, je n'ai plus rien ! Je fais ce que je veux et même si ce n'est pas grand-chose, au moins, c'est moi qui l'ai choisi. Ce n'est pas le système qui m'a fichu la tête dedans, et qui m'a étouffé avec un ordre des choses qu'il aurait décidé pour moi. Je gouverne ma vie, tu comprends ?

Claude, ses paroles. Je lui redis, ce soir-là, à quel point elles sont précieuses.

— Je te laisse bosser, pardon. Je repasserai peut-être te prendre un café avant de partir.

Il s'est éclipsé là-dessus, le bonnet posé sur la tête et la doudoune épaisse, son quatrième café de la soirée tenu entre les mains. Il n'est finalement pas repassé ce soir. Une autre forme de liberté, sans doute, l'appelait ailleurs.

Avec Étienne, nous avons défait le stand café. Nous avons porté les tables à deux, et en attendant la fin de la distribution, avons ramassé, un peu partout sur le site, les déchets laissés par les dizaines de personnes ayant circulé ici ce soir – pas le plus agréable, mais ça fait partie du job. J'en profite pour interroger Étienne sur les raisons qui ont motivé son choix de nous rejoindre.

— Avant, je me calais souvent avec des sans-abri dans la rue, on discutait dix ou quinze minutes, je leur payais un sandwich, un café… J'avais pris l'habitude de le faire. J'ai toujours été intrigué par l'idée d'un type qui est assis, patient et immobile pendant que les autres sont debout, pressés et en mouvement. J'étais étudiant à cette époque, en droit, et j'avais, disons, le temps de faire ce genre de choses, de me connecter à l'autre monde. Du temps, j'en ai beaucoup moins maintenant. Au ministère de la Justice, je termine parfois à 21 heures en ayant commencé à 9 heures, les journées sont très longues. Le soir, je n'ai qu'une envie, c'est me caler chez moi devant une série et un petit verre de vin, décompresser et reprendre de l'énergie pour affronter le lendemain. Ça fait un peu métro, boulot, dodo, mais ma vie est bien, je te rassure ! Elle est comme ça, c'est tout, mon travail me prend beaucoup plus de temps que je ne l'aurais imaginé. Au début, j'ai continué à discuter de temps à autre avec des sans-abri que je connaissais, mais rapidement, les discussions ne sont devenues que des échanges polis, puis des saluts lointains. Puis je me suis rendu compte que j'évitais même de passer par certains chemins en rentrant… Je n'assumais pas de ne plus avoir de temps à leur accorder comme avant. Puis honnêtement, c'était pas juste du temps… Faut beaucoup d'énergie et de volonté pour aller discuter avec quelqu'un comme ça, et être juste dans l'écoute, poser toujours les mêmes questions un peu banales… puis en échange, tu ne peux pas raconter ta journée, dire « putain, mon supérieur me gonfle, il est payé une fortune alors que c'est moi qui fais son job… », tu ne peux pas dire ça ! J'avais besoin, et peut-être que tu vas trouver ça con, égoïste ou je-ne-sais-quoi, de réserver un moment dans mon emploi du temps à cette activité-là. Le lundi soir maintenant, non seulement je suis complètement opérationnel pour écouter et tenter de résoudre, à ma manière et avec les petits moyens dont je dispose, les problèmes de gens qui en ont vraiment de gros, mais en plus, je prends du plaisir à le faire.

Un cercle, et les yeux tournés vers Amandine et Tanguy, les deux responsables. La parole à Amandine :

— DÉBRIEF ! Cent soixante-dix-huit personnes accueillies, vingt-sept bénévoles, bravo ! Pas de souci, ce soir, il me semble, à moins que j'aie zappé quelque chose ? Bon, parfait… J'ai noté que la soupe était bonne, que le café aussi et qu'il n'y avait pas assez de thé… et oui, je sais, jamais assez de thé. C'est un truc

d'Anglais ça, le thé, moins de Français. (Rires polis.) Bravo aux bénévoles qui nous ont rejoints (applaudissements), merci à ceux qui sont là chaque semaine. Un bravo tout spécialement à Dorothée qui fête, quand même, tu me le disais tout à l'heure, ses vingt-quatre années de Restos du Cœur aujourd'hui ! Chapeau ! (Applaudissements de l'ensemble des bénévoles, nourris de quelques « bravo Dorothée » et même de quelques applaudissements venant de l'extérieur du cercle, de la part de personnes accueillies.)
J'en profite également pour vous confirmer une rumeur qui prend de l'épaisseur simplement parce qu'elle est absolument fondée : oui, nous allons effectivement déménager... et très bientôt ! La municipalité nous a finalement invités à trouver un autre espace où organiser nos distributions, la décision n'a pas été simple à encaisser car la distribution de Saint-Lazare est tout de même ici, place de Budapest, depuis bientôt vingt ans. Ça fait quelques semaines, avec les responsables du mercredi et du vendredi soir – car je le rappelle pour ceux qui l'ignorent, il y a également une distribution, même heure et même lieu, le mercredi et vendredi soir –, que nous cherchons un lieu dans le quartier qu'il serait possible d'investir. On doit encore voir deux ou trois endroits. Mais *a priori*, dans moins de deux mois, nous aurons déménagé. Sur ce, je vous souhaite une très bonne soirée... et à lundi prochain, 19 h 30.

Chapitre 19

Écouter

Les premiers mois, je parlais peu, en dehors de mon entourage très proche, de ce que je faisais aux Restos du Cœur. Il y avait sans doute, pour moi qui n'avais jusqu'ici jamais rencontré personne qui se soit un jour lancé dans ce genre de démarche – si ce n'est Yasmine –, un vague sentiment d'imposture, un manque de légitimité, une grande pudeur derrière une si petite action, une difficulté à formuler une phrase immensément lourde et immensément légère (c'est une question de point de vue) : « Un soir par semaine, je fais de l'humanitaire. »

Et puis progressivement, du bout des lèvres puis un peu plus fort, j'ai fini par en parler, comme si je dévoilais un lourd secret dont je savais qu'il pourrait me porter préjudice, mais que j'avais décidé de lâcher tout de même. Au détour d'une conversation, j'en parlais à des gens qui ne m'assimilaient pas du tout à ce genre d'action, qui s'en étonnaient, qui trouvaient ça « bien ». Dans mon milieu socioprofessionnel et puisque je travaille désormais dans une radio musicale, c'est à un mec vaguement branché et aux goûts musicaux *solides* que l'on m'associe, pas à quelqu'un distribuant du café à des sans-abri, le lundi soir, près de la gare Saint-Lazare.

J'en parlais en détail à ceux qui me le demandaient, de manière plus vague et superficielle à ceux que le sujet ne passionnait pas. Chez certains, c'était l'éclat, c'étaient les louanges, c'était « formidable que des gens prennent le temps de le faire ». D'autres formulaient même l'intention de venir, eux aussi, voir ce qui se cache derrière les préjugés à la peau dure et à l'estomac qui grince. Ils voulaient essayer parce qu'ils m'avaient entendu en parler, de la même manière que j'avais voulu essayer, il y a des mois, en entendant Yasmine en parler.

D'autres détournaient le regard, changeaient vite de sujet, leur visage affichait une gêne qu'ils n'avaient pas, dix secondes auparavant, lorsque la question du « et toi, t'as fait quoi hier soir ? » avait été mise sur la table. J'avais dit : « En fait, le lundi soir, je donne un coup de main aux Restos du Cœur. » Et eux paraissaient avoir entendu : « Et toi, pourquoi est-ce que tu ne le fais pas ? »

Y a-t-il un miroir avec d'un côté *ceux qui donnent* (dans certains cas de l'argent, dans celui-ci du temps) et de l'autre côté *ceux qui ne donnent pas* ? Celui qui est valorisé par l'un dévalorise-t-il automatiquement le voisin qui ne l'est pas ? Le sujet n'est pas de savoir qui *fait* et qui *ne fait pas*. Car pour le dire simplement : tout le monde n'est pas fait pour ça. Chacun, et l'idée se vérifie très bien sur le terrain, n'est pas forcément apte à passer son lundi soir sous la flotte, la goutte au nez et les nerfs à vif, à expliquer pour la troisième fois à un monsieur qui a décidé de ne pas vous écouter qu'il est nécessaire, pour que tout se passe bien, de ne pas doubler les autres sous prétexte qu'il se juge « plus pressé qu'eux ». Tout le monde n'est pas fait pour trouver une certaine forme d'épanouissement dans cette réalité-là.

Je me rappelle cette jeune femme, qui était venue accompagner un bénévole régulier du site. Pas habituée à l'exercice, elle avait fini la distribution heurtée, rattrapée par les réalités un peu sévères qui viennent toujours fouler d'un pied sale et crasseux les fantasmes que les images d'Épinal contribuent à créer.

— Honnêtement, je ne pensais pas que ce serait ce genre de truc, les Restos du Cœur. Je ne suis pas venue pour me faire insulter, faut qu'ils prennent conscience, ces gens, que c'est du bénévolat et qu'on est déjà bien gentils de venir donner un coup de main.

Elle s'était fait copieusement chahuter par Sylvie – rarement agréable, il faut bien le reconnaître – qui lui reprochait le goût de la soupe, trop salée selon elle ce soir-là.

— Vous en mangeriez, vous, de cette soupe-là ? Vous voulez qu'on se bouche les artères avec votre saloperie de soupe ? Goûtez au moins ce que vous donnez aux précaires avant de leur servir, ça ne vous fera pas de mal, putain de bourgeoise !

Bien sûr, la bénévole n'est jamais revenue. Il ne pouvait, chez elle, et comme le suggérait Jean-Jacques Rousseau

dans ses *Rêveries du promeneur solitaire**, y avoir aucun plaisir à renouveler cette expérience. Il ne fallait surtout pas qu'elle le fasse.
Car le bénévole, dans les distributions que nous proposons dans la rue *via* les Restos**, est parfois le punching-ball qui encaisse, mais qui ne rend pas les coups, le dribbleur qui, sur un terrain de foot, se fait sécher mais ne bronche pas, le chrétien qui tend l'autre joue, le garde de Buckingham Palace devant lequel on prend une photo et qui ne doit pas, sous prétexte qu'on est le soixante-dix-septième à le faire aujourd'hui, vous envoyer vous faire voir à coups de crosse dans les dents.

Le bénévole, pour le bénéficiaire qui gamberge depuis trop longtemps dans la galère, c'est l'entre-deux, celui qui fait partie du système bien comme il faut (travail, amour, famille, logement, loisirs organisés, voyages, sorties culturelles, etc.), qui fait partie du camp des vainqueurs, mais qui revient sur le champ de bataille prendre des nouvelles de la jambe manquante des amputés. Celui à qui l'on peut dire « je t'emmerde, pauvre con », parce que lui sera là pour recevoir l'insulte, l'entendre, l'assimiler. C'est l'équivalent du prof pour l'élève en colère, du parent pour l'ado débrayé, du fonctionnaire pour l'imposable qui ne s'en sort pas avec sa déclaration de revenus, même simplifiée. C'est l'incarnation d'un système qui ne convient

*« Un bienfait purement gratuit est certainement une œuvre que j'aime à faire. Mais quand celui qui l'a reçu s'en fait un titre pour en exiger la continuation sous peine de sa haine, quand il me fait une loi d'être à jamais son bienfaiteur pour avoir d'abord pris plaisir à l'être, dès lors la gêne commence et le plaisir s'évanouit », Jean-Jacques-Rousseau, *Les Rêveries du promeneur solitaire*, sixième promenade, 1782.
**Les réalités, les constats et les conclusions ne sont naturellement pas les mêmes pour les bénévoles des sites dits « fermés », qui se déroulent entre quatre murs et un toit, où les ambiances sont nécessairement plus apaisées.

plus qu'à ceux qui ont les bras suffisamment solides pour se relever, encore et toujours, après avoir trébuché dans la gadoue. Passer ses nerfs sur un bénévole, lui envoyer dans les dents ses colères et ses inquiétudes, c'est dire au système : « Tu m'as lâché. »

Sur nos sites de distribution, le bénévole doit être un médiateur social, un relais et une oreille attentive, d'abord pour recevoir des complaintes pouvant s'avérer, dans certains cas, légèrement rébarbatives. Est-il formé pour être cette oreille, ce rempart contre la solitude, cette épaule solide, cet esprit indomptable apte à résoudre, en quelques paroles, le problème de chacun ? Pas vraiment. Pas du tout, même. Ce n'est pas un professionnel de la santé mentale ou de la psyché humaine. Ce n'est pas un psychologue, un psychiatre, un psychanalyste, un thérapeute, un confesseur. Il veut donner un coup de main, le bénévole, aider son prochain, se sentir utile et trouver enfin une manière d'agir de manière très concrète. Faudrait-il le former plus que ça ? Certains essaient, mais l'empathie n'est pas quelque chose qui s'apprend à l'école ni nulle part ailleurs ; empathique, on l'est, ou on ne l'est pas.

Au bout de quelques distributions, et dès lors qu'il a compris que ce rôle-là était pour lui, le bénévole se forge ainsi une armure, discrète mais solide et qui a largement fait ses preuves. Il y a le sourire d'abord, qui désarme plus facilement qu'une épée savamment aiguisée. Et puis surtout, il y a l'écoute, la base la plus importante peut-être dans ce que nous faisons.

Le bénévole doit-il pour autant être une éponge ? Il est habitué à la logique, pénible mais relativement prévisible, des gens ordinaires, et reçoit dans la face, durant deux heures et une fois par semaine, toutes les misères, les tristesses et les espoirs flingués qui circulent dans le quartier. Encaisser le malheur, brut et direct, de quelqu'un qui a besoin de le partager, c'est dur. En encaisser plusieurs à la file, et avec la même attention, le même élan ? C'est impossible. S'il vient d'écouter, vingt minutes durant, l'histoire d'un homme venant aux distributions depuis qu'il a perdu sa femme et ses enfants dans un accident de voiture et que de cet accident a découlé une dépression, une plongée dans l'alcool, une défaillance au travail, une perte d'emploi puis une perte de logement, le bénévole ne pourra *humainement* pas accorder la même attention à celui qui viendra, derrière et à son tour, raconter les grandes lignes de son histoire à *lui.* Même les éponges, lorsqu'elles absorbent trop de saletés, finissent dans le bac des déchets non recyclables.

Car ici, les bénéficiaires expriment leurs colères, font voir leurs névroses, rappellent que lorsqu'on leur parlait de la vie, ils pensaient avoir à faire à autre chose. Certains parlent beaucoup, coupent la parole, la prennent aux dépens des autres, disent « je sais bien, mais moi ce n'est pas pareil, c'est différent, les choses font que j'ai le droit à plus ». Certains même, et c'est étonnant la première fois qu'on y assiste, exigent. « Je veux. Non ? Alors là, si ! » Ils rappellent qu'un humain, même dans la misère extrême, garde sa singularité, son individualité, son besoin nécessaire de n'être pas considéré comme le petit membre d'un grand tout. « Non, moi, les croissants, je n'aime pas ça. Donnez-moi un pain au chocolat, plutôt. » Il y a ceux qui toisent comme s'ils étaient au restaurant. Certains bénévoles s'en agacent, leur font remarquer. « Vous n'êtes pas chez Castel ici, monsieur, il faut avancer. » « Je sais que je n'y suis pas, chez Castel, mais vous y êtes déjà allé, vous, chez Castel ? Il y a des années, j'y dînais. Et je peux vous dire que c'était autre chose que la bouffe que vous nous servez toutes les semaines. Ce truc, c'est né directement poisson pané, ou est-ce que ça a été un animal à un moment ? »

Raconter son histoire… ou raconter celles des autres, donner son point de vue sur le monde, sur la politique, la religion, les pays et les régions. Ça ne vous rappelle rien ? C'est comme en soirée, comme en famille, comme au travail, effectivement. C'est partout pareil. Sauf qu'ici, on écoute, sans broncher, en contredisant le moins possible. On n'est pas d'accord ? L'écoute, toujours. Ça fait progresser. Ça ne fait pas de mal. Lui nous parle de De Gaulle. Affirme que c'était une autre stature que Mitterrand, quand même. Macron ? « N'en parlons pas ! Il est président de la France ou d'Amazon, ce monsieur ? Allons, si on avait encore en France le suffrage censitaire, comme sous la IIe République, on n'aurait jamais eu de président aussi petit à la tête d'un pays aussi grand ! Et se faire chahuter par les Gilets jaunes ? Des péquenauds qui montent en ville pour se donner le prétexte de prendre le métro au moins une fois dans leur vie, voilà ce que j'en pense, moi, des Gilets jaunes ! Quand on arrive en ville, tout le monde change de trottoir ? Certainement pas, non : sur mon trottoir j'y suis, et j'y reste ! »

D'autres ne parlent pas. Du tout. Les corps circulent, le pilote automatique a été activé depuis trop longtemps pour qu'ils se rappellent comment faire pour le désenclencher. Ceux-là sont des ombres qui se faufilent, ne demandent pas plus que ce qu'on leur donne, disparaissent dès que leur tour est passé, à la première intersection. Ils s'en vont sillonner ailleurs, là où ils pourront se faire le plus discret possible, profitant de la liberté de ne pas souffrir plus longtemps du regard, oppressant et jugeant, des autres.

Et puis il y a ceux qui, dans d'autres circonstances, dans d'autres contextes et d'autres lieux, auraient pu devenir de bons camarades. Ils le deviennent même, parfois. Des camarades oui, qui traversent une période compliquée, qui dure depuis plus ou moins longtemps, mais qui s'en remettront. S'ils le peuvent, s'ils en ont envie, si la vie ne les prend pas une nouvelle fois pour cible. Ils s'en remettront. Avec un peu d'aide, ce sera plus simple. Avec un peu d'écoute, ça le sera encore davantage.

Chapitre 20

Monica

C'est toujours à ce moment-là qu'elle intervient. Toutes les semaines, à la même heure, lorsque les dés sont jetés et que tout est déjà rangé, elle débarque. Elle invective, s'indigne, conteste, embrouille. À ses yeux, on ne la respecte pas. Elle s'en plaint.

— Je n'ai pas mangé, vous fermez encore trop tôt !

On lui dit qu'elle est en retard.

— Mais si ma montre est à une heure et que la tienne est à une autre, qui est-ce qui est à l'heure ? Sur ma montre il est l'heure, je peux dîner !

Elle jongle avec les mots, chante un refrain que tout le monde connaît par cœur, mais contre lequel elle râle encore. Elle scande des injures et des bravades lancées à qui veut bien les attraper en plein vol, et à qui veut bien les prendre dans la tronche. Elle s'adresse à l'ensemble des bénévoles, rarement à un seul car elle estime que son problème « touche au collectif ». Elle les crie parfois, ses mots, pour être certaine qu'ils ne se perdent pas, qu'ils arrivent à destination. Les mots ricochent, griffent et réchauffent un instant l'horizon. Ils n'ont pas l'air sympas, ses mots, mais ils ne sont en réalité pas si méchants.

Elle crie, mais n'agresse pas. Elle parle fort, mais pas pour gueuler, juste pour qu'on l'entende. Il y en a beaucoup, ici, qui gueulent non pas pour dire quelque chose, mais juste pour gueuler. Alors la différence, on la note. Ses mots viennent du sud, de l'autre côté des Alpes, de Bologne exactement, c'est de là qu'elle vient, et on le sait car elle le répète sans arrêt, avec cette fierté que l'on trouve chez ceux qui sont nés quelque part et qui ne souhaitent pas l'oublier.

— Ça c'est une ville de gauche, Bologne ! Paris ? Tu as l'impression que c'est une ville de gauche, Paris ? Une ville où les pauvres sont nourris par des associations qui distribuent de la nourriture grâce à des camions dans la rue, c'est la gauche ? Les zombies qui dorment sur les sièges au métro Marcadet, c'est la gauche ?

Les pensées, elle les formule en français, mais les insultes, elle les lance en italien. Tous les comprennent, alors elle ne s'en prive pas. C'est ce qui fait son charme ? Quelque part, oui.

— Allez *vaffanculo*, toi !

Brune, maquillée comme une Alfa Romeo volée, les cheveux le plus souvent recouverts d'un voile comme Esmeralda. Pas bien grande, mais suffisamment. Du rouge aux lèvres, toujours. Elle arrive tard, mais réclame son dû. Elle a raison de le faire.

— Vous arrivez trop tard, madame. C'est toujours pareil avec vous, lui lance Patrick.
— Et alors ? J'ai un travail, moi, monsieur, et des fois je fais des heures supplémentaires, voilà !

Des heures sup ?

— Oui, son travail l'oblige à travailler... dans la rue, m'apprend Will, un Anglais du Nord qui a trouvé, par-delà la Manche et après des séjours à Bruxelles, à Grenade, à Amsterdam, une nouvelle terre où traîner son accent d'expat permanent.
— Tu vois le genre ?

Il me semble que je vois, mais n'en suis pas certain.

— Ce genre de travail-là ? je demande afin d'être certain que l'on parle de la même chose.
— Oui. Elle le fait porte de Clichy, vers le boulevard Bessières, elle m'a dit. Elle m'a raconté la semaine dernière qu'il y avait des clients avec qui il n'y avait pas de problèmes, et d'autres avec qui il pouvait parfois y en avoir. Donc, des heures supplémentaires. Ce genre-là.

Patrick me regarde. Il me prend à témoin.

— Qu'est-ce qu'on peut lui dire, hein ? Il faut bien bosser, c'est comme ça. Je ne l'envie pas, la petite.

Tanguy a anticipé le numéro de Monica (c'est son prénom, Monica). Elle le fait chaque semaine alors au bout d'un moment, c'est bon, on l'a assimilé. Il a gardé de côté un sac dans lequel il a mis un peu de soupe, de la purée avec du bœuf, un yaourt à la banane, deux clémentines, le lui a présenté en lui disant que c'est la dernière fois, que les horaires c'est important, qu'on ne peut pas systématiquement faire une exception pour elle. Que si, à 21 heures passées, on est en train de ranger, ce n'est pas contre elle, mais simplement parce qu'à cette heure-là, toute la nourriture qu'on a à distribuer l'a déjà été. Elle lui est tombée au cou, l'a pris dans ses bras, lui a baisé le bout de la main.

— *Amore mio, grazie mille, sei il mio salvatore.* Toi, je sais que tu ne m'abandonneras jamais, mon amour ! Tanguy, tu es grand, et grâce à toi, je vis encore !
— Oui madame, O.K., on a compris.

Tanguy joue l'impassible, mais camoufle tout de même le début d'un petit sourire. Au coin des lèvres, il se présente, sans oser se dévoiler complètement.

— *Grazie mille, amore,* mais… où est le café ? Pourquoi il n'y a pas de café, Tanguy ? Oh Marco, Marco ! Toi, mon amour, tu aurais du café pour moi ? *Marco, mio Marco !*

Quand Monica débarque aux distributions, Marco s'arrange toujours pour se positionner devant elle. Il l'aime bien, Monica. Son accent tonique et ses manières de gitane qui n'en a que faire de la manière dont on peut bien la voir, il aime bien. Ceux qui y prêtent attention peuvent même voir, s'ils sont attentifs et lorsque Monica se saisit de ses mains en les lui serrant en guise de remerciement, le début d'une rougeur sur ses pommettes ridées. Il fait noir à cette heure-ci, place de Budapest du côté de Saint-Lazare, il a de la chance, Marco : personne ne peut rien deviner.

— Je n'ai pas de café, mais je t'ai gardé dou thé, Monica. Il y a pas l'eau chaude, j'ai jouste le sachet, mais comme ça tou pourras le boire demain matin, peut-être ?

Monica a bondi dans les bras de Marco, qui a frôlé de peu la syncope.

— *Marco, amore mio !* Ah, comme je t'adore, Marco ! La nuit sera plus douce grâce à toi, Marco !

Monica, sur ces notes chantonnées à Marco, s'est envolée. Elle a lancé un grand « *grazie mille, vi amo con tutto il mio cuore* » à la cantonade, au hasard, sans se retourner, comme une mariée envoie valser, en le jetant en arrière, le bouquet de ses noces. Un bouquet, bien sûr, que Marco a récupéré.

Chapitre 21

Existentialisme

Certains viennent chercher ici un repas à peu près complet. Ils ont la dalle, l'estomac qui gargouille, le bide en vrac, les sens qui grincent, les étoiles devant les yeux à force de ne rien avoir ingurgité de comestible depuis trop longtemps. Ils ont le ventre creux. Ils viennent chercher de la nourriture car ils n'ont pas la possibilité d'en trouver ailleurs.

Mais d'autres ne sont pas uniquement là pour ça. Ils viennent pour se nourrir, oui, mais de mots, pour garder le rythme de la conversation, de l'interaction, du dialogue et de l'échange, ou juste parce qu'ils ont trouvé ici, entre les tables en zinc et les gobelets en plastique, un repaire social qui vaudrait tout aussi bien qu'un bistro avec tables en bois travaillé et théière en fonte.

Loïc fait partie de ceux-là. Il le répète à qui veut bien l'entendre : les distributions sont d'abord pour lui le prétexte d'une socialisation. Alors bien sûr, quitte à être sorti se les cailler dans le froid et l'humidité de novembre, il en profite pour récupérer quelques victuailles pour le soir. Mais c'est vraiment pour l'échange qu'il est là. Il vient voir les copains croisés dans la file, et ceux croisés parmi les bénévoles.

Yasmine, Quentin, Camille et moi sommes parmi ses préférés. Et le sentiment est réciproque. Lorsqu'on est bénévole dans une association comme celle-ci, c'est comme lorsqu'on est prof : même si l'on rejette l'idée, il y aura toujours des élèves que l'on aimera beaucoup, et d'autres que l'on n'aimera pas du tout. Les atomes crochus, la compatibilité chimique entre les êtres, la nature humaine, etc.

Avec Loïc, on parle musiques, bouquins, films. On bavarde comme des copains, car il en est devenu un. Pour un oui ou pour un non, il éclate de rire. C'est sa manière à lui de se présenter au monde. Il rit, Loïc. Le plus souvent possible. Et il partage.

— Je relis Hugo en ce moment, *Les Misérables*, c'est quand même quelque chose ! La littérature au XIXe siècle, on a beau dire, c'était d'une autre intensité que ce que c'est maintenant ! Toi, tu lis quelque chose ? Alors *Shining*, c'est le bouquin de Stephen King ou le film de Kubrick qui est le plus flippant ? Au fait, j'ai écouté les Londoniens que tu m'as conseillés, Kokoroko. Et tu as raison, c'est vraiment bien ! J'ai pris mon pied avec ce truc. Si tu as des groupes du même genre, je suis preneur, sans problème ! Moi, le jazz, j'aime ça sous toutes ses formes, tu peux y aller !

Au stand café, l'activité, ce soir-là, est plutôt légère. Pas de marathon, juste une petite course de décrassage, tranquille. Ça change, ça permet de prendre le temps de discuter un peu. Avec les personnes accueillies, bien sûr, mais avec les bénévoles, aussi, que l'on croise parfois à peine lorsque les distributions sont trop intenses. C'est un drôle de truc, auquel on s'habitue toutefois : ne pas du tout connaître l'activité principale de certaines personnes que l'on fréquente pourtant chaque semaine et avec lesquelles on partage un moment aussi intense. Camille – plus jeune que moi, cheveux châtains et longs – gère avec moi, ce soir, le stand café. Nous n'avons quasiment personne au stand, et elle me demande ce que je fais dans la vie.

— Je travaille dans une radio. Avant, je pigeais à droite et à gauche. Et à côté je donnais des cours particuliers à des élèves qui préparaient le bac de français. Je m'en sortais comme ça. Je le fais toujours un peu pour arrondir les fins de mois, d'ailleurs.
— O.K. ! Et qu'est-ce que tu leur apprends en ce moment, en français ?
— Là, par exemple, j'ai une élève en première qui doit étudier *La Peste*. Je relis le livre avec elle. C'est toujours agréable de lire Camus.

Elle acquiesce. Elle est fan de Camus, elle aussi.

— J'aime bien les existentialistes. Depuis toute jeune, je crois que c'est la pensée philosophique qui me parle le plus.

Un bénéficiaire, qui termine tranquillement son café juste à côté de notre stand, intervient.

— Si je peux me permettre, mademoiselle, si Albert Camus est rattaché au mouvement existentialiste, c'est à tort. Il ne l'a jamais été et d'ailleurs, sa relation avec Sartre, l'existentialiste par excellence, était désastreuse.

— Désastreuse ? Tu exagères, tout de même, rebondit, effaré, Loïc.

Loïc a senti l'odeur de la conversation qui allait s'élever un peu. Il les cherche toujours, ces conversations, les renifle de loin, traque leur piste, les saisit à la gorge dès qu'il est en mesure de le faire. Rogér est un combattant à sa hauteur, son préféré même. Loïc porte une moustache blanche très fine et Rogér une barbe noire très épaisse. L'un est d'une nature calme et emphatique, l'autre d'une nature explosive et hypersensible. Loïc et Rogér se chamaillent souvent. C'est à qui parviendra à prendre le plus clairement le dessus sur l'autre. Camille, elle, n'a pas vraiment eu le temps de répondre à la considération de Rogér sur les points de divergence entre Sartre et Camus. Entre-temps, des bénéficiaires sont venus réclamer, sans surprise, un peu de café.

— Moitié café, moitié lait, s'il vous plaît.

— Tu as raison, Loïc, « désastreuse », c'est peut-être exagéré. Mais il y a bien eu rupture entre Sartre et Camus. C'est à partir du moment où Camus publie *L'Homme révolté*, si je me souviens bien. *Le Mythe de Sisyphe* ça allait encore, c'était proche de ce que pensait Sartre, même si dans les faits, il l'a toujours un peu pris pour un charlatan, Camus. Mais *L'Homme révolté* ? Refuser la violence révolutionnaire ? Mais il voulait la faire comment, la révolution, sans faire appel à la violence ? On fait des omelettes sans casser des œufs, peut-être ?

— D'accord, Rogér, tu prends parti, manifestement ! Moi, il me semble qu'un meurtre, que ce soit de celui qui colonise ou de celui qui est colonisé et qui se défend, ça ne se justifie jamais. C'est tout. Camus voulait vivre parce qu'il n'y a rien d'autre, puisque Dieu n'existe plus et que l'immortalité s'en est allée avec lui. Sartre, lui, ne voulait que du sang pour faire avancer l'Histoire. Et le sang des autres, tant qu'à faire, pas le sien !

— Tu veux mon avis ? Camus était une mauviette, voilà tout.

— « Mauviette » ? Je ne vois pas en quoi ça fait avancer le débat, mais si tu veux. Et moi, je ne supporte pas Sartre, celui qui défend le stalinisme et qui n'avait visiblement rien contre l'idée d'envoyer des innocents mourir de froid dans les camps de travail de Sibérie, les bouts des doigts qui tombent et le pif congelé. C'est de ce monsieur-là dont tu me parles, Rogér ? D'un petit bourgeois qui a appris à lever le poing sur les bancs de la rue d'Ulm et pour qui le goulag, ce n'est pas vraiment un souci, c'est le sens de l'Histoire et c'est la seule manière de rendre définitivement sa liberté au peuple ? L'homme du peuple, c'est Camus, ce n'est certainement pas Sartre.

— Parce qu'il vient d'une famille modeste, qu'il a reçu une bourse d'étude (« je dédie ce prix Nobel à mon instituteur », je connais mon texte, ça va) et qu'il était gardien de but au foot, Albert Camus, c'est l'homme du peuple ? Il n'empêche que pendant que le peuple qui l'a vu naître, l'Algérie, était en train de crever sous les tortures des soldats français, Camus, lui, recevait le prix Nobel de littérature. Il n'était pas très à l'aise avec ça et c'est Malraux qui le méritait, qu'il disait. Il n'empêche qu'il l'a accepté quand même, le prix des petits-bourgeois.

— Et ? C'est ça que tu lui reproches ? Parce que Sartre qui le refuse, le Nobel, ça fait de lui un homme du peuple, peut-être ? Et Camus ne vient pas d'une famille *modeste*, ça a été bien plus compliqué que ça pour lui : il a grandi en Algérie – c'est pas les mêmes bancs que ceux du 5e arrondissement, pas les mêmes du tout ! –, il n'a pas connu son père et sa mère était carrément illettrée ! Enfin, tu te rends compte de la différence, Rogér ?

— Oui, Loïc, je m'en rends bien compte. Tu considères que parce que l'un est né aisé et que l'autre est né pauvre, l'un est nécessairement plus proche du peuple que l'autre. Mais ce n'est pas vrai et ça me paraît être une vision extrêmement simpliste du monde ! Le camarade Bakounine a grandi dans la petite noblesse terrienne russe, ce qui ne l'a pas empêché de poser les bases du socialisme libertaire et d'être l'un des plus grands penseurs anarchistes de son temps !

— Les libertaires peuvent aussi être de sacrés salopards, Rogér. Pense à Céline…

— Oh, tu confonds tout ! Et il y a quand même une différence entre un anarchiste de droite comme Céline et un anarchiste de gauche comme Bakounine… Et je ne sais pas ce que tu as contre Bakounine, mais sans lui, il n'y aurait eu en Russie ni Lénine ni Staline. On reproche ce qu'on veut, d'ailleurs, à Staline, mais il n'empêche que si ses successeurs avaient un peu mieux géré leur affaire et avaient continué à déployer les idées du communisme en Europe, l'État nous prendrait certainement en charge, nous les « sans-dents », ce ne serait pas aux associations de venir combler les manques de l'ultralibéralisme, mon cher Loïc. On mangerait peut-être des choux et des patates, ça c'est possible, mais c'est déjà mieux que rien et moi aujourd'hui, s'il n'y avait pas les Restos du Cœur, le Secours populaire, la fondation Abbé Pierre et toutes ces associations qui survivent surtout, je te le rappelle, par le don, eh bien, ce serait plus compliqué encore.

— Tu as raison, Rogér, comme c'est dommage que l'URSS n'ait pas étendu sa domination sur le monde ! Comme ce serait mieux ! Dans ce bouquin que tu adores citer, *L'Homme révolté,* Camus met en avant que l'État, c'est ce qui tue la révolte. Les révolutions confisquent le désir, la volonté d'insoumission, tout. Et tu le sais bien, Camus était le seul à s'être méfié des communistes… Lorsque les idées de Marx et de Lénine sont devenues le stalinisme, tu m'étonnes que des intellectuels raisonnables s'en sont détournés !

— Sartre était la lutte et Camus l'attentisme, voilà ce que j'en pense. Sartre n'avait pas peur de se salir les mains. Camus préférait les garder dans ses poches…

— Alors là, Rogér, ta pensée frôle la malhonnêteté et l'acharnement envers Camus ! Si tu considères que soutenir l'autoritarisme dogmatique de Sartre c'est...

— … Loïc ! J'ai mon train à prendre, alors j'y vais ! Heureusement pour vous, les Français, que Camus est né au XXe siècle et pas au moment de la Révolution française, sinon vous ne l'auriez pas faite, votre révolution !

« *Oh non, on ne touche pas à la nuque du roi, la violence c'est mal, cachez ces têtes au sommet de ces piques que je ne saurais voir !* »

Loïc s'est tourné vers moi, interdit.

— Le lâche, il part sur une attaque en règle contre laquelle on ne peut pas se défendre, puisqu'il met un terme à la conversation. Il ne perd rien pour attendre, je ne vais pas le lâcher non plus, avec son Sartre !

Rogér part, puis revient immédiatement, comme s'il avait oublié quelque chose. Ce n'est pas Loïc qu'il cherche des yeux. Curieusement, c'est moi.

— Et vous, vous avez… fait des études ?

Je m'étonne du timing de sa question, ignore s'il me la pose simplement par pure curiosité ou pour s'assurer que j'ai compris, ne serait-ce qu'une parcelle, de ce qui vient de s'échanger.

— Oui. Des études d'Histoire, à Créteil.
— Ah, de l'Histoire, oui. Vous savez ce que je pense moi, de l'Histoire ? Que les vainqueurs la font. Et les vaincus ? Ils l'apprennent.

Il se retire sur cette phrase. Je me retire, moi aussi, avec elle.

Chapitre 22

Ligne 9

— Mon moment préféré pour faire la manche, c'est le soir. Le matin, les gens sont pressés, ils sont mal réveillés, ils ne sont pas encore prêts à recevoir une misère plus importante que la leur dans la face. Ils n'ont pas suffisamment les yeux en face des trous pour ça. Le soir, c'est différent. Aux terrasses des cafés, c'est parfait. Les mecs sont ivres, ont déjà dépensé vingt balles dans les deux ou trois pintes de fin de journée, ils ne sont plus à quelques euros près. Mais le mieux, ça reste quand même les couples. Ouais, c'est clairement eux qui donnent le plus. Monsieur donne un euro au clodo pour montrer à madame que le cœur, lui, c'est bien sur la main qu'il l'a. Et alors quand ils sont en *date*, en rencard, en période de drague intensive, là, c'est le pactole assuré ! Qu'est-ce que tu fais, toi, si tu as envie de sauter la nana avec qui tu es en train de prendre une bière à 21 heures et qu'un type se pointe en te demandant *gentiment* (celui qui fait l'aumône doit être *gentil*, c'est la base absolue) si t'aurais pas une petite pièce pour le sortir de la galère et lui permettre de dormir dans un lit propre ce soir, ou de manger un plat chaud ? Tu lui donnes, bien sûr, c'est pas le moment de faire le crevard indifférent aux choses de la vie, vraiment pas le moment. Un euro au clodo qui ouvre la paume de la main contre une soirée de jambes en l'air avec mademoiselle, ça vaut le coup, tu ne crois pas ?

— Vu comme ça, ça a l'air d'être un bon deal… Et quels endroits il faut éviter alors, selon toi ?

— Pourquoi, t'as besoin de faire la manche ?

— Non, tu ouvres un débat, je le poursuis.

— Allez, ça va Socrate, reste tranquille. Le meilleur je te dis, je pense que c'est les terrasses. Après le pire, en revanche, et ça j'en suis certain, c'est les distributeurs des banques. Là, je t'avoue que je n'ai jamais pigé pourquoi autant de types zonaient à côté de ces endroits-là. Je ne sais pas s'ils sont au courant que c'est des billets que les gens viennent chercher, pas des pièces. Tu as déjà vu, toi, quelqu'un qui file un billet de dix ou vingt balles à un mendiant ? Moi, jamais, mais peut-être que lorsque ça arrive, tu récupères en une fois ce que quelqu'un qui mendie ailleurs récupère en trente fois. Je ne sais pas. Bon, moi ce que je fais, c'est que vers 18 heures, je prends la ligne 9, direction le 16e. Rue de la Pompe, en terrasse, petit minet à mèche *versus* petite minette à frange ? Mais pactole, mon vieux, pactole ! Tu sais quoi, je gagne tellement de fric là-bas que j'aurais presque envie de te dire : « Mec, le café, ce soir, il est pour moi ! »

Chapitre 23

L'Iliade

Certains naissent à une époque qui ne paraît décidément pas être la leur. Leurs attitudes, leurs gestes, leurs regards, leur corps et leurs clameurs sont celles d'un autre espace-temps, où on ne les considérerait pas comme des asociaux incapables de s'adapter à leur environnement immédiat et aux lois morales, institutionnelles et physiques qui le régissent. Colosse à la gueule d'argile, il fait partie de ceux-là. Né au bon endroit et au bon moment, il aurait pu être un héros.

On l'aurait bien vu chez Homère, terrassant, à l'aide d'une massue qui ferait son poids, des ennemis venus de Troie, de Grèce, de partout. Chez Homère aux côtés de Ménélas, ou peut-être plus au nord, là où la mer Égée serait remplacée par la Vistule, puisque c'est bien de Pologne qu'on dit qu'il est originaire. Ses bras font la taille de mes jambes et son regard fait ressortir ses yeux d'un bleu saisissant. Ses yeux sont bleus et pourtant, ils paraissent rouges puisqu'ils semblent, lorsqu'ils vous fixent intensément, chercher le chemin du sang.

— Lui, il faut faire attention, c'est un méchant. Un vrai, m'a un jour prévenu Tanguy.

Les rumeurs disent qu'il sort tout juste de taule, et qu'il fait partie de ceux qui pourraient y retourner bientôt, s'il ne revoit pas très vite son rapport au monde extérieur. Il bouscule, il insulte, il menace. Peu importe l'interlocuteur.

— S'il veut passer devant tout le monde, me dit Tanguy, tu n'insistes pas, tu le sers. Plus tôt il est parti, mieux c'est pour tout le monde. Il y a des personnes avec qui les règles qui valent pour tous ne valent pas pour elles. Il est une exception, car il est dangereux.

Le Polonais (c'est le nom qu'on lui donne), on le voit régulièrement s'exciter. Personne ne capte jamais pourquoi. Dans sa tête, il y a conflit, et ce conflit rejaillit sur ses gestes. Un soir, il s'est agité dans sa langue à lui, en polonais donc, *a priori*. Il répétait des sons mal articulés qui formaient certainement des mots, mais que personne ne comprenait. Se révolter contre le monde, réclamer sa part, contester l'ordre établi, soulever des problèmes et proposer dans la foulée une solution pour les résoudre. Il est vrai que quitte à s'exprimer, autant que celui d'en face vous comprenne. Le colosse avait fixé Quentin – l'un de nos meilleurs amis, à Yasmine et à moi, qui avait rejoint la distribution quasiment en même temps que nous –, l'avait interpellé une fois, deux fois, trois fois, quatre fois. Comme les injonctions furent, là encore, formulées dans un dialecte que Quentin ne saisissait manifestement pas du tout – il avait vu le jour à Marseille, pas à Varsovie –, la tension était montée dans les artères du colosse. Elle avait fini par se transformer en très grosse colère.

Il avait tapé du poing sur la table, mais pour de vrai, pas de métaphore là-dedans. Son poing étant, proportionnellement, égal à l'épaisseur et à la dureté de son corps, la table avait vacillé et le plat tout chaud qui venait de lui être servi avait basculé par terre. Il allait falloir ramasser la purée et nourrir, de ce fait, un tout petit peu moins de personnes. Il y avait eu un chahut dans la file, et soudain, de l'espace autour de lui. Bénévoles comme bénéficiaires : personne ne voulait prendre un coup perdu qui aurait retrouvé son chemin en plein dans le visage.

Dans la foulée, déversant sa rage sur le stand voisin, il avait saisi un bol de soupe, l'avait lancé sur Philippe, qui n'avait pas vu grand-chose venir et qui l'avait reçu en plein sur son tee-shirt blanc. Des bénéficiaires avaient voulu le calmer, sans succès. Will aussi était intervenu, avec le courage qui est le sien. Le colosse le fixait, lui jetait des syllabes slaves à la figure. Will flippait correctement, mais ne bougeait pas, fidèle à lui-même dans ce genre de moments. « J'ai peur. Je ne le montre pas. » Il savait faire. Le calme olympien qu'avait alors manifesté Will avait apaisé le colosse.

Une pensée, venue d'ailleurs, avait néanmoins affermi sa colère, l'avait fait s'agiter, de nouveau, dans tous les sens possibles et imaginables. Arrivé à mon niveau, au stand café, j'avais craint le pire. J'avais essayé de le comprendre et avais balbutié le seul mot que je connaissais en polonais, « *dzień dobry* » qui veut simplement dire « bonjour ». Il me fixait avec une méchanceté terrible et avait soudainement changé son regard, lorsque sa langue maternelle avait résonné à ses oreilles. Son visage s'était alors illuminé d'un sourire qui lui donnait une allure tout autre. Ses yeux bleus, dès lors, paraissaient vraiment bleus. Il m'avait pris dans ses bras comme si nous étions de très vieux amis qui se retrouvaient après de longues années d'éloignement. Il me serrait et j'avais craint qu'il ne me brise la colonne vertébrale. Il n'avait rien brisé et s'était montré, au contraire, d'une camaraderie très virile. Le colosse était méchamment bipolaire.

La semaine d'après, il avait débarqué à Saint-Lazare comme si de rien n'était, avec un sourire qu'il avait dû piquer à quelqu'un d'autre sur le chemin. Il l'avait collé sur sa figure, avait même montré ses dents, mais sans menacer de manger qui que ce soit. Il avait discuté avec un autre bénéficiaire dans une langue qui semblait être du polonais, s'était montré poli, patient, ordinaire. Invisible ? Pas vraiment, puisque certains d'entre nous avaient gravé dans l'esprit, et par réflexe de survie, les formes de sa silhouette, afin de s'en tenir le plus éloigné possible dès lors qu'il rôderait dans les parages. Ne pas voir quelqu'un dont on a peur alors que son odeur circule dans les airs, ça n'existe pas, ce n'est pas possible.

Et puis encore une semaine s'était écoulée, et ça avait été. La quatrième avait été plus dure. Le Polonais, j'ai même bien cru à la fin de cette distribution-là qu'il allait me fracasser la tête contre le sol. La distribution s'était déroulée comme la plupart des autres – c'est-à-dire qu'il y a des tensions, mais que globalement, de notre côté, on s'en sort –, j'avais servi des cafés et avais terminé. Nous attendions patiemment le débrief, je discutais avec un bénévole ou avec un bénéficiaire, je ne me souviens plus. Ce dont je me souviens toutefois, c'est d'avoir croisé le regard du colosse à un moment où je n'aurais sans doute pas dû. Je riais – de manière forcée ou de manière sincère, c'était l'un ou l'autre – et le colosse m'avait surpris à le regarder à ce moment-là. Mauvais timing.

La conclusion était évidente : puisque je le regardais et qu'en même temps, je riais, c'est que j'étais en train de me foutre de lui. Il était l'objet de mes moqueries et ça, ça franchissait n'importe quelle barrière de la langue. Je me moquais, c'était limpide, et probablement n'importe qui en serait arrivé à la même conclusion. J'avais croisé son regard. Je n'avais pas eu de chance.

Je ne sais à quel traumatisme l'image du bonnet en coton était liée dans son esprit. Ce que je sais, c'est que le Polonais, dès lors que nos regards étaient entrés en collision, ne m'avait plus lâché. Il me faisait signe de retirer le bonnet – il faisait froid, alors je portais un bonnet – et moi, je le retirais. Pensant – espérant ! – qu'il ne s'adressait en fait pas à moi, je le reposai une première fois sur ma tête. Il prit le geste comme un geste de provocation et décida instantanément que j'étais devenu un ennemi. L'index qui va de la gauche vers la droite, et mime une gorge qu'on tranche : il répéta le geste en me regardant à une dizaine de reprises, avec dans les yeux, des flammes. Ses yeux étaient toujours bleus et toujours rouges, ses traits se crispaient et bien entendu, il hurlait à intervalles réguliers. J'étais l'ennemi du colosse et ce n'était pas drôle.

Il esquissa à quelques reprises des gestes dans ma direction et soudainement, les dieux — comme chez

Homère ? – décidèrent de prendre en main ma destinée, et de donner à celle-ci un horizon moins orageux. Ils m'avaient porté loin du colosse, avaient juxtaposé quelques alliés entre lui et moi, avaient fabriqué des obstacles humains pour qu'il ne puisse pas m'atteindre si aisément. Il poursuivait le geste de l'index et de la glotte, me tranchait la gorge avec ses yeux. Parfois, il refaisait aussi le geste du bonnet et m'indiquait de le retirer. J'avais beau ne plus le porter qu'à la main, et non plus sur la tête, il poursuivait le geste. Des bénévoles, qui avaient compris que c'était à moi qu'il s'en prenait, s'étaient mis devant moi afin, symboliquement, de me protéger. L'un d'entre eux essayait de parlementer avec lui pour lui indiquer de se calmer et il finit par le faire ou en tout cas, il finit par saisir une autre proie ailleurs.

J'ai eu, ce soir-là, du mal à manger, et me suis rappelé ses yeux, son index, sa gorge et la manière qu'il avait eue de les faire dialoguer. Je m'endormis avec son regard et passai, la logique était là, une bien mauvaise nuit. Les semaines suivantes, nous n'avons pas revu le Polonais à Saint-Lazare lors de la distribution du lundi soir.

Chapitre 24

Déménager

Au stand café, on sent l'odeur de la merde une semaine sur deux. Des chiens viennent déféquer dans la terre des arbres qui bordent la place de Budapest, et s'ils participent en le faisant au renouvellement des sols, ils participent aussi, et lorsque l'excrément est encore frais, au fumet néfaste qui se répand dans les environs. Le client est roi, il est en droit de demander à être servi dans un espace aux odeurs moins répugnantes. Une heure pleine passée à côté de cette puanteur, ça renforce. Ça dégoûte, aussi. Je n'ai jamais aimé la place de Budapest et pourtant, en apprenant notre départ imminent, je ressens une mélancolie que je n'avais clairement pas vu venir.

La terrasse du restaurant à l'intersection de la rue de Londres et de la rue d'Amsterdam va être agrandie, c'est désormais une certitude. L'un des autres restaurants de la place va l'imiter aussi, dans quelques semaines. Le patron ne l'avait initialement pas prévu, mais il s'est faufilé dans la brèche entrouverte par son voisin. À deux, on est plus puissants, d'autant plus lorsque des travaux de réaménagement des sols de la place sont envisagés depuis longtemps. Pour notre distribution, les obstacles devenaient trop nombreux, l'association a décidé de prendre les devants et de trouver d'elle-même un nouvel endroit où s'installer. Un espace où accueillir, trois fois par semaine, deux cents personnes pour une distribution de repas gratuite à l'attention des plus démunis ? Bon courage pour le trouver, puisqu'il s'agit quand même de déranger le moins de monde possible – commerçants, riverains, etc.

— Ça y est c'est officiel, on nous chasse, on nous annonce enfin qu'on ne veut plus de nous ?

Nous annonçons ce déménagement de manière progressive aux bénéficiaires. C'est une période compliquée.

— C'est le restaurant qui a ouvert l'année dernière qui voudrait des gens en terrasse plutôt que des clochards qui salissent l'espace ? ironise le Commandeur.

La nouvelle n'est pas bien accueillie, elle est régulièrement accompagnée de plaintes, de mécontentements, d'un sentiment de paranoïa qui s'avère particulièrement aigu chez certains.

— Ça ne leur suffisait visiblement pas de nous empoisonner avec leurs yaourts périmés, s'indigne Sylvie. Je l'avais bien dit qu'ils finiraient par nous chasser, vous remarquerez.
— On déménage, mais vous, vous allez continuer à nous aider, n'est-ce pas ? Vous n'allez pas arrêter de venir ? s'inquiète Loïc.

Entre les bénévoles, une conversation s'est également engagée, sur plusieurs semaines, sur un potentiel espace qui pourrait remplacer celui-là. Les rumeurs avaient commencé à circuler.

— J'ai entendu dire qu'on allait atterrir sur la place de la Madeleine. C'est joli là-bas, mais il y a des marches à Madeleine, non ? On va pouvoir faire comme ici ?
— Moi, Madeleine, ça ne m'arrange pas pour les trains, c'est moins pratique. Là, au moins, je peux prendre la ligne F direct, j'ai pas de changement à faire.
— À moi, on m'a parlé de la place de Clichy, de l'autre côté. On organiserait la distribution sur le boulevard, entre le 9e et le 18e, pas très loin du kiosque à journaux, tu vois ?
— Ça risque d'être une autre ambiance, place de Clichy, avec les oiseaux qui traînent là-bas. Et puis avec la pollution des bagnoles pour les poumons, c'est pas un cadeau.
— Place de Clichy, c'est là-bas qu'elles sont aussi les prostituées, non ? Ou c'est à Pigalle qu'elles zonent maintenant ?
— Et sur le parvis juste devant la gare, de l'autre côté, devant l'entrée principale de Saint-Lazare, ça ne serait pas possible ? Pour les trains, pour moi, ce serait vraiment mieux.
— On ne pourrait pas en profiter pour demander un espace couvert, cette fois ? Vous ne pensez pas que ça serait mieux pour tout le monde ? Avec un peu plus de bancs pour que les personnes accueillies puissent manger tranquillement ? Ce n'est pas bon pour la digestion de manger debout, c'est même assez mauvais.
— On sait où on va déménager, alors ?

— Non, Sylvie, on ne sait pas encore, c'est toujours en réflexion.
— Vous ne savez jamais rien, vous, de toute façon. Il y a des choses que vous savez quand même un peu dans la vie, ou vraiment vous ne savez rien ?

La nouvelle finit par tomber. En guise de débrief, Amandine le confirme : le site ne va être déplacé ni à Madeleine, ni place de Clichy, ni dans un hôtel particulier du 9e arrondissement, mais dans une rue plus proche encore des entrées de la gare Saint-Lazare. Pratique pour tous ceux qui ont besoin de prendre le train. Une *rue* pour remplacer une *place* aussi large que celle-ci ? Chez les bénévoles, tout le monde est perplexe.

— Mais… on va pouvoir mettre, là-bas, les mêmes stands qu'ici ? demande Stéphanie.
— L'agencement de l'espace risque d'être très différent, il faudra qu'on y réfléchisse. Mais on fera en sorte que tout rentre comme avant, affirme Amandine.
— Si on se déplace dans une rue, est-ce que l'on ne va pas gêner les gens qui y habitent ? Il y a quand même beaucoup de monde sur notre distrib et avec les bénéficiaires, niveau voisinage, ce n'est quand même pas toujours facile…
— Tu as raison Philippe, mais la rue est essentiellement composée de bureaux et de magasins qui ne sont pas ouverts la nuit. On ne devrait donc pas avoir de soucis de voisinage. Par contre, c'est certain qu'on va devoir faire un vrai travail de sensibilisation afin d'informer les quelques acteurs de la rue des activités qui sont

les nôtres. On m'a parlé d'un hôtel notamment, qui risque d'être un peu surpris de nous voir débarquer...

— Quand est-ce qu'on déménage, exactement ?

— Oui, bonne question, Dorothée... Sauf indication de dernière minute, ce qui est toujours possible, on fera notre dernière distribution ici lundi prochain. Après, ce sera terminé !

Chapitre 25

Ali

Sur le chemin du retour, au pied du Castorama et de l'hôtel Ibis de la place de Clichy, nous croisons Ali. Ce n'est pas un hasard, car nous ne l'avons jamais vu autre part. Nous le trouvons à la place qu'il s'est attribué et que personne ne lui conteste, à l'endroit qui est en quelque sorte son chez-lui, son refuge, qui évoque le plus, pour lui, une certaine forme de sécurité. Il passe la nuit sur le quai du métro Blanche, mais la journée, son fief, c'est ici, il n'en bouge quasiment pas.

Yasmine lui a apporté deux yaourts, une banane et un sandwich, qu'elle a pu mettre de côté lors de la distribution, sachant très bien que nous le trouverions là où nous le trouvons toujours. Je suis systématiquement surpris lorsqu'ils se tombent dans les bras l'un de l'autre, comme s'ils étaient amis depuis longtemps. C'est pourtant bien d'amitié dont il s'agit

Yasmine longe chaque jour le pont Caulaincourt qui traverse le cimetière de Montmartre. C'est au bout de celui-ci qu'Ali et elle se croisent chaque matin. Yasmine s'arrête quelques minutes, prend des nouvelles de sa santé et de son moral, repart afin de poursuivre sur le boulevard, puis de tourner rue de Londres – elle travaille à une rue de la distribution, c'est comme ça qu'elle s'est retrouvée à y participer. Ali, lui, reste ici. Il passe sa journée à sourire aux passants, à récolter, souvent, quelques mots gentils. Et comme les passants admettent plus facilement l'existence d'un sans-abri qui sourit à toute heure du jour et de la nuit plutôt que celle d'un autre qui se montre grognon et franchement antipathique, quelques riverains s'arrêtent fréquemment pour bavarder avec Ali. Parfois, lorsqu'on passe devant lui, une, deux ou trois personnes sont agenouillées à ses côtés, offrant à la solitude qui est la sienne sur ce trottoir de la place de Clichy un peu de répit.

Ils lui apportent un café ou un sandwich acheté plus haut, au Carrefour du boulevard de Rochechouart, bavardent un moment et retournent voguer vers leur vie pleine de notifications, de conférences téléphoniques, de rendez-vous à ne surtout pas oublier et de confidences un peu avinées délivrées à haute voix en terrasse des cafés.

Ali vient de Moldavie.

— C'est à côté de la Roumanie, précise-t-il afin que l'on puisse se figurer à peu près, sur une carte, le pays d'où il est originaire.
— Je ne suis jamais allé en Moldavie, mais j'ai eu l'occasion de passer quelques jours en Roumanie, en vacances, je lui réponds afin de lui faire comprendre que j'apprécie la région dont il est originaire.

Cette anecdote nous a rapprochés, car Ali est également allé en Transylvanie, quand il était plus petit, avec ses parents.

— Voiture Transylvanie ! Très bien ! Ah, Dracula !

Désormais, quand je m'arrête près de lui, il prononce souvent le nom de Brașov, l'une des villes de Transylvanie que je lui ai dit avoir beaucoup aimé. Lui aussi aime beaucoup Brașov.

— Très beau, Brașov. Très, très beau !

Ali, je le salue moi aussi lorsque je passe par la place de Clichy, lui serre la main, lui donne une pièce de monnaie ou deux. Je reste deux minutes avec lui, mais pas beaucoup plus, car malgré le petit guide de conversation franco-roumain que lui a offert Yasmine (elle lui a aussi offert, puisqu'il lui avait dit que c'était son anniversaire, une rose jaune, celle de l'amitié), son français n'est pas très bon. Il espère que pour moi, ça va.

— Pas trop froid toi, ça va ?
— Non, moi tu sais, ça va. Mais toi, plutôt ?
— Moi, ça va, il fait froid, mais ça va. Merci, mon ami.

Ali porte sur son visage une gentillesse qui ne s'efface jamais.

Il m'interroge sur mon travail et moi sur sa santé. La conversation va rarement plus loin, comme elle n'irait pas plus loin, en si peu de temps, avec n'importe qui. J'ai beaucoup d'affection pour Ali, et j'en ai encore plus depuis ce jour où j'ai remarqué que la rose que Yasmine lui a offerte pour son anniversaire, il l'a fixée avec du ruban adhésif sur le lampadaire qui se trouve juste derrière la place qui est la sienne. Cette rose est un cadeau et elle est devenue sèche, ce n'est pas une raison pour la mettre à la poubelle. Cette place est son chez-lui, il faut la décorer.

Un jour, alors qu'elle traversait la rue pour se rendre à son travail, Yasmine avait trouvé Ali en train de pleurer. Il cachait son visage avec ses mains, mais pas suffisamment, il n'était pas compliqué de comprendre qu'il se trouvait dans un moment de moins bien. Elle n'avait pas tellement su comment réagir et l'avait fait, plutôt qu'en changeant de trottoir, en posant sa main sur son épaule.

— Oh, bonjour, comment tu vas ?
— Moi ça va, Ali… mais toi ?

Ali a l'habitude de regarder ceux à qui il s'adresse dans les yeux, il ne détourne pas le regard. Cette fois-là, il l'avait fait. Il avait essuyé ses larmes avec ses gants noirs.

— Il y a des fois, c'est triste. C'est comme ça, il n'y a rien d'autre à faire.

Ali porte toujours un bonnet sur la tête et un imperméable noir, sur lequel il ajoute quelques couvertures que des voisins du quartier lui ont offertes. Yasmine lui a dit plusieurs fois que nous distribuons des repas pas très loin, du côté de Saint-Lazare.

— C'est à dix minutes à pied, tu es certain de ne pas vouloir venir avec nous ?

Il n'a pas trop compris ou en tout cas, ne s'est pas montré intéressé. Il avait un peu peur, je crois, et comme beaucoup, des files d'attente des Restos, où certains bénéficiaires peuvent, pas toujours, mais parfois, se montrer un peu agressifs. Alors, puisqu'il ne veut pas venir, Yasmine rapporte de la nourriture pour lui. Elle ne l'oublie jamais.

Un jour, elle est passée devant lui avec le visage de celle dont le nez ne demande qu'à goutter, et la gorge qu'à éjecter une toux sèche et bruyante.

— Je suis un peu malade, mais ça va, il n'y a rien de grave, c'est juste un gros rhume.

Ali s'est beaucoup inquiété et pendant deux semaines, s'est assuré, chaque jour lorsqu'ils se croisaient, que tout allait bien.

— Tu es certaine que ça va ? Il faut voir un docteur si ça ne va pas, attention !
— Je vais très bien Ali, ne t'en fais pas pour moi !

Ali pense que Yasmine, peut-être, a des origines turques, car elle est très brune et ressemble effectivement, si on veut le croire, à une Turque. Yasmine, qui n'a pas la trentaine et donne l'impression d'être plus jeune encore, est la plus jolie fille de la rue Caulaincourt, et certainement de toutes les rues alentour. Ali le voit bien, lui aussi. Ce n'est pas désagréable de se voir offrir des fleurs jaunes par une jolie fille. Il me dit, lorsque je le croise, que Yasmine est très gentille, et qu'il ne comprend pas pourquoi je ne l'ai pas encore demandée en mariage. Parfois, il tient, moi aussi, à me serrer dans ses bras.

Pour la seconde fois en quelques mois, Ali est parti se faire opérer du cœur. Il s'est fait opérer une première fois à Lyon et devait y retourner, « juste pour vérifier que ça va ». La famille de tziganes qui s'est installée, quelques semaines après le départ d'Ali, a posé sa tente tout prêt, mais pas *exactement* à la place qu'occupait Ali. Un carton marron et mouillé y traîne encore, comme si la demeure attendait le retour de son propriétaire. Ali n'est pas revenu se poster devant l'hôtel Ibis de la place de Clichy. Un mois est passé, puis un deuxième, ils se sont accumulés et sont devenus des années.

Parfois, lorsque nous passons tous les deux devant la place qui était auparavant la sienne, Yasmine me dit qu'elle espère qu'Ali n'est pas mort des suites de son opération du cœur. Je lui dis être persuadé qu'il a plutôt dû trouver, à Lyon, une bonne raison de s'installer, sur une place de jonction ou ailleurs, dans un endroit mieux protégé et plus sain que ce qu'il avait pu trouver ici. Peut-être même a-t-il rencontré quelqu'un, une Moldave ou pourquoi pas une Roumaine de Brașov à qui il est en train d'offrir, en ce moment même un bouquet de roses rouges.

Chapitre 26

Marco

Notre dernière distribution sur la place de Budapest débute comme les autres. Nous aidons le chauffeur à vider son camion, installons les tables au sein de l'espace délimité par Patrick et par Jean-Jacques, débutons la distrib dès lors qu'Amandine et Tanguy nous font signe de le faire. Dorothée et Philippe gèrent la soupe, Annie et Barbara les céréales, Hugo et Thierry le stand social. Yasmine, Hélène, Stéphanie, Will, Marco, Quentin, Camille et d'autres distribuent les plats chauds, les sandwichs, les fruits, les yaourts. À mon stand, je bavarde avec Claude (quatre cafés seulement pour lui ce soir), avec Frédéric, avec Loïc, avec Cédric. Étienne sert également du café, alors que Dimitri, qui a rejoint l'équipe il y a quelques semaines, s'occupe du thé.

À 20 h 45, nous avons commencé à nettoyer les tables avant de les ranger dans le camion. Cent soixante-sept repas distribués ce soir. Le chauffeur a mis le contact, allumé ses feux, a tourné au niveau de la rue de Londres, puis a disparu. Amandine a dit « débrief » et tout le monde est venu former un cercle autour d'elle.

Cette distribution était la dernière que nous effectuions à cet endroit précis, sur la place de Budapest isolée entre l'immensité du boulevard de Clichy et celle de la gare Saint-Lazare. Je commence à prendre la mesure de la chose, et m'attends à de grandes accolades, à des embrassades, à des discours enflammés rendant hommage à toutes ces femmes et ces hommes ayant œuvré, depuis que les Restos du Cœur ont trouvé leur place ici, à venir en aide à tant de gens ; à de grandes émotions qui auraient débordé des yeux et qui seraient devenues de petites larmes. Je m'attends à du pathos, à du sensationnel, à de l'hypersensible, à des éclaboussures de bons sentiments et de « merci » et « bravo » fusant dans tous les sens.

Mais pour notre dernière distribution place de Budapest, il n'y a rien eu de tout ça. La prise de parole de notre responsable de site a beau l'évoquer, cette émotion, je ne la sens réellement nulle part. Je guette les yeux de quelques-uns, des plus anciens surtout, qui devaient avoir avec ce lieu un rapport particulier, chargé de souvenirs, de luttes vaillamment menées, de batailles remportées haut la main. Rien de spécial, non. Amandine dit :

— Ça va quand même nous faire drôle de ne plus être ici, le lundi soir… Vous allez voir, là-bas ce sera très différent d'ici, mais ce sera très bien aussi ! On a fini par avoir l'autorisation de la mairie pour l'occuper, la rue Joubert. C'était pas gagné, mais ils ont fini par entendre que dans une rue qui devient quasiment déserte dès 19 heures, le petit bazar que l'on viendra mettre ne gênera pas grand monde ! Faudra bien nettoyer en partant, en revanche... Bon et puis merci pour tout, on se voit lundi soir, 19 h 30… rue Joubert, n'oubliez pas ! Ceux qui n'ont pas bien compris où se trouve notre nouveau chez-nous, je renvoie un mail ce soir avec un plan d'accès. À lundi, bonne semaine !

Pas de grande déclaration, mais au moins, un peu d'alcool, « un verre histoire de trinquer ? ». C'est d'accord, mais juste un petit. Direction ce bar de la rue de Londres (juste à côté, donc) où beaucoup de bénévoles ont l'habitude de se retrouver. Yasmine, bien sûr, Quentin, mais aussi Hélène, Étienne, Stéphanie, Camille, Dimitri et Annie sont de la partie. Là-bas, dans ce pub sans autres histoires que celles que les clients qui y passent veulent bien se raconter, nous croisons Marco, déjà installé, seul au comptoir – à quel moment a-t-il filé ? Il y vide un verre de blanc, avalé bien vite afin de pouvoir aller traîner le plus tôt possible son spleen courbé ailleurs. Son geste a tout d'un rituel, le genre que l'on n'interroge plus tellement on a pris l'habitude de l'exécuter.

Les pronostics vont bon train lorsqu'il s'agit d'évaluer l'âge de Marco, mais le plus souvent, on s'accorde autour de quatre-vingts ans. Quatre-vingts années de vie et le lundi soir, il est là, à dégager une énergie proprement incroyable dans un combat qui, dans son cas, est gagné d'avance, car combattre à cet âge est déjà, en soi, l'assurance d'une victoire sur la vie. Il tient à porter lui-même ce qu'il se juge capable de porter, renonçant uniquement devant les trop gros morceaux que représentent les conteneurs de café, de soupe ou les tables. Avant les distributions, c'est lui qui se charge d'aller chercher le pain dans une boulangerie tout près de la gare. C'est pour ça qu'il y tient tant, à son pain. C'est lui, directement, qui l'a récupéré entre les mains de la boulangère qui lui a dit : « Et voilà, mon cher Marco. Fais attention à toi surtout, ne t'épuise pas trop. » Non, il ne s'épuisera pas trop, dit-il avec un sourire aussi franc qu'est gros son mensonge puisque chacun sait que Marco, les distributions, il les termine systématiquement rincé à force de gesticuler dans tous les sens, de s'époumoner pour un sujet qu'il juge central et que les autres jugent mineur, de combattre encore et toujours ce qui vaut la peine d'être combattu.

Marco, il voit passer les bénévoles depuis des années, et n'en retient aucun. Peut-être le prénom d'un responsable à l'occasion, ça peut tout de même servir. Des prénoms de bénéficiaires, en revanche, il en connaît beaucoup. Depuis combien de temps fait-il ça, le lundi soir et les autres soirs de la semaine ? Le Christ a passé trente-trois années sur Terre et lui aurait passé, selon les rumeurs, trente-trois années à distribuer des couverts ici, avec les grands fracassés. Une passion de trente-trois ans, mais toujours avec ce sourire qu'il dégaine aussi vite qu'il le remballe et qui sort sans prévenir, après qu'il vous a reproché les pires maux du monde. Pas rancunier, Marco.

Marco nous engueule, c'est vrai. Parfois, on ne sait pas vraiment pourquoi. Parfois, on le sait. Ça ne fait pas plus plaisir pour autant. Mais ce n'est pas le plus important. Car ce qui compte, c'est que Marco consacre la fin de sa vie à faire en sorte que les autres mangent à leur faim. Son dos est si courbé qu'on le prendrait presque de loin pour un bossu. Marco ne doit pas mesurer plus d'un mètre soixante, mais il est ce que l'on appelle un grand monsieur.

Un grand monsieur qui a bien failli, ce soir, malgré lui, se retrouver au centre d'un petit drame.

Il est environ 20 h 30 quand, depuis le stand café, nous entendons un chahut et des voix qui montent sans jamais redescendre. Le deuxième tour vient de débuter, je me précipite au niveau des sandwichs et des viennoiseries, laissant le stand café, où il n'y a de toute manière plus grand monde, à Étienne et Dimitri. Tanguy est déjà là à parlementer, comme il le peut, avec Slimane.

— Lui, là, il m'a dit que j'en avais déjà eu, mais c'est un mytho !
— Qu'est-ce qu'il se passe, monsieur ? demande Tanguy.
— Le vieux, il ne veut pas me donner de baguette… alors que je viens d'arriver !
— Non, il en a déjà eu oune !

Marco, dos courbé, et face à lui, un mec sur les nerfs dont la silhouette culmine à plus d'un mètre quatre-vingt-dix.

— Le vieux, il déconne. C'est un manque de respect flagrant. J'suis pas comme tous ces gens qui se foutent de votre gueule et qui disent : « J'aurais besoin de plus de nourriture pour ma femme enceinte, pour ma petite fille qui a une leucémie, pour ma grand-mère qui a la lèpre… » Genre là, le mec, avec sa gueule de travers et son œil en verre, il a une femme à nourrir ? (Il pointe du doigt le type en question, qui ne réagit pas.) Mais il passe ses journées dans le matelas qu'il s'est installé devant les vitrines des Galeries Lafayette à insulter les pigeons et les mannequins en plastique, elle est où, la femme pour qui il voudrait récupérer un sandwich ? Moi, je veux juste une baguette et j'y ai droit !

— Non, il a déjà eu oune baguette ! répète Marco, qui ne lâche pas.

— Eh, mais en vrai, toi, je vais te calmer, le vieux, t'as pas compris ? J'fais le mec gentil, là, mais t'as pas intérêt à ce que je te croise dans la rue, tu vas payer ! Pourquoi tu me fais passer pour un mytho devant tout le monde, c'est quoi le souci ? J'ai la peau caramel, c'est ça qui te dérange ?

— Allez, monsieur, ça n'a rien à voir avec la couleur de votre peau cette histoire, essayons de ne pas tout confondre, tempère Tanguy.

— Monsieur, il faut pas tricher comme ça !

Trop de pression. Ça craque.

— J'crois vraiment que t'as pas compris ce qui pourrait se passer. J'en ai rien à branler que t'aies cent deux ans, O.K. ? J'suis dans un centre avec un gosse, j'en ai rien à battre de tes accusations à deux balles. Tu vas me filer une baguette tout de suite et t'excuser, t'as compris ?

Le regard de Slimane a changé. Il s'est figé, dans l'attente d'une réponse qui ne vient pas.

Tanguy, Patrick, Jean-Jacques et moi nous sommes mis devant Marco. On forme devant lui une barrière de sécurité qui ne pèsera pas bien lourd si Slimane se décide vraiment à rentrer dans le tas. Toute la distribution s'est arrêtée, et la file d'attente fixe ses yeux sur nous. Marco cherche mon regard, le trouve.

— Il a déjà pris oune baguette, mon ami. C'est vrai, je souis pas un menteur. Il est déjà venou prendre la baguette tout à l'heure.

Il a saisi mon bras et l'a pris entre ses mains, maigrelettes mais fortes. Il insiste.

— Il a déjà oune baguette.
— O.K. Marco, je te crois, y a pas de problème. Mais là, il commence à être agressif, ça ne sert à rien d'envenimer encore les choses.

Tanguy a éloigné Slimane de Marco. Encouragé par Amandine, qui a rejoint à son tour le conciliabule, il lui a donné une baguette – la première, la deuxième ? Allez, peu importe. Petit à petit la tension est redescendue, suffisamment en tout cas pour qu'un dialogue puisse doucement s'immiscer. À distance du reste du groupe, Tanguy joue la carte du conciliateur lucide et ce rôle-là, il l'interprète toujours très bien. Après la tempête, parfois, vient le calme.

— L'ami, il ne faut pas en vouloir à Marco. Vous savez, ce monsieur donne des coups de main ici, et aussi à Saint-Roch et à Nation. Il y a d'autres associations aussi qu'il aide. La vie de Marco, c'est ça, il aide. Il n'en retire aucun mérite, il ne se vante jamais. Il n'est pas là pour ça. Ce monsieur, s'il pouvait, il porterait les tables lui tout seul, il servirait le café à tout le monde et il conduirait le camion qu'il aurait nettoyé au Karcher avant de le ramener au centre des Restos. Seulement voilà, parfois, Marco est un peu fou, il fait des trucs bizarres. Là, il y a ce problème de baguette, mais il doit vraiment être persuadé qu'il vous a déjà vu en prendre, ce n'est pas contre vous. Marco, c'est un ancien bénéficiaire, il a eu des années de galère, et il venait aux Restos pour se nourrir. Il s'en est sorti il y a très longtemps et il veut donner à son tour, parce qu'il a beaucoup reçu. Regardez dans la rue, autour de vous, dans votre entourage, des gens que vous avez connu avant ou que vous connaissez maintenant. Demandez-vous si vous connaissez quelqu'un d'autre qui fait ce que Marco fait pour le monde. Et revenez me voir, qu'on en discute.

Chapitre 27

Slimane

Tanguy pensait l'affaire classée. Il était reparti de l'autre côté du site, voir si le stand café tournait correctement, si personne aux plats chauds n'avait besoin de quoi que ce soit, s'il restait un bonnet à l'intérieur du camion pour ce monsieur qui venait d'en réclamer un. On avait frôlé la correctionnelle entre Marco et Slimane, mais ça n'avait déjà plus d'importance, c'était de l'histoire ancienne, on passe à autre chose, car sinon on n'avance pas.

— Tanguy, chef, je sais que t'es bien occupé avec tout le monde, mais j'ai besoin que tu entendes les choses, je veux pas qu'il y ait le moindre malentendu entre toi, moi, Marco, tout le monde.

Slimane est revenu. Les mots de Tanguy l'ont fait cogiter plus qu'il ne l'aurait voulu. Il ne veut pas passer pour un relou, pour un mec injuste, pour un égoïste incapable de reconnaître ceux qui ne veulent que son bien. Il a interpellé Tanguy, sans animosité aucune cette fois, mais avec le ton de celui qui tient, diplomate et lucide, à tirer les choses au clair. Parfois, on se comporte face au monde avec l'attitude exactement contraire de ce que l'on souhaite évoquer. La tirade, c'est au tour de Slimane de l'étaler.

— Tu sais… c'est difficile ce qu'on vit. Les gens qui sont dans des associations comme la vôtre, vous êtes les seuls à nous considérer normalement. Quand je viens ici, jamais je ne me dis que je vais être traité autrement que comme un être humain. Alors s'il y en a un qui me remet à la place qui est la mienne en dehors de ces structures-là, qui me recolle l'image d'un voleur, d'un menteur, d'un criminel, d'un perdant, ça peut me faire craquer. L'habit du mytho qui profite de la naïveté des autres pour les entuber, elle me colle à longueur de semaine et honnêtement, elle est dure à porter.

Slimane marque un temps d'arrêt, fait mine de partir… et revient immédiatement sur ses pas. Tanguy dans le viseur, *face to face*. Y a un moment, ça doit sortir, pas le choix.

— Tu ne peux pas t'imaginer ce que c'est que de faire la manche. Tu ne peux pas, c'est normal. Dans le métro, par exemple. Regarder tous ces bâtards avec leurs téléphones à deux mille balles et leurs cheveux bien peignés, qui ne lèvent même pas un sourcil alors que tu viens de leur déballer ta vie, que tu viens de poser tes couilles dans la rame et que tu viens de dire : « J'ai un gosse, une femme, on ne peut pas se nourrir. Aidez-nous, s'il vous plaît. » Tu ne peux pas savoir la patience qu'il faut pour rester calme. Te ramener dans un métro, prendre la parole bien fort pour que tout le monde t'entende, dire à des gens que tu ne connais pas et qui n'en ont rien à foutre : « Bonjour, j'ai besoin que vous me filiez du fric. » Tu te rends compte ce que c'est que de prendre cette parole-là ? Et putain, aussi fort ? Avec toujours la même voix monocorde ? Tenter d'arracher dix, vingt, cinquante centimes à des types qui te jugent avec un regard tellement mauvais qu'il te poursuit la nuit, quand t'essaies de dormir sur un carton et que tu te souviens du type en costard qui posait son œil sur ta face et qui se disait : « O.K., faut que je le regarde, mais faut que je fasse attention à ma peau, peut-être qu'il va m'agresser. »

Une nouvelle fois, le mouvement du corps qui dit « je pars ». Et une nouvelle fois, celui qui dit en retour « j'ai pas fini, je reviens ».

— J'suis un méchant, moi ? Mais pourquoi les gens ont peur de moi ? J'ai tué quelqu'un peut-être ? J'ai du sang sur les lèvres quand je m'exprime, j'ai des restes de chair humaine entre les dents ? Pourquoi les vieilles tiennent leur sac bien fort contre leur poitrine quand elles me voient débarquer dans une rame de la ligne 7 ? J'ai les cornes du diable sur ma tête, avec des sabots de bouc et tout le bordel ?

Le départ. Le retour. Le verbe est plus fort, de nouveau. Y a des choses qui remontent, y a des choses qui sortent. Il est lancé, Slimane.

— Il me traite de mytho, Marco ? Mais bien sûr que je suis mytho ! Mais tout le monde ici est mytho, qu'est-ce que tu crois ? Si je n'invente pas n'importe quoi sur la ligne 14, tu crois que les gens vont me filer une pièce ? Se caler sur un quai, prendre la tête entre ses mains, réécrire son texte. Se dire : « Ce mot-là ne marche pas, il n'est pas assez fort, je ne suis pas assez lyrique. »

Putain, mais je fais comment pour être lyrique, moi ? T'as cru que j'étais Shakespeare ? Je suis Homère, moi ? Je ponds des alexandrins comme Baudelaire devant son café le matin ? Je vais arriver dans la rame et dire : « S'il vous plaît j'ai besoin d'argent / L'hiver est rude c'est pour mon enfant » ? Comment je fais pour que le guignol qui va vendre des assurances à d'autres guignols qui pensent en avoir besoin, comment je fais pour que ce type-là sorte son portefeuille, pour qu'il trouve la plus petite pièce qui s'y trouve malgré les 60 K qu'il gagne par an, et me la tende ? Comment je fais pour que la petite bourgeoise en mini-short retire sa gueule d'Instagram, de ses filtres de pétasse, comment je fais pour qu'elle se dise : « Il a bien parlé, je vais lui filer un euro. » Faudrait que j'apprenne à jouer de la guitare flamenco comme les gitans, pour que les bourges se disent « il fait un effort » ? Moi aussi, j'pourrais chanter ceux qui donnent leurs vertus contre une pièce en or devant un Olympia complet, tu crois que c'est quoi, la différence ? Moi aussi, je me mouche dans les étoiles, putain. Tu sais ce que c'est que d'être humilié au quotidien, encore et encore ?

Tanguy s'est figé. On l'attaque, mais il n'est pas visé. Slimane gesticule, ne tient plus en place. Il mime la plupart des mots qu'il lance. Il éructe une colère froide qu'il transforme en diatribe bouillante.

— Mec, la rue c'est pour les surhommes, c'est par pour les faibles. C'est pour les malins, ceux qui savent choisir la bonne rame, la bonne ligne de métro. Y a des territoires, mon pote, qu'est-ce que tu crois ? Moi la ligne 2, mon gars, mais jamais je suis allé mendier dans cette rame-là ! Frère, les mecs qui mendient là-bas, c'est que des gué-dro, des épaves sévères, le genre de types qui détroussent les clochards qui ont récupéré un peu de sous en faisant la manche toute la journée ! C'est ce genre d'animaux ! Et les meufs de la ligne 2 ! Putain, frère, les meufs de la ligne 2 ! Elles te touchent, t'as du venin directement dans le sang, c'est plus des femmes, c'est les rats du Moyen Âge qui font encore circuler la peste, ces meufs-là ! Si les gens savaient les maladies qui se déplacent sur la ligne 2, elle ne serait plus du tout fréquentée, cette ligne ! Entre Belleville et place de Clichy, hop, plus personne, que des places assises ! Regarde toi aussi dans ton entourage, regarde tous les lascars qui se pointent aux distributions ici, et viens me dire si personne n'a jamais craqué, et si personne n'a jamais eu envie d'allonger un type comme ça, pour se défouler et pour dire aux autres : « Au fait, vous pensez que j'suis *dead* là, mais non : j'suis toujours en vie, j'mords toujours. » Te rétracte pas, mec, je sens que je te tends. Toi, t'es un gentil, c'est O.K., tu fais partie des alliés même si des fois, on arrive les dents en avant et les poings serrés. Mais s'il n'y avait pas des médiateurs comme vous, les bénévoles des associations, qui gardent un œil ouvert sur le monde des enfers, les autres l'auraient déjà fermé à clé, et auraient balancé la clé depuis bien longtemps dans le Styx. Va la retrouver la clé dans le Styx, tiens… j'imagine qu'il était bien profond et bien dégueu, le truc. Allez, sans rancune, frère, j'voulais pas t'emmerder avec ça, t'as autre chose à faire.

Slimane tend sa main, serre celle de Tanguy.

— Merci pour ta compréhension, l'ami. Et si jamais tu veux faire la paix avec Marco, aussi…

Tanguy a gardé son calme, pris la réalité en plein dans le visage. Ce n'était pas la première fois. Ça fait partie du job.

— Ouais bon, tu as raison.

Slimane s'est avancé vers Marco, qui, instinctivement, a eu un geste de recul, s'est quasiment recroquevillé. Il a mis ses mains devant son visage pour se protéger. Slimane lui a tendu la main, grande ouverte.

— Bonne soirée, monsieur. Mes excuses et surtout, mes respects.

Plus tard, autour d'une bière ambrée, Annie me dira qu'elle aussi, pendant le débrief d'Amandine qui devait marquer le point final de nos distributions effectuées depuis la place de Budapest, avait guetté les réactions des plus anciens. Et que dans les yeux de Marco, elle avait cru déceler le début d'une lueur perlée. Le genre que l'on étouffe et que l'on essuie en faisant mine de la transformer en poussière, cette satanée poussière qui s'infiltre au coin de l'œil, toujours, lorsque le moment ne s'y prête pas et qui la ferait presque passer, si les autres avaient le malheur de vous regarder à ce moment-là, pour une larme de tristesse.

Chapitre 28

Rue Joubert

Je traverse la rue Joseph-de-Maistre, traverse le pont Caulaincourt, passe la place de Clichy, longe la rue d'Amsterdam. Arrivé sur la place de Budapest, je poursuis ma route. J'en fais le tour et rejoins la rue Saint-Lazare en coupant par la petite et étroite rue de Budapest dans laquelle se croisent des odeurs d'urine et de nourriture provenant des quelques restaurants chinois qui y sont regroupés. Puis je prends la rue de Caumartin et au niveau de la petite église Saint-Louis d'Antin, je m'arrête.

Juste avant le Citadium et son affreuse devanture tape-à-l'œil (l'écran géant qui orne le magasin se la joue tokyoïte) se trouve la rue Joubert. On passe de l'hyperactivité de la rue de Caumartin où chaque parcelle est, pour les marques ou les cafés qui s'y affichent, le prétexte d'une nouvelle opération de séduction, à une ambiance presque provinciale une fois parvenu dans cette rue qui, comme on nous l'a promis, est bien plus calme et apaisante que la place de Budapest.

Plus calme… mais plus petite aussi, plus effilée, plus discrète, moins visible. Quelques bénévoles sont arrivés avant moi et nous l'avons immédiatement constaté : l'étroitesse de la rue va nous obliger à penser différemment l'espace et à s'adapter à ce corridor que la mairie du 9e arrondissement nous a autorisés à occuper intégralement (il est interdit d'y stationner) le lundi, le mercredi et le vendredi soir, entre 19 heures et 21 h 30. Passer d'une place spacieuse à une rue étroite change tout. On s'y attendait. On s'inquiète un peu.

Nous ne sommes pas les seuls. L'un des réceptionnistes de l'hôtel quatre étoiles qui, au début de la rue Joubert, profite de la proximité idéale de la gare pour vendre un havre de repos pratique à une clientèle aisée, vient nous poser quelques questions sur les activités que l'on entend mener ici. Trois soirs par semaine ? Et deux heures à chaque fois ? Il tire la tronche. On le comprend. Deux cents personnes ? Quand même. A-t-on de la sécurité avec nous lors de ces distributions ? Ça peut être le cas sur certains sites (Rosa Parks, gare de l'Est), mais ici, ce serait dire SÉCURITÉ à un endroit où l'on souhaite seulement dire SOLIDARITÉ. Ce serait inutile. A-t-on besoin d'appeler la police, parfois ? Non, jamais. Enfin, je me rappelle d'une fois… mais c'était exceptionnel. Et ça ne s'est pas mal terminé. Bien sûr qu'on lave le site une fois la distribution achevée, et qu'on ne laisse pas traîner nos déchets au beau milieu de la chaussée. Le réceptionniste est sceptique. On ne peut raisonnablement pas lui en vouloir.

Une voiture est stationnée à la place qui devrait être celle du camion, à deux pas de la rue qui prolonge la rue Joubert (la rue de la Victoire, ça ne s'invente pas…) et juste devant une galerie marchande qui accueille un restaurant chinois, un Subway, un McDonalds (la galerie ferme dès

19 heures, le timing est parfait). Le conducteur s'y trouve heureusement encore : il râle un peu en apprenant que va bientôt commencer une distribution de repas et que par conséquent, sa voiture gêne. Il démarre et quitte sa place de stationnement (interdite, comme l'indique un éloquent panneau de signalisation avec dessin de camion fourrière intégré).

— Il va se passer quoi si on se retrouve, rue Joubert, avec dix voitures garées à 19 heures et sans conducteur à l'intérieur ?
— On va galérer, résume Tanguy, lapidaire et lucide, qui comprend que l'espace qui est mis à notre disposition sera fonctionnel uniquement si aucun obstacle ne se présente.
— Et celui qui retrouvera à 20 heures sa Clio avec cent cinquante bénéficiaires autour ?
— Eh bien, il devra attendre 21 heures pour déplacer sa bagnole, parce qu'on ne pourra pas démonter tout le site juste pour lui permettre d'en sortir… ça le vaccinera ! complète Amandine.

On indique aux quelques bénéficiaires qui commencent à arriver un espace sur lequel s'aligner et former une file d'attente. Beaucoup de regards perdus, quelques inquiets.

— Qu'est-ce qui va changer ?
— Pas grand-chose, monsieur.

Un stand plats chauds, un stand café, un stand social, un stand céréales, un stand soupe. On a déménagé notre lieu de distribution, mais les services que l'on propose restent les mêmes.

— Oui, mais là-bas, on était chez nous, et pas ici ! râle Cyril, dépité, qui a perdu la semaine passée son job au restaurant et repasse donc du mauvais côté de la barrière.

Nous perturbons, avec ce déménagement, les habitudes de dizaines de personnes qui en ont parfois énormément besoin, d'habitudes. On n'y peut pas grand-chose. On s'en excuse.

— C'était mieux avant, si vous voulez.
— Vous vous habituerez, vous verrez.

Beaucoup nous testent, interrogent notre connaissance de ce nouveau lieu, comparent tant qu'ils le peuvent Budapest et Joubert.

— J'ai eu du mal à trouver, il était mal fichu, votre plan, lance le Commandeur.

Les plus positifs mettent en avant la quiétude de la rue, son silence et louent son relatif isolement en nous rappelant, à nous qui n'avions pas poussé l'empathie dans cette direction-là, qu'il pouvait être gênant, hier sur cette place ouverte au regard de tous, de se sentir épiés par autant de badauds étrangers à la distribution. Le regard des autres, même lorsqu'on y est habitué, peut faire peser un poids que l'on ne ressent pas tous de la même manière.

— Ici, on est tranquilles. C'est bien.

Les plus négatifs, eux, notent l'absence de toilettes publiques à proximité et surtout de bancs, comme ceux de la place de Budapest, qui permettaient aux plus fragiles de s'asseoir lorsque le besoin s'en faisait ressentir.

— Je la mange comment, ma soupe ? Assise par terre ? peste Sylvie.

Et bien sûr, ils s'inquiètent eux aussi de l'étroitesse de la rue, et nous rappellent qu'avoir de l'espace pour circuler diminue aussi les frictions potentielles entre nos hôtes pas toujours bienveillants les uns envers les autres. C'était mieux avant. C'est ce qui, le plus souvent, ressort.

— Au prochain déménagement, on nous installera dans un couloir de métro, moi je vous le dis !
— Vous vous habituerez, vous verrez.

Les plus silencieux, ceux qui ne parlaient déjà pas hier, ne parlent pas plus aujourd'hui. Ils ont suivi le mouvement, n'ont pas choisi de camp. Tant que le monde continuera à tourner, ils tourneront aussi, sans rien revendiquer d'autre.

Des tables à déplacer, des cafés à servir, du riz à proposer avec ou sans sauce, et accompagné, ou non, d'un peu de viande, des yaourts, quelques fruits. Nos missions n'ont pas changé. On sert, on bavarde, on rassure, on sympathise. Nous faisons ici la même chose que ce que nous faisions là-bas. On s'est inquiété et déjà, les craintes se sont envolées. On a moins de place, c'est indéniable.

Mais c'est plus calme. Le débat est sans fin et aboutit toujours à la même conclusion : on va faire avec.

On a envoyé deux bénévoles place de Budapest, afin de faire la liaison entre l'ancien et le nouveau lieu de distribution, au cas où certains n'auraient pas eu, retenu ou intégré correctement l'info.

— Qu'est-ce que c'est que cette histoire de déménagement ? Mais je préfère rester ici, moi !
— Vous vous habituerez, vous verrez.

Troisième partie

Chapitre 29

Responsabilités

La rue Joubert, doucement, enfile ses habits sobres et sans fioritures du lundi soir. Il est bientôt 19 h 30, le camion des Restos du Cœur stationne au même emplacement que chaque semaine. Stéphanie, Annie et Barbara bavardent, postées devant le camion. Le soleil envoie des signaux estivaux, il est en avance car nous ne sommes pas encore entrés dans l'hiver. Nous nous saluons de la main, avec un sourire agréable. Je dis « bonjour » avec une voix pleine de muguet. Elles aussi chantent ce mot que l'on n'entonne jamais, selon les circonstances, de la même manière.

Farès est sorti du camion, clope au bec et ruban de balisage à la main. Il attend, accoudé à la portière ouverte de son véhicule, qu'on lui indique le moment de sortir les tréteaux, les tables et le reste. Farès – trentaine, né à Oran, sourire tout le temps –, c'est clairement l'un des chauffeurs que l'on préfère avoir avec nous le lundi soir*, puisqu'il est à la fois l'un des plus sympas, des plus détendus et des plus efficaces de tous – faut le voir ranger le camion une fois la distrib terminée, ça va vite, c'est propre, c'est du grand art. En attendant, il clope. On parle foot et nous ne sommes pas d'accord, puisque

*Les chauffeurs tournent sur les différents sites « camions » des Restos, ce ne sont pas les mêmes tous les soirs.

l'un soutient l'équipe de la capitale et l'autre celle de la cité phocéenne. On se taquine, on se chamaille, on se marre, on finit par se mettre d'accord : de toute manière, les deux équipes sont nulles, cette saison.

À quelques mètres de nous, la file des bénéficiaires a commencé à se former, ils sont une vingtaine et en un battement de cils, une cinquantaine. Je ne comprends jamais d'où ils viennent, à quel moment le petit cortège, clairsemé et maigrelet, mute en une foule d'une telle densité. Y a-t-il des cars, comme ceux qui transportent les touristes du Louvre à la place de la Concorde, des Tuileries aux Champs-Élysées, qui les amènent ici tous ensemble ?

Nous avons, depuis six mois, pris nos habitudes rue Joubert. Nous avons perdu certains bénéficiaires en route, qui ont considéré, pour une raison ou pour une autre, que ce site-là ne correspondait plus à leurs attentes (l'absence de bancs sur lesquels s'asseoir est, notamment, un sujet de mécontentement récurrent) et qu'il valait donc mieux pour eux se tourner vers l'un des autres sites de distribution « camions » du lundi soir*. Et nous en avons récupéré d'autres, qui voient d'un bon œil l'emplacement discret de ce site isolé de la foule voyeuse et indiscrète.

— Au moins ici, on est peinards, pas de touristes pour venir prendre de photos de qui que ce soit ! dit Loïc.

*Le lundi soir, à Paris, les camions des Restos du Cœur proposent des distributions à gare de l'Est, Nation, Denfert et Saint-Lazare. Les mêmes sites sont mis en place le mercredi et le vendredi, dès 20 heures. Les autres soirs de la semaine, des sites « camions » sont ouverts à République, Bréguet—Sabin, Salpêtrière, Invalides ou Porte de Saint-Ouen.

— Et surtout, moins de bagarre, il faut bien le dire ! Ça a ses bons côtés, de se tenir le plus possible à l'écart du reste du monde. Regarde l'Angleterre : attaquée cent fois, jamais conquise ! ajoute Rogér en zieutant du coin de l'œil Loïc, sur le point de se lancer dans un débat enflammé sur le Brexit et ses conséquences pour l'économie globale du Royaume-Uni.

— Ah, c'est nouveau, tu es isolationniste maintenant, Rogér ? C'est quand ça t'arrange !

Tout est pareil…

… et tout est différent. Amandine, quelques semaines après l'implantation du site rue Joubert, a en effet été contrainte de quitter la région parisienne, et donc son poste de responsable de la distribution. Son mari, infirmier, a été muté dans le Finistère, d'où ils sont tous les deux originaires. Tanguy, lui, n'a pas déménagé, mais sa femme a accouché d'une petite fille et cette naissance a redéfini ses priorités, loin de la responsabilité d'une distribution qui lui prenait, dans les faits, plus de temps que ce dont il dispose désormais. Venir une fois de temps en temps, avec plaisir. Gérer le rôle de responsable, ce n'était plus possible.

Malgré la responsabilité qui repose sur leurs épaules (faire en sorte que la distribution se déroule sans encombre), les responsables de site ne sont pas salariés de l'association. Ils sont bénévoles *au même titre que les autres*, et la gestion *en direct* ou *en amont* de la distribution n'implique pas une quelconque forme de compensation financière, contrairement, par exemple, aux chauffeurs qui nous accompagnent chaque semaine sur le site, qui sont pour leur part salariés de l'Atelier et chantier d'insertion des Restos (ACI)*. De manière paradoxale, et malgré le fait que les uns soient salariés là où les autres ne sont *que* bénévoles**, les chauffeurs des camions se retrouvent, une fois parvenus à Saint-Lazare (ou sur n'importe quel lieu de distribution), sous la direction des responsables de site, qui peuvent les intégrer, si le besoin s'en fait sentir, à l'équipe des bénévoles.

J'apprends ce fonctionnement que je n'avais, jusqu'alors, jamais interrogé, car les départs d'Amandine et de Tanguy ont fait basculer Hélène – qui est graphiste dans la vie –, coresponsable du site. On lui a proposé de prendre en charge la distribution et elle en a été très heureuse : elle est depuis longtemps l'une des bénévoles les plus assidues et les plus concernées de notre distribution du lundi soir. Hélène n'est pas bien grande, très brune, ses yeux sont foncés et leurs contours bridés ; elle transporte avec elle une bonne humeur qui ne l'empêche pas, pour autant, d'avoir un sacré caractère. Elle sait écouter, Hélène, et réagit rapidement aux aléas qui sont les nôtres, et ce fut une idée heureuse et logique que de lui proposer de prendre en charge la coordination de la distribution.

*« En janvier 2009, une convention cadre de trois ans signée avec le ministère de l'Emploi permet de sauver et de développer l'emploi de mille cinq cents contrats aidés dans les Ateliers et chantiers d'insertion (ACI). En juin 2009, la Cour des comptes publie son second rapport sur les Restos : les conclusions sont, comme en 2003, extrêmement favorables pour la gestion et les actions menées par l'association. » Source : https://www.restosducoeur.org/date-cle/1-500-contrats-aides-dans-les-ateliers-et-chantiers-dinsertion-aci/

**Tous les ans, les bénévoles des Restos doivent signer un document d'engagement qui les « oblige » à respecter la charte de l'association. Les responsables de soirées signent, eux aussi, un document officialisant leur responsabilité auprès de l'association.

J'ai été (agréablement !) surpris qu'Amandine et Tanguy me proposent, à moi aussi, de les remplacer. Un garçon, une fille, et une idée de parité qu'il est important, aux yeux de tout le monde, de faire perdurer.

La proposition s'était faite sans cérémonie ni planification particulière. « Est-ce que tu aurais l'envie et le temps de le faire ? Pourquoi pas ? Alors, allons-y. » J'avais accepté de devenir coresponsable du site sans trop savoir ce que cela impliquait. Jusqu'alors je servais du café à des gens qui m'en demandaient. Ma tâche s'arrêtait là, je l'agrémentais de quelques bavardages çà et là, le plus souvent avec des bénéficiaires que je connaissais et dont j'appréciais la présence – Claude, Loïc, Frédéric, Monica… « Du café ? Avec plaisir. Comment ça va, toi, ce soir ? »

Je dois désormais faire en sorte qu'on en obtienne bien, du café, et surtout qu'il y ait suffisamment de bénévoles pour en servir. J'ai découvert un autre rôle. Avec Hélène, nous sommes devenus ceux à qui l'on pose les questions et qui sont censés avoir des réponses à fournir. Qu'est-ce qu'on mange ce soir ? Est-ce qu'il reste des gants ou un bonnet à récupérer ? Y a encore du thé à cette heure-ci ? Lui, il a doublé tout le monde dans la file, pourquoi est-ce que vous n'intervenez pas ? Je suis handicapé et ma femme l'est aussi, est-ce que je peux avoir le double de ration ? Je n'ai pas d'endroit où dormir ce soir, le Samu social ne répond pas, vous auriez un plan quelque part ? Hello, désolé de prévenir au dernier moment, je ne vais pas pouvoir venir ce soir à la distribution… mais je serai là lundi prochain ; bon courage surtout ! On n'a pas de packs hygiène à distribuer ce soir ? Le conteneur de café fuit encore, il faut vraiment renouveler le matériel ! C'est bon, on lance ?

Être responsable (ou coresponsable, dans mon cas, heureusement que nous sommes deux !) d'un site « camions » le soir*, c'est d'abord gérer les plannings, vérifier l'état des troupes (a-t-on suffisamment de bénévoles pour ce lundi ?), coordonner les actions des équipes, accueillir les nouveaux arrivants, les former autant que possible et leur donner l'envie, surtout, de revenir, faire comprendre aux badauds qui manifestent un intérêt pour ce que nous faisons qu'il n'y a besoin ici d'aucune formation particulière en psychologie, en production d'événements, en humanitaire ou en quoi que ce soit d'autre. Qu'il s'agit juste d'avoir envie d'aider, de se sentir un minimum concerné par les soucis que peuvent connaître, de manière durable ou très ponctuelle, les autres.

Être responsable, c'est aussi être en première ligne pour recevoir les plaintes de ceux qui servent et de ceux qui sont servis. Expliquer pourquoi on fonctionne ainsi et pas autrement. *Éduquer* sur le fonctionnement de l'asso, sur ses évolutions, sur ses actualités du moment, prendre les remarques de chacun et les faire remonter, chaque semaine, aux responsables de soirée**. Envoyer pas mal d'e-mails, aussi. Il se trouve que compte tenu de mon métier (un journaliste n'écrit pas que des articles),

*Le midi, hors week-ends, des distributions de repas chauds se font, non pas dans la rue, mais dans des restaurants fermés à Ménilmontant, Porte de la Villette ou avenue Joseph-Bédier.

**Les responsables de soirée sont, comme leur nom l'indique, en charge de coordonner les différents sites de distribution d'une même soirée (les sites du lundi soir, du mardi soir, du mercredi soir, etc.).

j'en envoyais déjà beaucoup. Quelques e-mails de plus ou quelques e-mails de moins, ça ne change donc pas grand-chose.

Il est 20 heures. En arrière-plan, comme le fond d'écran un peu kitsch d'un ordinateur désuet, l'horloge de la petite église Saint-Louis d'Antin a déplacé ses aiguilles dans le sens ordinaire des choses. Elle sonne les heures comme dans n'importe quel petit village d'Auvergne, sauf que nous sommes en plein Paris, dans le 9e. Hélène et moi portons la même chasuble orange que portaient avant nous Amandine et Tanguy. Patrick et Jean-Jacques (deux anciens responsables, eux aussi, car on peut lâcher la chasuble sans pour autant jeter l'éponge) ont attendu que l'on donne le « go ». J'ai parlé un peu plus fort que d'habitude car mon rôle est désormais celui-ci. J'ai dit « Allez, on y va ! » avec enthousiasme. J'étais honoré que l'on me confie, au sein des Restos du Cœur et aussi modeste soit-elle, cette mission-là.

Chapitre 30

Contrevent

Je passe une partie de mon après-midi à guetter, par la fenêtre, les nuages s'avancer doucement vers la zone géographique qui est la nôtre. Ceux-là transportent avec eux des odeurs de goudron mouillé, ils maquillent le ciel d'une noirceur menaçante. J'ai en tête une photo d'Helmut Newton, *Leaving Las Vegas*, qui capture l'instant où une voiture, que l'on ne voit que de loin, est en train de se projeter vers une tempête qui n'a pas encore explosé, mais qui ne tardera sans doute pas à le faire. Cette photo, chez moi, est accrochée au mur. Je ne connais ni Las Vegas ni la route 66, mais je me sens, à cet instant, semblable à ce conducteur malheureux qui roule vers l'orage. Quelques gouttes déjà s'éclatent sur l'asphalte après avoir mené, depuis les hauteurs du ciel, une course vertigineuse.

J'interroge les possibilités qui s'offrent à moi, songe au seul vêtement muni d'une capuche à peu près imperméable que je possède (il traîne à la rédac et c'est une chance), avant de consulter une fois encore les prévisions de Météo-France. Les voies numériques et les voies aériennes concordent : dans les heures à venir, ça va être la tempête. Dehors, ça va péter.

— Pourquoi vous ne les faites pas sous des préaux ou dans des gymnases, vos distributions ? me demande une collègue de la radio qui tombe des nues en comprenant que malgré la pluie qui s'annonce, c'est bien dehors qu'on va l'organiser, cette distribution à laquelle elle me voit me rendre chaque lundi soir.

— Parce que c'est dans la rue que se trouvent beaucoup de gens qu'on va servir ce soir, je réponds, avec une grandiloquence qui ne camoufle pas le fait que je ne la connaisse pas précisément, la raison pour laquelle on ne peut bénéficier d'un toit à mettre au-dessus de la tête de nos bénéficiaires.

— C'est la mairie qui ne veut pas vous trouver de lieu ? Ou qui ne veut pas s'y intéresser ? Tu ne vas pas me dire qu'il n'y a aucun espace à Paris qui pourrait faire l'affaire ?

Je lui réponds que je ne sais pas quoi lui répondre. Que c'est comme ça. Qu'il se trouve qu'on nous autorise à occuper durant plus de deux heures un espace clairement délimité pour faire ce que nous faisons, et que c'est déjà ça de pris. Que des milliers de personnes dorment chaque jour dans la rue à Paris et que la pluie n'implique pas pour autant l'acquisition d'un logement, même provisoire, pour s'en protéger. Ce n'est pas dans les lois ni dans les arrêtés municipaux, ces trucs-là. Pas même dans les usages. Ça serait trop simple. Ça serait trop juste. La rue Joubert n'est pas couverte. C'est un fait. Quand il y pleut, on s'y mouille. Je scrute le ciel. Ce soir, ça va être compliqué.

À 18 heures pétantes, je quitte la radio, direction les premières lignes du front. Dehors déjà, le vent s'est levé, les rafales déplacent des amas de poussière qui circulent comme des mottes de paille dans un western de John Ford. Devant le saloon qui, avenue de la Porte-de-Montmartre, prend la forme d'un traiteur asiatique à la décoration minimaliste, un sac plastique saisit en pleine face une vieille dame. Elle se défait difficilement du sac qui s'en va tourbillonner plus loin dans les airs. La tempête se rapproche.

J'échange des textos avec Hélène. « Tu penses que ça va tomber, qu'on va y avoir droit ? » « Je le pense, oui. J'ai des bottes de pluie chez moi, j'hésite à les porter. » « À ce point-là ? » Je crains le pire et effectivement, on y va tout droit.

Dans la rue d'Amsterdam, les gens ont accéléré le pas et annulé ce qu'ils avaient prévu ce soir. Rue Joubert, nous sommes une quinzaine de bénévoles, soit une dizaine de moins que d'habitude. Il y a là une logique compte tenu des conditions météorologiques et moi non plus, si je ne portais pas désormais la chasuble orange fluo des responsables de site, je ne serais sans doute pas venu prendre le risque d'une confrontation directe avec la pluie féroce. Il n'empêche, je suis là.

Les personnes accueillies, elles, sont aussi nombreuses que d'habitude. Quand le ventre grince, il faut l'huiler, par grand soleil ou forte pluie. À 19 h 30, au moment où nous débutons l'installation du site, il ne pleut pas encore beaucoup, les gouttes ne sont que des gouttelettes. Mais l'orage rôde. Va-t-il faire le tour, passer par-derrière, prendre la porte de sortie avant même d'avoir pu entrer ?

On va bien voir. Le vent, lui, continue à faire tourbillonner les débris de plastique, de papier, de carton déversés par la rue de Caumartin. Une boîte de chaussures en carton a percuté de plein fouet Slimane qui s'en venge en l'écrasant de tout son poids.

Nous organisons avec peine le site. Même les tables en zinc sont compliquées à déplacer, et les bourrasques manquent de faire vaciller, tant elles sont puissantes, les plus légers d'entre nous, comme Marco, à qui je recommande de rentrer chez lui, mais qui, évidemment, refuse catégoriquement. Impossible de déposer les bols, couverts et verres en plastique blanc, fragiles et légers, comme nous le faisons habituellement, ils s'envolent systématiquement. Je songe à *La Horde du Contrevent,* d'Alain Damasio*, tout en sachant que ça n'a rien à voir et que j'exagère un peu la taille de notre lutte. J'y songe, cependant.

— Ça va tomber, ce soir, d'après ce qu'ils disent.
— Oui, Loïc, je le crois aussi, c'est pour ça qu'on va essayer de se dépêcher un peu.

À mes côtés, Claude joue au prophète qui a reçu en avant-première les infos par Dieu le Père lui-même.

— Allez, à 20 h 15, l'orage commence. Je prends mon café et j'y vais. Bon courage à tous !

*Dans ce roman fleuve et culte d'Alain Damasio, une horde, formée depuis la petite enfance pour le faire, parcourt le monde à la recherche de l'Extrême-Amont, la source primitive de tous les vents qui traversent le monde.

Nous avons commencé la distribution et immédiatement accéléré la cadence.

Les premières grosses gouttes résonnent comme des menaces. Nos premières minutes de distribution sont néanmoins chaleureuses et tout le monde, bénévoles comme personnes accueillies, y met du sien pour que le temps passe plus vite et que les gouttes, qui paraissent pourtant s'épaissir de plus en plus, nous mouillent un peu moins. Dans le camion, Thierry est allé prendre un parasol dont je n'avais même jamais remarqué l'existence. Il l'installe de manière à ce qu'il protège le stand social, en fait un parapluie géant. L'idée est judicieuse : c'est le stand où l'on remplit des documents (demande de rendez-vous avec un juriste, accord pour récupérer des vêtements ou un duvet dans un site spécialement dédié, etc.) dont il vaut mieux éviter qu'ils soient trempés lorsque les bénéficiaires les présenteront aux responsables des sites concernés.

— Je tenterais bien une prière, mon fils, mais je crains que ça ne serve pas à grand-chose pour ce soir, me lance Thierry, un brin ironique.

À sa bouche, sa clope est humide et n'est déjà plus fumable : elle tombera, dans quelques instants, en lambeaux.

Il est 20 h 15, la cadence des gouttes augmente d'un coup. Ce qui n'était encore qu'une pluie pénible, intrusive mais gérable, s'est transformée en averse diluvienne.

En quelques secondes, nous sommes trempés comme si des seaux d'eau avaient été déversés par quelque voisin mécontent au-dessus de nous. C'est un peu ce qui arrive, d'ailleurs, selon Frédéric, qui se demande à haute voix quelle faute on a bien pu commettre pour que Dieu souhaite, à ce point, nous faire prendre la flotte. Je n'ai plus ni Newton, ni Ford, ni Damasio en tête : il n'y a plus que les grosses gouttes et le vent pour les faire claquer sur nos visages. Je suis trempé de la tête aux pieds, l'eau s'est infiltrée à l'intérieur de mes chaussures, c'est infernal, mais nous devons faire avec. Hélène bricole, avec quelques sacs-poubelle que nous n'avons pas encore utilisés, des K-way de fortune pour deux ou trois personnes. Système D.

Et puis, comme si d'infimes particules du ciel s'étaient détachées pour venir terminer leur chute sur nos capuches (nous n'en portons évidemment pas tous), la pluie s'est transformée en grêle. Elle ne se contente plus de nous mouiller : elle fait un peu mal aussi, désormais. Il aurait sans doute fallu le faire avant, mais tout est allé trop vite : on rapporte alors la nourriture à l'intérieur du camion. Notre chahut ressemble à une fuite, on met ce que l'on peut sur notre tête, et puisque l'eau sur le pain n'est jamais du meilleur effet, on tient en priorité à mettre les sandwichs à l'abri. Les chauffeurs ont rouvert les portes arrière du camion. Avec Quentin, Stéphanie et Philippe, on s'y faufile. On force Marco, aussi, à venir avec nous. On est quasiment obligés de le tirer par le col pour qu'il nous suive.

— La plouie, ça n'a jamais toué personne. Ça séchera !

Le parasol de Thierry, lui, s'est envolé. Par chance il n'a, dans son vol plané, heurté personne. Il pleut comme vache qui pisse, comme aurait dit mon grand-père qui s'intéressait peu à la poésie, mais qui n'aimait pas, lui non plus, la sensation de la pluie épaisse sur un corps insuffisamment protégé.

Les autres bénévoles et les bénéficiaires se sont abrités sous les arcades de la galerie marchande sous lesquelles il est possible de se réfugier. Les gouttes de pluie, elles, ont trouvé leur place le long des gouttières et ensemble, se prennent pour des cascades. Une partie de la rue est devenue impraticable. Le sol y est creusé, l'eau s'y est installée, a stagné, en a débordé. À l'intérieur du camion où nous nous sommes retranchés, nous avons un abri transitoire qui nous offre une possibilité de redonner un semblant d'organisation à la distribution. Mais nous avons beau tenter d'appeler au calme, personne ne l'est vraiment, les bénévoles pas plus que les autres. L'objectif est le même pour tout le monde : finir au plus vite cette distribution qui tourne au grand n'importe quoi.

Devant le camion, une petite foule s'est constituée, jouant des coudes et des regards sévères pour se frayer une place au-devant des autres. En les rapportant à l'abri, on a pu sauver une partie de nos sandwichs, mais pas tous. Il y en a, par conséquent, moins à offrir que d'habitude.

— Pousse pas !
— Ça ne sert à rien de s'énerver.
— Ça n'ira pas plus vite en étant agressif comme ça.

De là où nous sommes, la vue réduite par la présence de cette pluie si épaisse, nous ne pouvons distinguer que des bras qui gravitent au-dessus d'une large masse informe. Les visages planqués sous les capuches ou les cheveux plaqués sur le front par la pluie battante, nous ne reconnaissons personne. Nous n'avons naturellement pas pu mettre en place de file d'attente, et bien que d'autres bénévoles soient venus nous rejoindre pour tenter de mettre un peu d'ordre et demander à tout le monde de garder son calme – Patrick et Jean-Jacques sont venus faire devant le camion ce qu'ils font habituellement avec la file –, l'anarchie de la foule prend le dessus. Ahmed manque d'en venir aux mains avec le Commandeur, aucun des deux n'étant disposé à laisser à l'autre ce qu'il estime être son dû.

Le temps de la procédure est passé, c'est désormais celui de l'urgence. Que l'on distribue aux premières mains qui se présentent, et que tout le monde, au plus vite, rentre se sécher chez soi. Tout le monde n'a pas de chez-soi ? C'est vrai. C'est autre chose. L'urgence rend con, parfois.

L'orage continue, on se dépêche.

— Pourquoi est-ce qu'on n'attendrait pas que ça s'arrête pour continuer la distribution plus normalement ? me lance Will, mécontent de la manière dont nous avons décidé, instinctivement, de nous organiser.
— Parce qu'on n'a aucune assurance que l'orage s'arrête tout de suite.

L'espace-temps s'est distendu, j'ai l'impression que nous sommes ici, sous la pluie, depuis des heures.

Avec ses mains, Dorothée protège la soupe pour qu'elle ne se mouille pas trop. Mais ses mains ne sont pas suffisamment grandes. C'est peine perdue.

— Tout est foutu, annonce-t-elle finalement, déçue de ne pas avoir pu réaliser, ce soir, ce qui n'est pas réalisable.

Yasmine, elle, brandit son parapluie comme un rempart au-dessus des fruits qu'elle ne s'est pas encore résolue à abandonner. Elle risque, en plus de la bronchite, la tendinite, à tendre son bras de la sorte. Son K-way jaune ne parvient pas à la protéger totalement de la pluie. De ses longs cheveux noirs s'échappent de grosses gouttes arrondies qui s'allongent, aussi, largement sur ses fruits. C'est une soirée *sans*. Il pleut et il y a du vent : les deux ennemis les plus redoutables d'une distribution de repas aux Restos se sont donné rendez-vous pour nous rendre la vie impossible.

Depuis le camion, on distribue à la chaîne. Un premier bénévole identifie le contenu du sandwich (porc, sans porc, végétarien), qui le passe au second, qui le passe au troisième, qui distribue aux bras les plus proches tendus vers lui. On vide rapidement les réserves. Beaucoup de mécontents, de protestations, de bousculades. On fait comme on peut. Les trois K-way que je trouve dans le petit carton qui contient (pas toujours) des vêtements à distribuer à ceux qui en ont vraiment besoin (on ne les distribue que lorsque quelqu'un nous en fait la demande, n'en disposant que de peu), je décide de les distribuer plus tard, mais de manière isolée, à ceux dont je sais de source sûre qu'ils vont passer la nuit dans la rue. En les brandissant aux yeux de tous et avec la pluie qui continue encore à s'abattre, il serait compliqué d'éviter, chez des bénéficiaires trempés jusqu'aux os et dont certains vont passer la nuit avec les mêmes vêtements, le début d'une émeute…

Au fur et à mesure de la distribution, Hélène et moi renvoyons les bénévoles chez eux. Inutile de garder trop de monde ici, et évitons tant que possible de plonger trop de monde dans les affres d'un gros rhume pour les semaines à venir. Mais la plupart des bénévoles veulent rester jusqu'au terme de cette distribution, habités par une sensation de solidarité et de fraternité qui les empêche d'abandonner leurs camarades d'infortune dans la bataille. Un pour tous, tous trempés.

Étienne est là, lui aussi, au milieu des bénéficiaires, de la pluie et des rafales. Il ne nous a pas rejoints dans le camion, a préféré rester au milieu de la cohue, car ce qu'il a commencé à distribuer (des yaourts et des salades protégés par des armures de plastique) ne souffre pas autant de la pluie que des sandwichs ou des fruits pleins de vitamines. Son K-way a beau être trempé, il donne l'impression, puisque les gestes d'Étienne sont grands et ininterrompus, d'être plutôt une cape, celle d'un combattant décidé à braver les éléments pour accomplir la tâche qui lui incombe. Sa mission ? Distribuer autant de yaourts que possible, mettre son corps et son énergie au service d'une idée, d'une conception sociale qui se manifeste ici par la plus nette des manières. Il y a ce soir chez Étienne une idée de sacrifice, de don de soi, de ces limites que l'on repousse lorsque les éléments vous y obligent. Il me fait l'effet d'un soldat isolé au sein d'une armée en déroute et aux rangs dispersés, mais qui aurait décidé, contre les vents, les marées, la tempête qui se prolonge à n'en plus finir, de combattre encore. Sur son visage, on peut lire le devoir de celui qui est convaincu par son bien-fondé. Étienne a fini par distribuer l'intégralité de ce qu'il avait à distribuer à des bénéficiaires qui sont au moins aussi trempés que lui.

Sa mission est accomplie et la nôtre aussi puisque devant le camion, la file s'est délitée. Les bénéficiaires, pour la plupart, n'ont pas traîné, se sont enfuis en courant dès qu'ils ont récupéré leurs rations. Étienne a distribué ses yaourts et nous, nos sandwichs. Grisé par une euphorie qui converge sans doute avec une montée d'adrénaline que je sens en moi depuis le début de la tempête, j'enlace quelques-uns des bénévoles, une fois la distribution terminée. On se félicite comme si l'on venait de remporter, sur le champ de bataille, une belle victoire. Quentin, Dimitri, Étienne, puis Yasmine, dans mes bras. Je pense au mot « solidarité », le prononce même en félicitant les bénévoles, me dis qu'il est peut-être possible, ce soir, de l'employer sans trop en interroger le sens.

Mais la victoire prend bientôt des airs de défaite.

— Quelqu'un a vu les sacs des bénévoles ? demande Camille.

— Ils sont côté passager, dans le camion, à l'avant, répond Hélène.
— Non, justement, ils n'y sont plus.

Deux ou trois types louches zonaient effectivement dans les parages, admettent les deux chauffeurs*, qui se regardent l'un l'autre comme s'il s'agissait de rejeter une faute qui s'avère pourtant assez partagée.

— C'est peut-être eux qui ont profité de la panique pour prendre les sacs, hasarde l'un des chauffeurs.

Pour nous, c'est un nouveau coup de froid. Pour Étienne, c'est encore pire puisque c'est son sac et ses affaires à lui qui ont disparu.

Nos visages sont marqués, en repartant, par le vol des affaires d'un camarade. Les regards sont figés dans les godasses (mouillées) et pour certains, le sentiment d'injustice se confond avec celui de la trahison. Certains bénéficiaires ont appris la nouvelle. Ils compatissent sincèrement.

— C'est dégueulasse de faire ça, surtout un soir comme celui-là, admet Slimane.
— Ça peut pas être des mecs de la distrib, j'vois pas l'intérêt, dit Cyril.
— C'est vrai qu'il y avait des types bizarres, ce soir. Je ne les avais jamais vus avant, témoigne Loïc.

*Lorsqu'un chauffeur est en formation, il est accompagné par un autre chauffeur plus expérimenté pour le former.

C'est franchement moche, tout le monde s'accorde sur ce tempo-là. Étienne, lui, a reçu la nouvelle comme une claque, comme un coup de poing en plein dans le nez.

— Y avait quasiment rien dans mon sac, mais c'est symbolique.

Le lendemain, le mot qu'il nous adresse, à Hélène et à moi, par e-mail, porte la trace des chagrins, des déceptions, et des échecs d'estime. Il nous informe avoir besoin de prendre du recul. Il va, au cours des prochaines semaines, « se mettre en retrait des distributions ».

En repartant, et quelques instants avant de m'enfoncer dans la gorge du métro Havre-Caumartin, Cédric me salue. Il veut nous féliciter pour la distribution de ce soir, me dit que c'est « gentil d'avoir fait la distribution quand même ». Cédric ruisselle tant il est mouillé, a des allures de grande flaque qu'on n'aurait pas encore pris le soin d'éponger. Il a pu récupérer un sandwich. Il est trempé, lui aussi. Cette image me marque, elle circule dans ma tête le long du trajet qui me conduit entre les quatre murs et le toit qui forment mon appartement du 18e arrondissement : nous avons limité la casse et pouvons rentrer l'esprit tranquille, prendre une bonne douche chaude, nous endormir apaisés car conscient d'avoir agi comme il convenait d'agir. Nous sommes infiniment chanceux, car pour certaines personnes que nous avons servies, la nuit sera moins reposante : elle se passera sous les arcades des immeubles haussmanniens, sous un Abribus ou un pont quelconque, à penser à autre chose qu'aux vêtements trempés qu'on ne peut pas changer car on n'en possède pas d'autres.

Chapitre 31

Ligne 4

On vit parfois – souvent – par habitude, car on ne sait faire autrement. Chez quelques-uns des bénéficiaires que nous croisons lors de nos distributions – ceux chez qui les issues de secours semblent si bouchées que l'on se demande si elles ont pu un jour être ouvertes –, il faut une sacrée force mentale, une sacrée persuasion de l'existence de lendemains qui chantent pour continuer à vivre en traînant toute la journée, comme ça, dans le gris. Il faut croire, plus que n'importe qui d'autre, en demain.

Pourquoi s'obliger à reproduire les gestes immensément basiques pour d'autres et qui s'avèrent tellement complexes pour eux – s'alimenter, dormir, se laver, assouvir sa soif ? Parce qu'on n'apprend aux hommes ni à vivre ni à mourir. « Nous prenons l'habitude de vivre avant d'acquérir celle de penser. Dans cette course qui nous précipite tous les jours un peu plus vers la mort, le corps garde cette avance irréparable*. »

Je me rappelle ce garçon, qui n'était pas vieux et qui mendiait sur la ligne 4, entre les stations Cité et Saint-Michel. Meurtri par un nouveau passage très peu fructueux

*Albert Camus, *Le Mythe de Sisyphe*, Gallimard, 1942.

dans la rame, où la mauvaise humeur et l'air maussade qui étaient alors les siens n'avaient pas convaincu les citadins de lui glisser dans la paume une petite pièce, il avait indiqué, suffisamment haut pour que chacun puisse l'entendre, qu'il allait finir par « se foutre en l'air ».

Les usagers avaient baissé le volume de leurs conversations, lorsqu'ils étaient accompagnés de quelqu'un d'autre, devant la menace que celui-là brandissait et qui semblait avoir choqué tout le monde.

— Aujourd'hui, je pense que je vais le faire, c'est le jour.

Allait-il déclencher, dans l'après-midi qui allait arriver, la voix préenregistrée par les services de la RATP qui indiquerait un incident de voyageur perturbant momentanément le trafic sur l'ensemble de la ligne 4 ? La RATP allait-elle devoir s'excuser, auprès de tous, pour la gêne occasionnée ? Inscrirait-il à jamais, dans la mémoire d'un conducteur de train, l'image d'un homme qui se jette sur les rails et reçoit le contact, définitif et fatal, d'un train sur le corps ? Allait-il dire « ça suffit » ?

Je le retrouvai une semaine plus tard, au niveau de la station Étienne-Marcel cette fois, lancé dans la même diatribe qui avait été la sienne quelques jours plus tôt. Il réclamait toujours le pain et la chaleur, mais ne parlait plus des rails qui allaient se rougir après son saut ultime dans le vide. Sa voix était d'une agressivité plus intense encore, mais le pas, il ne l'avait pas franchi. Il n'avait pas choisi le suicide car il demeurait encore, malgré la situation sanitaire désastreuse qui était la sienne, persuadé de lendemains nécessairement plus heureux.

— Moi, je vis parce que je n'ai rien d'autre à faire. Permettez-vous, s'il vous plaît, que je continue ?

Chapitre 32

Tourisme

Dimitri pose une main sur mon épaule. Il était au niveau des plats chauds, mais est venu me rejoindre au camion.

— Y a deux mecs qui veulent parler au responsable. Ils disent qu'ils voudraient donner un coup de main. Ils ne sont jamais venus. Je te les envoie ?
— Les deux mecs en costard-cravate, là-bas ?
— Oui, c'est eux. Je leur ai dit que normalement, on ne peut pas se pointer comme ça, mais ils insistent.
— O.K… bien sûr, je vais leur parler.

De loin, je leur fais signe de venir dans ma direction. Ils s'avancent.

— Enchanté. Louis. C'est toi le responsable ?

Il me tend la main avec un sourire plein.

— Oui, on peut dire ça. Je suis l'un des deux responsables du site. Qu'est-ce que je peux faire pour vous ?
— Vous n'êtes pas très nombreux là, vous êtes assez pour nourrir tous ces gens ? On était dans le quartier, on est tombés sur vous, on s'est dit : il faut qu'on aide !

— La distribution a commencé depuis un petit moment, c'est…
— … ouais, je le vois bien. Vous les faites jusqu'à quelle heure, vos distributions ?
— 21 h 15, 21 h 30, en général, pas plus tard.
— Il reste du temps, donc ?

Il m'indique l'heure en me désignant les aiguilles de sa montre.

— 20 h 20, ça peut encore le faire, non ?

Effectivement, comme l'a dit Dimitri, il insiste. Et moi je cède, trop facilement sans doute, mais lui suggère tout de même, s'il veut aider, de retirer sa Rolex.

— Ah oui… Tu penses qu'on pourrait me la tirer ?

Je pense surtout que le diable n'a pas nécessairement besoin d'être tenté à un endroit où il peut avoir l'habitude de se manifester, et surtout que s'afficher avec une Rolex à une distribution de repas aux Restos du Cœur, c'est comme s'ouvrir les veines dans un bassin de requins qui n'auraient pas été nourris depuis une semaine. C'est de la provoc, c'est risqué, c'est incroyablement con.

Mais je reste dans mon rôle et m'applique, plutôt, à naviguer dans les mêmes eaux que lui.

— Il faut faire attention. Les vols, ça arrive de temps en temps. On en a eu il y a quinze jours.

— Les mecs que vous servez vous volent des trucs, parfois ? C'est dingue.

Je ne rebondis pas. Il poursuit. Il habite trois rues plus loin, rue de Rome. Lui et son pote sont venus aider, disons, « en tant que voisins ». Ce sont des « anciens potes de Coluche » alors les Restos, « ça fait un peu partie » d'eux-mêmes.

— Anciens bénévoles du coup, dans les années 80, 90 ? je leur demande, par curiosité.
— Pas vraiment, non… mais enfin, on connaît ! Coluche, c'était un bon copain.

Je ne cherche pas à comprendre.

Je sors la version procédurière du responsable de site, le genre de costume que j'enfile dans les moments où le besoin de se retrancher derrière l'institution se fait le plus ressentir, parce qu'il faut bien l'avouer : avec leur sans-gêne manifeste, ces deux-là m'agacent de manière très nette. Je leur ai dit oui… mais tiens à leur faire comprendre que je n'aurais pas dû.

— Normalement, je ne devrais pas vous accepter. Il faut prendre contact avec l'association – je peux vous le donner –, puis suivre une formation* pour pouvoir participer aux distributions. À celle-ci comme à d'autres, d'ailleurs. Les gens de la rue, c'est une

*Les bénévoles sont censés suivre une formation d'une journée afin de les familiariser avec les valeurs, les bonnes pratiques et les bons usages d'un bénévole aux Restos du Cœur. Dans les faits, je connais peu de personnes ayant participé à cette journée de formation et avoue ne l'avoir moi-même jamais faite…

psychologie particulière, vous savez. Ils ne réagissent pas toujours comme le ferait une personne qui n'aurait pas été confrontée à ce que certains d'entre eux vivent au quotidien. Il faut y être un peu préparé.

Les deux me regardent avec une moue qui affiche leur incompréhension. Ils m'arrêtent rapidement.

— Non, mais l'idée, ce n'est pas d'être bénévoles tout le temps, hein, pas du tout. Nous on travaille chez Lazard, le temps, c'est pas ce qu'on a le plus… C'est juste que là, on passait et on s'est dit : « Allez, pourquoi pas, c'est une expérience ! » Moi, ça me tue toujours de voir des gens pioncer dans la rue, vraiment. Ça m'a toujours fait un mal… tu ne peux pas savoir. Un pays aussi riche que la France qui laisse certains de ses citoyens dehors… je ne peux pas supporter. Dormir dans la rue, ce n'est pas humain, ça ne devrait pas exister.

Il s'est arrêté. Puis a repris, après un long soupir.

— Tu vois, avec mon boulot, j'ai l'occasion de voyager. Et dès que je rentre en France, je suis choqué de voir à quel point les gens s'en foutent, de la pauvreté de notre pays. Les mecs peuvent crever dans la rue, dormir dans des tentes juste en bas de chez eux, ils ne vont pas les regarder pour autant, rien à foutre ! Ça me choque et là, franchement, en venant chez vous, voir tous ces pauvres gens… il y en a toujours autant, tous les soirs ?
— Oui, toujours. Plus ou moins.

— Putain, c'est fou… Et vous avez que ça comme bénévoles, c'est tout ? Les gens sont égoïstes, c'est pas possible.

Par faiblesse, par fatigue, et parce que d'autres affaires nécessitent alors mon attention — est-ce qu'il reste un peu de pain dans le camion ? Déjà quasiment plus rien à la soupe –, je leur indique qu'il manque deux personnes en bout de table, côté plats chauds, pour distribuer les cuillères et les serviettes. Ils sont les bienvenus s'ils veulent vraiment aider.

— Les cuillères et les serviettes ? Tu n'as pas autre chose ? Je préférerais aller au café, moi, par exemple.

Je me sens de plus en plus à l'étroit dans mon rôle de responsable sympa d'un site de distribution. Mon ton devient plus sec.

— Il n'y a besoin de personne au café. Si vous voulez vraiment aider ce soir, distribuer des cuillères, ça sera très utile.
— Non, mais O.K., bien sûr, c'est toi qui sais ! Content de vous aider ! répond Louis, manifestement pas conscient du tout du manque de tact dont il fait preuve depuis le début de nos échanges.

Pas grave, on laisse couler. Focus.

Je les accompagne aux plats chauds. Sur le chemin, ils tiennent à serrer la main à quelques bénéficiaires, au hasard des tracés. Deux d'entre eux refusent la poignée – une chance que Sylvie ne leur ait pas craché dessus, alors que je vois les traits de son visage se convulser à leur passage –, et deux autres l'acceptent, par pur réflexe, l'air perplexe. J'indique aux autres bénévoles que Louis et Raphaël vont « donner un coup de main ce soir », puis repars. Complice, Loïc me regarde en se marrant – rire jaune, mais rire quand même.

Au passage, Jules, qui a capté mes échanges avec les deux banquiers, m'a chopé le bras. Je ne connais pas son prénom, mais l'appelle Jules, comme le personnage de gangster évangéliste que Samuel Lee Jackson incarne dans le *Pulp Fiction,* de Tarantino. Il a la même dégaine que lui, le même look et surtout, ce surnom, il n'a fondamentalement rien contre. Sur ce ton qui est le sien, toujours écartelé entre une mauvaise humeur surjouée et un humour cinglant – il a parfois du mal, après une pique correctement lancée, à camoufler le début d'un sourire malin –, il s'est agacé.

— Allez là, c'est quoi ces mecs que vous ramenez, ils sont au zoo ou quoi ? Les mecs ont peur des clochards et ils viennent se la jouer bénévoles ? Tu vas leur tamponner une attestation de bénévolat pour qu'ils puissent la montrer à leurs copains du Cac 40 ?

J'ai souri sans rien dire. Mes préjugés, il faut les ranger dans ma poche, au moins le temps de leur laisser, à tous les deux, le bénéfice du doute.

Je retourne au camion afin de vérifier l'état de nos réserves en vêtements – une voix, maigrelette et toute basse, m'a demandé s'il nous restait encore des duvets.

— Messieurs, s'il vous plaît, essayez de libérer le passage pour qu'on puisse circuler.

Je me fraie un chemin entre une rangée de personnes accueillies qui bouchent le passage et trouve dans le véhicule, c'est une victoire, quelques nouvelles baguettes de pain un peu dures (pour la soupe, c'est ce qu'il y a de mieux). Des duvets, par contre, il n'y en a plus, le seul dont on disposait en début de distrib a déjà trouvé preneur.

— Mais… comment je vais faire pour dormir ce soir alors, sans duvet ?
— Madame, je vous en ai donné un il y a trois semaines, je m'en rappelle bien. Qu'est-ce que vous en avez fait ?
— Je ne sais plus.

Je remplis pour elle un bon lui permettant d'en récupérer un dans l'un des centres fermés des Restos*.

Puis j'embraye. Au suivant. Madame ?

— Moi aussi, je voudrais un duvet.
— Désolé, madame, je n'en ai plus. Et vous savez, nous réservons les duvets aux gens qui dorment dans la rue.

*Chaque lundi, on dispose d'une demi-douzaine de bons « Vestiaire » à distribuer, qui permettent aux personnes accueillies de pouvoir bénéficier d'un duvet ou d'une parka, à récupérer dans un centre des Restos domicilié Porte d'Ivry, dans le 13e arrondissement.

— Il n'y a que les gens qui dorment dans la rue que l'on aide, ici ? Et les autres, on ne compte pas ?
— Non, ce n'est pas ce que j'ai dit et franchement, vous venez récupérer de la nourriture ici toutes les semaines, vous savez très bien que l'on aide tout le monde sans distinction. Ce que je dis, c'est que les duvets, de manière spécifique, sont pour les gens qui en ont *vraiment* besoin.
— Moi je n'en ai pas besoin, peut-être ? Qu'est-ce que vous en savez ?
— Madame, vous ne dormez pas dans la rue, n'est-ce pas ?
— Non, c'est vrai, j'ai mon appartement. C'est un logement social et il n'est pas très grand. Il y a des fenêtres qui sont en mauvais état, il n'y fait pas chaud et même, il y fait parfois un peu froid.
— Bon, eh bien, comme je viens de vous le dire, et je sais que ce n'est pas la première fois que nous avons ensemble cette conversation, les duvets, c'est justement pour les gens qui n'en ont pas, de logement.
— Mais je viens de vous le dire : j'aurais besoin d'une couverture supplémentaire pour chez moi, où il ne fait pas chaud.

Je m'agace. Quand elle s'y met comme ça, Madeleine – cinquantaine, cheveux blonds, poids plume, voix nasillarde, lunettes très rondes et très grandes – est vraiment pénible. Quoi qu'on lui propose, elle réclame toujours plus. Ça ne va jamais.

— C'est du bœuf, ce soir ? Non, je préférerais du poisson, donnez-moi du poisson.

Un jour, j'en suis certain, elle tentera de négocier de repartir avec le camion lui-même, sous prétexte qu'elle n'a plus de moyen de locomotion à elle depuis des années...

— Madame, quitte à me répéter, je me permets de vous redire que ces duvets sont réservés à des gens qui dorment dans la rue. Ce sont des gens qui, et désolé d'enfoncer des portes ouvertes, n'ont pas de lit ni d'oreiller. Vous parlez de fenêtres en mauvais état ? Mais enfin, madame, il y a des gens qui viennent réclamer des duvets ici qui n'en ont pas, de fenêtres !
— Toujours pour les autres, hein ! C'est chaque fois pareil avec vous de toute façon, il y a toujours une bonne excuse pour ne pas nous donner les choses.

Quelques minutes plus tard, de passage aux plats chauds afin de vérifier que tout se déroule correctement, je trouve Louis et Raphaël tournés l'un vers l'autre, en train d'échanger sur les prochaines vacances qu'ils passeront ensemble avec leurs familles respectives. Les cuillères et les serviettes sont posées devant eux, c'est aux bénéficiaires de se servir. Pas certain qu'ils y aient touché. Ils interrompent parfois leur échange d'un « Bonjour monsieur, bon appétit et bonne soirée à vous », et reprennent.

— Nice, toi, cet été ?
— *A priori,* oui. La montagne l'hiver et la mer l'été. Cette année, on va rester sur les basiques.

Puis Louis capte ma présence. Il m'accroche des yeux, redémarre :

— Vous êtes là combien de soirs par semaine, en fait ?
— Cette équipe-là, uniquement le lundi soir. Il y a d'autres équipes ici le mercredi et le vendredi. Et puis d'autres sites un peu partout ailleurs à Paris. Tu as un site à République, à Nation, à Denfert, à gare de l'Est…

Grimace.

— Gare de l'Est ? Ça doit être chaud, là-bas !
— Je crois que ce n'est pas facile, effectivement. Ici, franchement, on s'en sort bien, les gens sont cool et les problèmes, assez rares.
— Ouais, je vois. C'est bien, vous bossez bien, ça fait plaisir.

Louis est en train de s'égarer dans des divagations sur ce que doit impliquer la distribution de gare de l'Est – les toxicos doivent être compliqués à gérer, y a-t-il, là-bas, des services de sécurité pour le faire ? –, lorsque Pierrot m'interpelle avec sa bonhomie habituelle. Il se tient debout entre le stand des plats chauds et celui des céréales. Sa barbe a encore épaissi depuis la semaine passée, mais pour ses cheveux, c'est l'inverse qui se produit. Ils sont sans doute noirs à l'origine, mais doucement, ils deviennent gris et surtout, il n'y en a plus beaucoup. Pierrot m'a confié un jour que comme il les perd, ses cheveux, il préfère mettre directement une casquette : « Le jour où ils seront tous tombés, comme ça, personne ne s'en apercevra. »

— Ça va, mon vieux ?

C'est comme ça qu'il m'appelle, « mon vieux ». Je l'aime bien, Pierrot. On se serre la main, chaleureusement.

— Oui, ça va et toi ? La santé et tout ?
— Oh ouais, ça va. Ça va, là, les Restos du Cœur ?
— Pas de souci ce soir, tout roule correctement pour l'instant.
— Ouais, je vois. C'est bien ce que vous faites, c'est bien.
— On essaie d'être utiles, à notre niveau. L'important c'est d'essayer, non ?
— Ouais, carrément, c'est vrai. Moi, tu sais, j'ai des galères, là.
— Les mêmes que… d'habitude ?
— Ouais ouais, c'est pas cool, ma fille, j'arrive pas à la voir. Sa mère elle ne veut pas.

Dans son dos, Jules lui a tapoté l'épaule, version taquin relou.

— Alors sac à vin, tu tiens encore debout, qu'est-ce qui se passe ? Putain, il est 20 h 30, t'es pas fracassé par terre encore, t'es en cure de désintoxication ?
— Allez, arrête, là, je discute.

Il ré-enchaîne.

— Je n'ai plus le droit de la voir. Alors que je n'ai rien fait du tout. La juge, elle m'a baisé, tout ça parce que c'est une nana et tu sais, entre nanas, elles sont solidaires. Bon, mais la juge, cette connasse, elle ne veut plus que je voie ma fille. Ma fille, elle aimerait bien, hein, ça je le sais. Je sais que ma fille a envie qu'on se revoie.

Quelques fois, je suis venu pour la voir, j'ai attendu en bas de chez elle. Elle habite avec sa mère, c'est ça le souci. Mais cette connasse, sa mère, elle a hurlé par la fenêtre. Elle m'a dit : « Pierrot, j'te rappelle que t'as pas le droit d'être là, le verdict a été rendu », j'sais pas quoi. Elle a dit : « J'vais appeler les flics, Pierrot. » Sa mère, c'est devenu une vraie sorcière.

— Et… ça fait combien de temps que tu n'as pas vu ta fille, du coup ?

De cette histoire-là, j'ai entendu souvent le refrain. Le couplet donne, d'un coup, une teinte légèrement différente au morceau.

— Pfiou, mon vieux, ça doit faire… un an, je pense. Enfin, moi je la vois, hein, mais en revanche on ne peut pas discuter, on n'a pas le droit. Eh oui, depuis qu'il y a eu le jugement, c'est devenu plus compliqué. Une fois j'étais dehors, j'étais garé, là, dans la voiture, devant chez elle à Montreuil, et sa mère est sortie, méchante et tout. Moi je suis sorti aussi, sa mère elle m'a dit : « Qu'est-ce que tu fais là, tu n'as pas le droit ! » Agressive, tu peux pas savoir ! Elle a crié, encore ! Bon, pour la calmer j'lui ai mis un… enfin j'lai… enfin on s'est disputés quoi, j'ai dû lui dire de se calmer, et j'ai dû repartir. Tu sais, des fois les femmes, faut être un peu… « mec » quoi, si tu vois ce que je veux dire ! Sinon, trop compliqué… Enfin, ça, c'était le mois dernier, c'était il y a pas longtemps. Depuis j'me gare un peu plus loin parce que sinon sa mère, elle reconnaît la voiture, elle remarque et maintenant, elle hésite plus à descendre. Avant elle fermait sa gueule, mais maintenant… Depuis le jugement, elle a pété un boulon, sa mère, elle se prend pour un bonhomme quand elle me parle, tu la verrais, j'te jure… Je passe à pied, comme ça, si je croise ma fille, je pourrai lui parler, lui raconter un peu les choses. Elle me manque, ma fille, tu sais.

— Ouais, O.K… Quel âge elle a, ta fille ?

— Elle a comme toi, je pense. Tu as quel âge ?

— J'ai trente-deux ans.

— Elle a comme toi, voilà, elle a trente-deux ans ! Elle est belle, elle te plairait.

— Oui, sûrement. Qu'est-ce qu'elle fait dans la vie ?

— Elle travaille à la Sécurité sociale, ma fille. Dans l'administration, comme moi avant ! C'est un soldat de l'État ! Moi, j'étais à Montreuil, je travaillais à la mairie. J'étais bien, c'était intéressant ce que je faisais, je m'occupais des plantes, c'était le service d'entretien de la ville. Bon, maintenant, le travail je l'ai plus à cause de mon ex, là, cette pute. J'te jure, celle-là, si j'pouvais la… Enfin bon, hein, bref… C'est bien ce que vous faites aux Restos du Cœur, c'est bien.

— Ce qu'on fait ?

— Oui, venir nous voir, servir du café et des pâtes, c'est bien.

— Oui, on essaie…

— C'est bien. Toi, ça fait longtemps que tu viens maintenant, hein, on se voit souvent, hein ?

— Ça fait trois ou quatre ans que je viens, je m'y perds, à force !

— Ah oui, c'est bien ça. C'est gentil de venir nous aider, c'est bien.

— Oui… bon, je dois aller jeter un coup d'œil là-bas, au camion.

— Eh oui, tu es le chef, maintenant ! Et tu sais, moi je te donne un conseil, il faut faire attention, ici. Il y a des gens, ils ne sont pas sympas, ils sont bizarres. Moi je suis clean, y a aucun problème, mais y en a, là, c'est des voleurs, des menteurs, des racailles. Faut pas mettre les torchons avec les serviettes comme dirait l'autre, mais alors ici, c'est tout le monde dans le même panier. Faut faire attention, y en a, ils sont pas bien. Tous des torchons. Et la petite, là, c'est ta copine, non ?

— La bénévole aux plats chauds ? Non, pas du tout, et puis… elle doit avoir vingt ans, tu sais.

— Ah bon. Ben, je vais pas te mentir, moi si j'étais à ta place, je la baiserais, la petite. T'es beau garçon et tout, moi je pense que si tu voulais, tu pourrais… T'aurais juste à le vouloir, elle dirait oui, c'est obligé. Ouais, franchement, à ta place, je la baiserais.

— Ouais… Bon allez, je vais au camion ! À tout à l'heure, Pierrot.

— Sac à vin, arrête de l'emmerder, là !

Jules a continué sa ronde entre les stands. Une tape dans le dos, musclée. Pierrot s'agace, retire la main de Jules, direct.

— On était en train de discuter, là, c'est bon. Si on peut plus parler aux Restos du Cœur, où est-ce qu'on va le faire, hein ?

Dix minutes plus tard, Louis, sourire sur les lèvres. Une de ses mains tient son manteau et l'autre est tendue vers moi.

— Bon, on va y aller, c'était vraiment un plaisir de vous aider, ce soir. Je te donne ma carte au cas où tu aurais besoin de renforts un soir. Avec Raphaël, on est au taquet : tu nous appelles et on débarque, O.K. ? Allez, à plus tard et bravo pour ce que vous faites tous, là, c'est super.

Jules, qui ce soir n'en loupe pas une et qui capte décidément tout, m'interpelle encore :

— Alors chef, t'as tamponné ?

Chapitre 33

Rue Joseph-de-Maistre

Un soir en rentrant, je tombe sur une sans-abri ayant trouvé refuge sous une petite toiture donnant sur la porte du parking de l'immeuble dans lequel Yasmine et moi habitons, rue Joseph-de-Maistre. Il pleut dehors, le taux d'humidité dans l'air est important, elle s'est installée sur un espace inutilisé, une toute petite parcelle de sol où elle ne dérange personne, pas même ceux qui auraient besoin, c'est bien là leur droit le plus absolu, d'ouvrir la porte du parking automatique où ils peuvent protéger de la pluie et du taux d'humidité important leur Citroën C5 Aircross (à partir de 26 050 euros, moteur trois cylindres en ligne de 1,2 litre, diesel quatre cylindres en ligne de 1,5 litre, quatre cylindres en ligne de 1,6 litre).

Elle est très maigre et très sale, a la mine des mauvais jours qui sont devenus des mauvaises semaines, puis des mauvais mois. Je vais la voir, on se parle deux minutes. Elle ne dit pas grand-chose, elle ne veut pas déranger, surtout pas. Je lui indique les repas que l'on distribue à Saint-Lazare, à vingt minutes à pied d'ici. Elle m'en remercie. Elle viendra, naturellement.

— Lundi, mercredi, vendredi, 20 heures, d'accord, je retiens.

Je remonte lui chercher un verre d'eau et un sandwich fabriqué à partir d'une demi-baguette, avec jambon de Parme, cornichons et beurre salé à l'intérieur. Je lui rapporte une vieille couverture et un oreiller, parce qu'elle n'a pas l'air d'avoir grand-chose pour se préparer à la perspective de la nuit, sur le point de tomber. Je glisse aussi un paquet de tampons et de serviettes hygiéniques que j'apporte systématiquement avec moi aux Restos, mais que je ne distribue jamais, car personne ne m'en demande (les filles, en distrib, sollicitent toujours les filles pour ce sujet-là, ce que je comprends).

J'appelle le Samu social*, mais c'est peine perdue, toutes les places en hébergement d'urgence sont prises, elle va devoir passer sa nuit dans la rue. Pour les femmes, la rue, ça peut être la double peine, elles s'exposent aux risques que chacun peut imaginer ainsi qu'à ceux qui sont surtout spécifiques aux femmes.

— Ça va aller, je suis bien ici.

Je ne lui propose pas de dormir chez nous, car je me souviens de Jeanne, et de tout ce qui en a découlé. Et surtout, elle me le répète : « Je suis bien ici. » Je me mets à sa place un instant, réalise que le risque, pour elle, et dans la position dans laquelle nous nous trouvons tous les deux, je suis susceptible de l'incarner. Je suis un

*C'est le Samu qui oriente les personnes sans-abri vers d'éventuelles places en lieux d'hébergement.

garçon en position avantageuse, elle est une fille, à la rue qui plus est. Bien sûr. Je n'insiste pas.

Le lendemain, elle n'est plus là, car des résidents de l'immeuble de la rue Joseph-de-Maistre lui ont fait comprendre qu'il ne fallait pas rester. Votre place n'est pas là, vous voyez bien que vous pourriez gêner l'ouverture de la porte automatique menant vers le parking ? Les charges sont suffisamment chères comme ça, et que va dire la propriétaire de l'immeuble, si une S.D.F. finit par squatter dans le parking, dans le hall, dans les couloirs menant aux appartements ? Vingt-quatre heures plus tard, deux « barrières de parking rabattables avec cylindres européens pour véhicules* » sont installées là où la jeune femme s'est reposée rien qu'une nuit. Il ne pourra y avoir, à cette place, personne d'autre. Affaire réglée. Je ne l'ai jamais vue le soir aux distributions que nous proposons à Saint-Lazare.

---

*Ceci est le nom exact du produit, trouvé sur www.quincaillerie.pro.

Chapitre 34

Jonas

— Moi, tu sais, mon problème, c'est que je joue. Dès que j'ai un peu d'argent, je joue. Tout le temps, je joue ! Et souvent quand je joue, je perds. C'est dommage… J'ai arrêté un peu et puis… j'ai recommencé. J'ai tout le temps envie de jouer, tout le temps ! Les jeux d'argent, c'est… terrible ! Tu sais, j'ai perdu cent mille euros au casino de Deauville, cent mille, pour de vrai ! Des euros, pas des litas, des vrais euros : cent mille ! J'étais en train de gagner et puis… j'ai perdu. Les machines à sous, tu peux gagner un peu d'argent et en perdre un peu aussi, mais le pire… c'est le black-jack. Le black-jack, c'est le pire des jeux ! C'est là que j'ai perdu, au black-jack. J'aurais pas pensé… cent mille euros !

Jonas a démarré sans transition aucune. Il avait envie de me raconter son histoire. Il bouffe une partie de ses mots, mais ce sont les siens, il en fait ce qu'il veut.

— Les jeux, il ne faut pas, mon ami… oh non, il ne faut pas ! Tu sais, jouer, c'est comme boire… ou fumer. Ou comme… la drogue ! C'est pareil que la drogue : jouer, c'est une addiction !

Je l'ai déjà croisé quelques fois ici, mais c'est la première fois que l'on se parle vraiment. Je savais simplement qu'il était lituanien car il aime le répéter aussi souvent que possible : « Moi en Lituanie avant, monsieur, j'étais quelqu'un… d'important ! » Jonas, son sourire est entier. Et perpétuel. Il n'y a que lorsqu'il prononce le mot black-jack que son visage se crispe. Mais ça ne dure pas longtemps, juste le temps de prononcer ces deux syllabes. *Black. Jack.*

— Je suis en France depuis dix ans. Mais j'ai du travail : je suis dans un restaurant, maintenant ! La plonge, tu connais ? Je n'ai pas de papiers alors, où travailler d'autre que dans un restaurant ? Ils sont moins regardants, les gens des restaurants, avec ce genre de détails, ha ! Je ne joue plus… sauf quand je dérape. Mais, ça n'arrive plus si souvent. Ah ! Ça arrive quand même, oui… parfois !

Ce genre d'échanges, je ne sais jamais vraiment où les mener. Il y a un besoin de parler. Je suis là pour écouter. Relancer, c'est ce que je fais le plus souvent.

— Comment fais-tu pour faire attention à ne pas trop jouer ?
— Oh, je fais des choses… mais ça ne marche pas, puisque je joue ! Et puis mon frère, en Lituanie, est millionnaire. Il a fait des bonnes affaires, ça a marché pour lui, il a correctement fait *fructifier*, comme vous dites en France, les affaires de la famille. Fructifier ! Peut-être qu'il se souviendra qu'il a un grand frère, le petit frère ? Car moi, vous savez… je joue ! Ah !
— Je peux t'offrir un autre café ?

Chapitre 35

Cédric

Rue Joubert, les bénévoles s'activent. L'horloge indique bientôt 21 heures, nous ne sommes pas en avance, il est largement l'heure de ranger les tables et tout le reste. Ranger le site, ce n'est pas compliqué et personne ne connaît, dans cet exercice, la moindre difficulté, mais quand même, ça ne se fait pas tout seul.

C'est le moment que choisit Cédric pour venir me parler. Pas le moment idéal. Cela n'a aucune importance.

Cédric a les yeux du chien Droopy, en plus tristes encore. Son dos est courbé comme celui du Bossu de Victor Hugo, et ses cheveux longs, noirs et raides comme ceux d'un notaire de campagne dans un roman de Balzac. Le nez est petit, écrasé, des petites lunettes rondes et à triple foyer y sont posées. Sans elles, il ne voit pas grand-chose. Ses lunettes ne sont pas neuves et ses branches sont desserrées : elles manquent toujours de s'échapper de son visage pour aller percuter le sol. Cédric a un visage d'un autre siècle et pourtant, c'est dans ce siècle-ci qu'il végète, qu'il transporte un corps qui passe une partie de son existence à s'excuser d'y apparaître encore.

— Excusez-moi, je voudrais vous poser une question si jamais vous avez un peu de temps.
— Oui bien sûr, vas-y, Cédric.
— Je me demandais, est-ce que vous pourriez me dire comment fonctionne une laverie ?
— Qu'est-ce que tu veux savoir, exactement ?
— Comment on lave son linge, tout ça.
— Ah oui. Eh bien, tu entres dans la laverie, et la première chose à faire, c'est d'acheter de la lessive pour laver ton linge. En général, il y a des distributeurs pour ça, dans la laverie. Tu en achètes, tu mets ton linge dans l'une des machines, et tu sélectionnes le programme que tu veux. Il faut faire attention à la température de ta machine, notamment.
— Ah bon ? À quoi est-ce qu'il faut faire attention ?
— Si tu veux laver tes vêtements, disons « normaux », en coton par exemple, il faut que tu mettes la température à 40 °C, pas à 60 °C, car 60, c'est pour les serviettes, les draps, les trucs comme ça. Tes vêtements « normaux » rétréciront si tu te trompes de température, attention.
— Ah oui. Un tee-shirt, par exemple, c'est plutôt 40 °C ?
— Oui, exactement.
— J'ai compris, d'accord.
— Et après, une fois que tu as lavé ton linge, il faut le faire sécher.
— Oh oui, je me souviens… Et comment fait-on ça ?
— C'est le même principe que pour le lavage. Ça dépend toujours des endroits, mais en général, tu as de grandes machines, souvent bien plus larges que les machines que tu dois utiliser pour le lavage. Tu mets ton linge lavé et mouillé dans ces machines, tu refermes la porte. Ensuite, tu as un endroit où tu peux sélectionner le

programme que tu veux pour sécher ton linge. Tu peux mettre dix minutes, vingt minutes, trente minutes… comme tu veux. Plus tu as de linge dans ta machine, plus tu dois mettre une durée élevée. Mais pour une machine, disons, standard, je pense que trente minutes c'est bien. Et si ce n'est pas sec, tu relances quelques minutes, au pire…

— D'accord. Merci beaucoup pour tous ces conseils… Vous pensez que vous pourriez me les noter ?

— Hum… honnêtement, je ne pense pas que ce soit très judicieux, simplement parce qu'en fonction d'où tu iras, ce ne sera pas forcément la même marche à suivre, même si les bases sont toujours les mêmes. Ce que je te conseille, c'est d'aller directement dans une laverie avec le linge que tu veux laver, d'essayer de comprendre comment ça fonctionne, et si tu ne comprends pas, tu demandes aux gens qui sont dans la laverie. Il y a toujours des gens qui s'occupent de leur linge, donc tu pourras leur demander des conseils !

— Ah oui, très bonne idée ! Je demanderai aux gens. J'espère que quelqu'un pourra m'aider parce qu'il y a l'air d'y avoir beaucoup d'étapes…

— Oui… Bon, ce n'est pas si dur, je suis certain que tu t'en sortiras !

— J'espère…

— Mais… tu n'as jamais lavé ton linge ?

— Non, c'était maman qui s'en occupait. Elle est décédée il y a deux semaines, je me retrouve tout seul. Et le linge, je ne l'avais jamais fait, il faut que j'apprenne. C'est dur d'apprendre ces choses-là.

Ma gorge s'est serrée, elle m'étouffe, presque. Je redéfinis soudain la personnalité de Cédric, donne une histoire, tragique et d'une tristesse à peine tenable à ce monsieur que je croise ici depuis trois ans et dont je ne saurais évaluer l'âge (peut-être a-t-il trente ans, ou peut-être quarante, ou peut-être même cinquante).

— Je suis désolé pour ta mère, Cédric, je ne savais pas.

J'ai dit ça avec une voix pleine d'une distance beaucoup trop lointaine. J'aurais voulu le prendre dans mes bras, ce qui aurait été non seulement inapproprié, mais aussi proprement ridicule.

— Oui… Il faut que j'apprenne plein de choses maintenant, ce n'est pas facile. Le linge, c'est 60 °C, c'est bien ça ?
— Attends, je vais te noter ce que je viens de te dire sur une feuille. Tu as raison, ce n'est pas facile.

Cédric longe les murs. Il veut se faire le moins visible possible, pas question d'attirer trop d'yeux dans sa direction. La confiance en soi a fui depuis bien longtemps. Il a levé de nouveau ses petits yeux tristes vers moi après les avoir baladés, un long moment, sur le sol. Je lui tends le papier sur lequel j'ai tout résumé et en gros caractères pour que cela soit lisible.

— Il ne faut pas perdre la feuille, Cédric, d'accord ?

Il hoche la tête.

— Pardon de vous déranger encore un peu, est-ce que je pourrais, peut-être, s'il vous en reste, avoir un café ?
— Oui… On vient de tout ranger dans le camion, mais je vais voir si on peut encore t'en faire un…
— Oh, ce serait bien. Et peut-être, est-ce que, en plus, il reste une baguette dans le camion ?

Lorsque Cédric sourit, c'est une grimace qui apparaît. C'est comme pour le linge, il n'a peut-être pas eu l'occasion d'apprendre comment ça fonctionne, un sourire. Je suis toujours pétri de tristesse lorsque je le vois, je ne peux rien y faire.

Lorsque l'on quitte Cédric, c'est toujours à nous de faire le premier pas. Il faut prétexter une urgence ailleurs pour s'extraire de sa conversation. Cédric est d'une gentillesse extrême et d'une douceur qui, dans ce monde-là, n'a pas beaucoup d'égale. Mais les mots qui sortent de sa bouche sont empreints d'une tristesse trop grande, trop intense, trop brute, des mots qu'une personne constituée de petits plaisirs qui finissent par former un grand équilibre à peu près stable ne peut pas supporter trop longtemps. Lui n'a plus de filtre et les gens ordinaires en ont beaucoup trop : la relation n'est pas équilibrée. Il parle beaucoup, il les mitraille, avec la voix monochromatique qui est la sienne. Il ne parle pas très fort et il faut tendre l'oreille pour comprendre ses mots. Cédric, lorsqu'il arrive aux distributions, on a instantanément envie de venir le saluer, puis de le fuir. Je dis à Cédric de faire attention à lui. Je m'en veux de ne pouvoir rien faire d'autre que d'enfiler des banalités comme des perles. Je lui fais un signe de la main en partant. J'ai envie de lâcher, à l'improviste et sans que personne ne s'en aperçoive, quelques larmes qui traînent au coin de mon œil depuis le début de notre conversation. Je les retiens.

— Ça va ?

Hélène a vu que je n'étais pas en forme. Que la conversation m'a chamboulé.

— Oui, Cédric a perdu sa maman, il me racontait.
— Cédric, c'est le monsieur un peu bossu avec les lunettes rondes ?
— Oui, c'est lui.
— Qu'est-ce qu'elle a eu, sa maman ?
— Je n'ai pas eu le courage de lui demander.

Ou plutôt, je n'aurais pas eu le courage de l'entendre.

Chapitre 36

Ahmed

Il est 19 h 30. Rue Joubert, quelqu'un a laissé le gaz allumé pendant trop longtemps. Un lascar sort une clope, l'allume, et tout le monde saute. Le petit brasier, le grand incendie. Y a l'feu partout, *emergency.*

Ça ne pouvait se passer autrement. Ça ne loupe pas.

On a installé les tables, le café, les plots qui délimitent le périmètre de la distribution. Elle doit commencer d'ici une dizaine de minutes. Sauf qu'au loin, on a entendu un hurlement, qui se rapproche à grandes envolées.

Les visages des bénévoles se sont tendus. Ahmed, on le connaît. C'est pas le plus stable de tous nos bénéficiaires. C'est pas la première fois qu'il fait le coup. Il a dépassé la file, s'est dirigé vers nous, a hurlé une mise en garde que personne n'a comprise car il n'articule pas du tout et prononce la moitié de ses mots en arabe. Certains bénévoles se regardent du coin de l'œil, d'autres laissent fuir leur regard ailleurs.

— Qu'est-ce que tu veux, Ahmed ? Il faut te calmer, intervient Patrick.

Mais Ahmed ne calcule rien. On lui rappelle qu'il faut faire la queue, comme tout le monde. Il assure qu'il ne veut pas manger. On ne sait pas du tout, en réalité, ce qu'il veut. On lui indique l'autre côté du site, et le bout de la file, encore, en lui redemandant de se calmer. Il s'exécute. Il serre les dents, serre les poings, crispe le visage. Il fait flipper ce soir, Ahmed. Dans la file, une rumeur circule.

— Il a un couteau apparemment, suggère Rogér.
— Qu'est-ce que tu veux qu'il en fasse ?
— Je n'en sais rien, Loïc. Mais il a un couteau, et il vrille. Tu veux que je te fasse un dessin ?
— Ahmed est un peu con, mais c'est pas un illuminé non plus, n'exagérez rien, menace Jules, aussi sec qu'il est possible de l'être.
— On ne sait jamais. Il n'a pas pris ses médocs, d'après ce que j'ai entendu, réitère Rogér.
— Ça ne serait pas l'alcool, plutôt ? propose Loïc.
— Non, c'est les médocs. Je ne l'ai, jusqu'ici, jamais vu avec un couteau.
— Mais tu n'es pas là tous les lundis, Rogér…
— Quasiment.
— Pas toujours.
— Si.
— C'est les médocs, tu es certain ? Il pue l'alcool quand même, insiste Loïc.

Ahmed capte toutes les attentions. Tout le monde s'est tourné vers lui, l'épie, l'observe, le juge. Il l'a ressenti alors il a crié, encore. Will est allé au contact, s'est positionné en première ligne, a fait front avec son corps. Patrick, Étienne, Jean-Jacques, Dimitri, Will. On essaie tous de lui parler, à tour de rôle. Il est au centre. Ahmed n'a pas de couteau, ce n'est pas son genre.

Aux Restos, il faut adapter son attitude, son langage, choisir qui tutoyer et qui vouvoyer. Une parole peut profondément blesser l'un alors qu'elle flattera profondément l'autre. C'est comme dans la vie *réelle* ? Plus ou moins, finalement. Sauf qu'ici, les plaies que l'on caresse sont généralement toujours ouvertes, rien n'a vraiment eu le temps de cicatriser complètement. Impossible de savoir, dans ces moments-là, quel langage adopter. Celui de la conciliation reste néanmoins le plus sûr. Parlementer, essayer de comprendre, de désamorcer. Ahmed s'est tu. Entre lui et le reste des personnes accueillies s'est formé un espace considérable. On s'en éloigne le plus possible, de ce gars-là.

— Il ne va pas faire bon traîner dans le coin. Je vous souhaite bien du courage pour ce soir ! dit Joséphine, l'une de nos bénéficiaires qui était en train de me parler, avant le dérapage d'Ahmed, du livre « à destination des enfants » qu'elle vient de faire paraître, à compte d'auteur et uniquement disponible sur le Web.

Dans sa course aléatoire et branlante, Ahmed a percuté Youness, un autre habitué de la distrib. L'épaule a tapé l'épaule et ce geste-là, dans la rue comme dans la cour de récré, peut toujours être considéré comme un geste de provocation.

— Qu'est-ce qui t'arrive, Ahmed, fais attention, O.K. ?
— Laisse-le, il n'a pas pris ses médocs, prévient Rogér.

— Et alors, c'est une raison pour foutre la merde comme ça, pour nous casser les oreilles avec ses hurlements depuis tout à l'heure ?

Youness mesure deux têtes de plus qu'Ahmed. Il porte un bonnet sur la tête, une barbe d'une semaine et les traits d'un type à qui on ne cherche ni des noises, ni rien du tout.

— Ahmed, cousin ?

Sa voix a porté et dans l'étroitesse de la rue Joubert, s'est enfoncée.

— Cousin, il faut que tu te calmes, tu fais chier tout le monde. Nous, on vient tranquille chercher à manger et toi tu nous emmerdes. Tu te calmes.

Ahmed s'est retourné, a hurlé à la figure de Youness. Yeux rouges, postillons, bras écartés. Youness l'a embroché avec ses yeux et puis bientôt, avec ses mains. Plus grand, plus fort, moins arraché et pas dopé aux mêmes carburants – Ahmed peut traîner parfois à Stalingrad, et Youness répète à qui veut bien l'entendre que, ascète, il ne boit « jamais une seule goutte d'alcool » –, il est au moins deux fois plus fort qu'Ahmed.

On s'attend à de nouveaux éclats de voix. À l'incendie venant tout ravager. On a le droit à des murmures. Au pompier sauveur que l'on n'a pas vu venir puisqu'il n'a pas allumé son gyrophare. Youness a parlé à l'oreille d'Ahmed, suffisamment longtemps pour que tout le monde ait le temps de voir la scène. Youness fait partie de la bande – une quinzaine de personnes, selon les soirs – qui traîne toujours devant la petite église Saint-Louis d'Antin, à l'intersection de la rue Joubert et de la rue de Caumartin. Je crois que la plupart dorment là-bas, mais je n'en suis pas certain, n'y étant jamais passé à un autre horaire que celui de la distrib. Youness connaît tout le monde ici et de ce fait, on le respecte. Il crie lorsqu'il le faut et parle bas aussi, parfois, car tous les conflits ne se règlent pas au jeu de celui qui rugit le plus fort et le plus longtemps. En quelques paroles posées au creux de l'oreille d'Ahmed, il le calme. Ahmed est allé se mettre en bout de file, a patienté avec tout le monde. Il n'a plus ouvert la bouche de toute la distribution, a filé dès que son plat chaud, son café et sa soupe ont été récupérés. Je suis allé voir Youness pour le remercier d'avoir géré l'affaire.

— Qu'est-ce qu'il avait, Ahmed ? je lui ai demandé.
— Cousin, il y a des mots qui ne se disent qu'en arabe. Et c'est en arabe qu'il fallait parler à Ahmed, car il faut savoir une chose avec ce mec, qui est de Constantine, comme moi : Ahmed, quand il oublie de prendre ses médocs, quand il panique, ça ne lui fait pas simplement perdre ses moyens. Ça lui fait aussi perdre l'usage du français…

Youness est venu me saluer en fin de distribution, comme il le fait chaque lundi.

— Cousin, je tenais à te dire trois choses. La première déjà c'est, sérieux, merci à vous tous d'être là toutes les semaines comme ça, tu ne peux pas savoir comme ça fait chaud au cœur ce que vous faites, même si des fois y a des galères. La deuxième c'est, s'il te plaît, dis bien à tes collègues qu'il n'avait pas de couteau, Ahmed. C'est n'importe quoi cette histoire, ce n'est pas son genre à ce garçon. Et enfin, j'ai une question parce que quand même, j'ai l'impression que ça devient chaud : vous savez comment ça va se passer les distributions, avec le coronavirus ?

Quatrième partie

Chapitre 37

Covid-19

« Dès demain midi et pour quinze jours au moins*, nos déplacements seront très fortement réduits. (…) Les regroupements extérieurs, les réunions familiales ou amicales ne seront plus permises. Se promener, retrouver ses amis dans le parc, dans la rue, ne sera plus possible. Il s'agit de limiter au maximum ces contacts au-delà du foyer. Partout sur le territoire français, en métropole comme outre-mer, seuls doivent demeurer les trajets nécessaires, nécessaires pour aller faire ses courses avec de la discipline et en mettant les distances d'au moins un mètre, en ne serrant pas la main, en ne s'embrassant pas. (…) Toute infraction à ces règles sera sanctionnée. Je vous le dis avec beaucoup de solennité ce soir, écoutons les soignants, qui nous disent : si vous voulez nous aider, il faut rester chez vous et limiter les contacts**. »

Nous sommes le lundi 16 mars 2020, il est 20 heures et « nous sommes en guerre ». C'est le président de la République Emmanuel Macron qui vient de l'annoncer en direct lors d'une allocution télévisée. En guerre

---

*Le premier confinement sera prolongé à deux reprises et durera en réalité jusqu'au 11 mai 2020.

**« Adresse aux Français du président de la République Emmanuel Macron », 16 mars 2020, https://www.elysee.fr/emmanuel-macron/2020/03/16/adresse-aux-francais-covid19

contre un ennemi « invisible, insaisissable, qui progresse ». Notre arme de protection massive ? Le confinement. Le mot ne sera jamais prononcé lors de ce discours-là, mais le sera bien suffisamment ensuite. En raison de la crise du coronavirus, la situation sanitaire oblige les humains à s'éviter les uns les autres. Le virus se transmet vite, il peut tuer et il l'a, à ce moment-là, déjà fait beaucoup. S'isoler et lorsque cela n'est pas possible, du gel hydroalcoolique sur les mains, un masque sur le nez, une distanciation physique d'un mètre minimum. Pas de baisers ni de câlins, on se lorgne de loin et on se couvre le bas du visage. Pour prendre l'air : footing, promenades canines et petits papiers à imprimer pour la sécurité de tous. La France est en guerre, les logiques mutilées, les soignants au front et tous les autres terrés dans leurs propres forteresses. Les grandes surfaces sont dévalisées par des consommateurs angoissés, tout est à réapprendre. Ne pas se serrer la main ; jamais. Se tenir le plus éloigné possible des autres ; toujours.

La veille, le premier tour des municipales a tourné au fiasco. Outre le taux d'abstention record que l'élection a généré*, c'est surtout le désintérêt total pour la question politique qui a marqué les esprits.

Malgré le défilé habituel, sur les différentes chaînes d'information, des représentants bien briefés des différents partis politiques les plus salués par les votes en France (La République en marche, le Rassemblement national, la France insoumise, les Républicains, le Parti socialiste,

*Le taux d'abstention du premier tour des élections municipales de mars 2020 est estimé à 54,5 % pour toute la France.

Europe écologie-Les Verts…), la soirée électorale s'est surtout focalisée sur la question du virus et des perspectives que celui-ci suggérait. En ce dimanche d'élection, les scores de LREM à Tourcoing et du RN à Besançon, tout le monde s'en moquait. « Merci, monsieur le député… Mais professeur, vous qui êtes épistémologiste et qui savez, nous voudrions entendre votre éclairage… »

Au milieu des politicards en costard-cravate, qui introduisaient le plus souvent leur propos par le fait que ce soir ce n'étaient pas les chiffres des élections qui comptaient, mais la santé de tous (pourquoi alors, prenaient-ils la parole, s'ils la jugeaient si inopportune ?), se faufilaient des représentants de fonctions que l'on n'avait pas l'habitude de voir dans ce genre de moments. Les médecins et les épistémologistes parlaient, les journalistes relançaient, les politiques les écoutaient. « Merci, monsieur le ministre… Mais professeur, vous qui êtes épistémologiste et qui savez, nous voudrions encore entendre votre éclairage. » Qui est menacé ? Quelle est la dangerosité de la maladie ? La France doit-elle fermer ses frontières ? Que devons-nous faire pour nous protéger ? Doit-on déjà parler de pandémie pour cette maladie ou est-ce prématuré ? Vais-je mourir ? La France va-t-elle devoir, à l'image de ce que font déjà l'Espagne ou l'Italie, se replier sur elle-même et bien se laver les mains après avoir toussé dans son coude ?

Nous sommes le lundi 16 mars 2020 et avec Hélène, nous n'avons sans doute jamais autant reçu d'e-mails de la part de nos bénévoles qu'aujourd'hui. Il souffle dans l'air un sentiment de panique et nous ne sommes, à ce sujet, nullement épargnés. Les rumeurs disent *confinement*, alors chacun a vite fait de s'organiser en ce sens. Protéger les siens, se protéger soi-même, partir faire l'école aux bambins à la place de l'instituteur. Quitter la ville. Nos bénévoles gagnent le sud, le nord, l'est ou l'ouest de la France, et partent, dans tous les cas, loin de Paris, dans des résidences secondaires qu'ils nomment maison de campagne (selon l'usage) ou chez des amis qui en possèdent une. Aux plus âgés, nous recommandons de ne pas venir tant que la situation sanitaire ne sera pas éclaircie. Dorothée, Patrick, Jean-Jacques, Marco et d'autres doivent penser, pour une fois, à prendre soin d'eux plutôt qu'à prendre soin des autres. Marco a eu du mal à l'entendre. Il a fini par comprendre. « À ceux qui ne le sentent pas, ne venez surtout pas. Protégez-vous avant tout. »

Sur notre liste de bénévoles, qui s'est réduite comme peau de chagrin, on a rayé les noms les uns après les autres. Bientôt, le nombre est tombé sous la dizaine, soit moins du double que d'habitude. Les bénéficiaires, eux, n'ont pas décidé d'être moins nombreux. Car pour beaucoup, la résidence secondaire, elle est à République, à Invalides, à Denfert, à Nation, à Saint-Lazare. « Où est-ce que je me confine, moi, vous avez une solution ? » ironise Madeleine.

Il est 20 heures et au moment où Emmanuel Macron s'adresse à la nation, nous sommes dehors. Nous ne savons pas, à ce moment-là, s'il nous est permis de les faire encore, ces distributions. Nous sommes, ici, chaque lundi, environ deux cents personnes à se toucher, à se serrer par la main, à se serrer par le coude, à se tapoter le dos pour dire les affections entre garçons, à se bousculer, à se chamailler, à vivre ensemble. Et deux cents, compte tenu de la situation sanitaire, sans doute est-ce trop. Alors, nous craignons de voir débarquer, au coin de la rue de Caumartin, une armée de policiers qui viendraient nous indiquer, gentiment mais fermement, que ce que nous faisons là, ce n'est plus possible, que c'est terminé, qu'on y reviendra plus tard. « Allez messieurs, mesdames, il va falloir remballer, ça ne va pas être possible. » On a peur de ces mots, qu'ils viennent jusqu'à nous avec un gyrophare orangé et un blouson rembourré qui bombe le torse. Cette crainte-là, nous l'avons, à ce moment-là, réellement.

Chez les personnes accueillies, les visages sont fermés et les mines soucieuses. À raison.

— Les distributions vont-elles être arrêtées après ce soir ? demande Joséphine.
— Franchement, madame, on ne sait pas. On attend le discours de Macron pour savoir ce qui va très concrètement être annoncé… Il s'exprime en ce moment même…

En attendant, nous avons reçu, plus tôt dans la journée, les consignes de l'association qui a réagi à une vitesse fulgurante en anticipant les annonces gouvernementales. Ce soir, nous n'installons aucun stand. Pas de plats chauds, de café, de social, de céréales. À la place, nous sommes chargés de remplir des paniers-repas avec quelques maigres denrées mises à notre disposition – quelques fruits, yaourts, sandwichs, salades et bouts de pain –, de les distribuer, d'imposer le passage unique* afin de ne pas occasionner de regroupements trop longs et trop conséquents sur le site. Nous sommes en guerre. Ici, déjà, on rationne.

Il est 19 h 30, nous sommes huit bénévoles à improviser une distribution. Il n'y a pas encore, à ce moment-là, de masques vendus en grande surface, nous tenons devant nos bouches et devant nos nez une écharpe, un bout de tissu, nos mains. Une (petite) équipe s'occupe de préparer ces paniers-repas, et une autre (tout aussi petite) de les distribuer. La file, ce soir, n'est qu'un amas autogéré, nous faisons comme nous pouvons et nous ne pouvons pas grand-chose.

— Un seul panier-repas par personne, monsieur, désolé. Pas de deuxième tour ce soir. Vraiment navré. On va fonctionner comme ça jusqu'à nouvel ordre, oui.

Pour le dire franchement, ce soir, c'est free-style.

La distribution a commencé, et avec elle des situations nouvelles. Des bénéficiaires qui s'approchent trop près et des bénévoles qui, par réflexe, reculent. Des personnes qui récupèrent leur panier-repas au pas de course, et s'enfuient quasiment en courant une fois celui-ci récupéré. D'autres qui se scandalisent de la maigreur des sacs, de l'absence d'un plat chaud, d'une soupe ou d'un café. Des personnes qui traînent, quand même, malgré nos efforts pour leur expliquer qu'elles ne sont pas

*En temps normal, tant qu'il y a à distribuer, un deuxième, voire un troisième tour sont théoriquement possibles.

autorisées à rester sur le site une fois leur panier récupéré. Des distanciations sociales qui ont du mal à se faire. Une absence de masques, car personne n'en possède encore. Des échanges factuels, utilitaires, précautionneux. Ces distributions sont d'ordinaire des espaces de discussion, d'expression, de socialisation pour ceux qui n'ont pas toujours d'espace pour se faire entendre. Cet aspect-là, pour l'heure, s'évapore. La sécurité avant tout… et des questions à la volée. Sera-t-on là la semaine prochaine ? Les plats chauds vont-ils revenir ? Est-ce que le virus existe vraiment ? Est-ce vrai que l'armée va venir faire le ménage dans les rues ? Les sans-abri ont-ils plus de chances de l'attraper que les autres ? Je ne sais pas. C'est l'inconnu qui effraie. J'ai la boule au ventre car tout est nouveau. Qu'il est loin, le temps des cuillères, qu'il est loin, le temps des serviettes. On ne les partage plus, les cuillères. Surtout pas.

Ce lundi 16 mars 2020, les peurs sont partagées des deux côtés. Tout le monde flippe, personne n'est épargné. Je m'attends à des bousculades, à des cris, à des réactions irrationnelles qui aboutiraient à un chahut qui, honnêtement, ne me surprendrait pas du tout. Nous sommes huit pour servir plus de cent cinquante personnes. Je suis bénévole depuis quatre ans aux Restos du Cœur. On ne m'a jamais, en réalité, autant remercié que ce soir-là. « Merci de ne pas nous lâcher », entend-on souvent. Je sens ma gorge se nouer plusieurs fois au cours de la distribution car les remerciements de certains sont d'une intensité inhabituelle. Je suis heureux de faire ce que je fais, et convaincu de la nécessité, plus que jamais, de continuer à le faire. Je crois pouvoir assurer que tous les bénévoles, ce soir, le sont également.

Je crois aussi pouvoir assurer que l'intégralité de l'équipe a eu peur de ce qu'il pouvait arriver, d'attraper le virus au contact de certains dont il n'est pas compliqué de comprendre qu'ils pourraient y être plus exposés que d'autres. Dimitri est là, ainsi que Quentin, Barbara, Étienne, Annie ou Yasmine. Toutes celles et ceux qui, ce soir-là, étaient présents, le furent d'ailleurs au cours des semaines à venir, plus engagés que jamais dans une lutte qui devait prendre, soudain, un sens plus concret encore. Ce soir-là, chez les bénévoles, il s'est passé un truc.

En trente minutes, l'affaire est pliée. Plus de paniers-repas et quasiment plus personne sur le site, si ce n'est Cédric, Loïc, Frédéric ou les quelques-uns pour qui le lien social est aussi important que le contenu du panier-repas. À ceux-là, on a du mal à dire « non, il ne faut pas rester là, surtout pas ». On le dit à la masse. Mais ils ne sont pas obligés de l'entendre. Que doit-on dire à quelqu'un qui vient aux distributions afin de maintenir un lien concret avec le monde extérieur, lorsque plus personne n'est autorisé à aller nulle part ? À 20 h 30, il n'y a plus que des ombres, un chauffeur qui a démarré en trombe, et une vague sensation que cette distribution-là a été la dernière avant un moment.

On se jette sur nos téléphones une fois la distribution terminée. Il faut savoir. Yasmine fait la lecture, annonce la « bonne » nouvelle à tout le monde : « Pour les plus précaires, pour les plus démunis, pour les personnes isolées, nous ferons en sorte, avec les grandes associations, avec aussi les collectivités locales et leurs services, qu'ils puissent être nourris, protégés, que les services que nous leur devons soient assurés », a dit Emmanuel Macron.

La France est confinée. Les Restos du Cœur et les associations qui, comme la nôtre, viennent en aide aux plus démunis, ne le sont pas. Dans la rue, sur le chemin du retour, la capitale ressemble déjà à un cimetière indien. Des murmures, des rumeurs, des fantômes d'un passé qui paraît déjà loin. Et des volets qui se sont fermés pour, parfois, ne plus jamais se rouvrir.

Chapitre 38

Confinement

À 20 heures, le lundi comme les autres soirs, les confinés passent le visage par la fenêtre, tapent dans leurs mains afin de donner du courage aux soignants, « bravo, bravo ! », re-rentrent. *No man's land*, de nouveau.

Dans notre équipe, un petit groupe « Confinement » s'est rapidement constitué. Après une première distribution effectuée avec les moyens du bord, on est parvenus à mobiliser les bénévoles qui n'ont pas pu ou pas voulu quitter Paris. Question effectifs, on a reçu pour consigne de ne faire qu'avec le strict nécessaire. La petite quinzaine de personnes potentiellement disponible pour se déplacer, de manière générale, suffit.

Les « exilés », eux, nous écrivent, culpabilisent parfois d'être partis, regrettent de ne pas être restés, nous envoient, de loin, leurs amitiés. « Je pense très fort à vous et à nos personnes accueillies, le lundi soir comme tous les autres soirs de la semaine. Et bon courage surtout à ceux qui sont sur le terrain », écrit Dorothée, depuis le Loiret.

Certains bénévoles, qui n'avaient jusqu'alors qu'une implication circonstancielle dans la vie des Restos, laissent désormais voir un engagement qui se confond avec un militantisme aigu. Les crises brisent. Elles peuvent renforcer, aussi, ceux qui ont le sens intrinsèque de la lutte. En pleine pandémie mondiale, on laisse des gens dormir dans la rue, sans assistance particulière, sans aides alimentaires majeures, sans proposition autre que de permettre aux gentilles associations humanitaires et à leurs bénévoles de poursuivre leurs actions ? Il y a de quoi être en colère, de quoi interroger les belles paroles qui disent « protégez-vous et protégez les autres ». Qui protège Cédric ? Qui protège Ahmed ? Qui protège Monica ? Qui protège ceux qu'on feint de ne pas voir, de ne pas concevoir même, puisque l'on considère que ceux-là ont disparu du système depuis trop longtemps ? Le virus circule, protégez-vous. Mais comment se protège-t-on dans le monde pandémique d'aujourd'hui, lorsqu'on manquait déjà de défense pour se protéger dans le monde d'hier ? Aucune mesure concrète ne prend le pouls du désastre qui se déroule dans les rues, aucun débat télévisé n'axe les colères des éditorialistes sur ces questions-là. Ouvrir des espaces, même ponctuels, pour accueillir ceux qui n'ont pas de lieu où se réfugier alors que dehors, le coronavirus tue ? Non, pas question, n'y songeons même pas, sujet suivant. On parle de fêtes clandestines scandaleuses, de masques pas disponibles en quantités suffisantes, de restaurateurs en crise, de soignants dépassés, de séries Netflix à regarder pour garder le moral, de responsables politiques irresponsables et de réunions chronophages par Zoom. Mais ceux qui dorment au seuil de la porte, non confinés car non domiciliés, on n'en parle pas. Pour la plupart des gens, ils n'existent pas plus ce matin qu'ils n'existeront ce soir. Il y a de quoi continuer à les faire, ces distributions, aussi modestes soient-elles.

En cas d'urgence et d'effectifs vraiment trop peu fournis, les Restos ont mis en place un système qui permet aux responsables de site de demander des renforts. Une liste de « réservistes » a été formée (comme en période de guerre, oui). On peut y piocher à tout moment pour venir gonfler nos rangs. Des réservistes ? Des personnes qui n'ont jamais eu affaire, de près ou de loin, aux problématiques de l'humanitaire, mais qui ont trouvé avec la crise une raison de s'en rapprocher. « Avec le chômage partiel, je me sens inutile à rester chez moi toute la journée. J'ai envie d'aider. » La crise sanitaire, si elle a terré la plupart des gens, à Paris et ailleurs, dans leur propre solitude, en a poussé d'autres dans les bras de l'empathie. Il y a toujours la plèbe et ceux qui s'en détachent, certains de ces bénévoles réservistes sont devenus, à terme, des militants à temps complet.

Hélène, elle, habite loin de Saint-Lazare, à l'autre bout du R.E.R. E. Il est devenu compliqué pour elle de se déplacer (les chauffeurs de train de la S.N.C.F., sont eux aussi concernés par le chômage partiel…), elle gère donc les allers-retours par e-mail avec l'association et moi, les équipes sur place. Ça fonctionne en l'état. En cours de distribution et puisque notre présence sur le site doit être la plus courte possible, je demande à certains bénévoles de partir une fois leur mission terminée (remplir les sacs de manière équilibrée, mission plus complexe qu'elle peut en avoir l'air). Certains en ont d'abord été vexés, puis ont compris. Moins on est dehors, mieux c'est. Progressivement, tout le monde l'a assimilé. Les distributions se font au pas de course, trente minutes montre en main, un panier-repas et « désolé madame, vous ne pouvez malheureusement pas rester là ». Une file unique, un mètre minimum de distance entre les personnes, jouer au petit flic pour que personne ne se mette en danger et ne mette en danger qui que ce soit d'autre (l'autre *est un danger*, c'est nouveau mais il faut, dans ces distributions, bien l'avoir en tête puisque de certaines de nos décisions dépendent, dans les faits, la santé de ces gens). L'objectif ? Distribuer ce que l'on a à distribuer, ne pas créer de cluster, essayer de faire comprendre que derrière le masque et le pas pressé, on sourit toujours, on est toujours là. Les logiques sont nouvelles. Notre mission, pas tellement. Être là. Distribuer. Écouter. Moins longtemps que d'habitude et avec un masque sur le nez, mais écouter. Continuer.

Malgré les contraintes, on trouve notre rythme. On nous remercie beaucoup. Le masque couvre le nez et la bouche, on ne joue pas avec ça, mais compte tenu de la situation sanitaire désastreuse de beaucoup de nos bénéficiaires, nous plongeons chaque lundi *dans la gueule du loup* et nous en avons bien conscience. Mais paradoxalement, le lundi soir, nous sommes tous heureux de sortir. Pour beaucoup d'entre nous (c'est mon cas), le confinement équivaut en effet à un télétravail intégral et donc à une possibilité de prises d'air minimales. Le lundi, parce qu'un contact avec un bénéficiaire a été trop rapproché, on rentre parfois de Saint-Lazare avec la peur d'avoir attrapé le virus. On rentre surtout avec la sensation, dans une période tellement trouble et où les questions existentielles sont vivaces, d'être utile à quelque chose.

Chapitre 39

Complot

19 heures. Tu as tes clés, tu as ton masque ? Remplis bien l'attestation qui dit « assistance aux personnes vulnérables », il faut cocher la bonne case. Je crois qu'en version numérique, ça passe maintenant et de toute façon, on a l'attestation de l'association. Ils contrôlent vraiment, dans la rue, les flics ? On décolle. On dit des mots comme gel hydroalcoolique, asymptomatique, attestation de sortie. On doit dire *la* Covid, aussi, la pandémie est devenue une fille qui ne fait, elle, et contrairement à l'Académie française, aucune distinction de sexe. Elle s'attaque aux femmes comme aux hommes, le masculin ne l'emporte pas spécialement sur le féminin. La Covid prend la vie des plus âgés, des plus malades, des plus fragiles, en garde d'autres sous assistance respiratoire, parfois quelques heures, parfois des jours entiers. Le goût, l'odorat, une grosse grippe ? Un peu plus que ça. On suit le décompte des décès en France, puis dans le monde. Puis on arrête. Puis on recommence car tout de même, des morts, il y en a beaucoup. « Tu connais quelqu'un toi qui… ? Oui ? Bon. Mes condoléances. »

Personne rue Joseph-de-Maistre. L'hôtel La Terrasse fermé. Personne rue Caulaincourt. Puis personne non plus rue d'Amsterdam ni sur la place de Budapest – en travaux, toujours, pas près d'être terminés. Ah, un mec. Trottoir d'en face. Footing. Personne rue de Londres.

Place de Clichy, en revanche, ça bouge. Outre les quelques bagnoles qui patientent aux feux de chaque côté du boulevard, des silhouettes, éparses et claudicantes, ruissellent sur l'asphalte. Les vagabonds, confinés plus que jamais à l'intérieur de leur propre cerveau, de leur propre corps, de leur propre solitude, occupent désormais l'intégralité de l'espace. Ce n'est pas qu'ils se sont déplacés ici – qu'y a-t-il spécialement à faire, place de Clichy ? –, c'est qu'ils n'ont pas bougé. « Restez chez vous. » Encore faut-il en avoir un, de chez-soi. Les gens *bien comme il faut* sont à l'abri. On ne voit plus que les autres.

Aux Restos, nous nous sommes habitués à faire du social sans voir les visages. Rapidement, l'association a été en mesure de nous fournir des masques pour que bénévoles et personnes accueillies puissent se protéger et protéger les autres. Tous ne le portent pas et nous sommes contraints de faire de la prévention en permanence, de brandir la menace d'une fermeture administrative. L'épée de Damoclès au-dessus de nos têtes se nomme préfecture de police de Paris, car elle est en mesure, si jamais nos distributions déraillent, de considérer que nos actions font plus de mal que de bien à tout le monde, et d'interrompre, le temps de la crise sanitaire, le travail de terrain que nous effectuons.

— Monsieur, s'il vous plaît, un mètre de distance. Merci beaucoup.

Le café est revenu au bout de quelques semaines. Dans chaque panier-repas se trouvent désormais des attestations de sortie portant le sceau de l'association, qui permettent à quelqu'un qui est venu chercher un repas de ne pas se faire verbaliser par des représentants de l'ordre parfois peu compréhensifs. Des rumeurs font en effet état de sans-abri ayant écopé, parce qu'ils n'étaient pas confinés (!!!) et qu'ils n'avaient rien pour le justifier, d'amendes de cent trente-cinq euros. Compliqué de les régler, lorsque l'on ne possède ni compte bancaire dans lequel piocher ni adresse à laquelle se faire communiquer du courrier… Les Restos ont réagi et se sont engagés à régler ces amendes à la place de ceux qui les ont attrapées, compensant les absurdités bureaucratiques et répressives d'un système qui a renoncé à protéger autant qu'à servir, et qui se contente de sanctionner. Les lois sont les mêmes pour tous et toutes. Doivent elles vraiment l'être ?

Dans la distribution, la bonhomie a disparu. Moins de sourires, beaucoup d'apathie, de craintes et de difficultés, plus encore qu'auparavant, à se projeter. C'est dur d'être à la rue, en foyer, en centre d'accueil, en logement social minuscule, lorsque la vie, en dehors des espaces individuels, cesse de fonctionner. Le périmètre de vie n'était déjà pas grand, mais là, il devient ridiculement petit. Alors, les sceptiques sont apparus. Plus nombreux qu'on ne l'aurait cru. La voilà leur revanche, à eux qui ont tout compris, eux qui le savent depuis toujours. Ce que l'on nous montre à la télé, dans les journaux, sur Internet, n'est qu'un décor de théâtre. Derrière la scène, c'est moche, c'est le mensonge, les arrangements entre puissants ligués depuis toujours contre les petits, la grande trahison que tous acceptent sans geindre et en disant merci.

— C'est ça, continuez à applaudir le gouvernement à 20 heures, lance Oscar, un golgoth d'un mètre quatre-vingts pour une centaine de kilos – cheveux noirs et bouclés, petits yeux, bouche fine, vêtements amples et sombres, sudation importante – qui m'a souvent parlé de ses années à l'Éducation nationale.

Il enseignait l'Histoire *à sa manière* dans un collège de Nancy, jusqu'à ce qu'un inspecteur se rende compte que les cours qu'il donnait à ses classes de troisième ressemblaient plus à du conspirationnisme et du révisionnisme qu'à un cours d'Histoire tel qu'on recommande de l'enseigner au collège... Certains le revendiquent haut et fort : le coronavirus, ils n'y croient pas.

— C'est une invention, une chimère, un mirage, un prétexte pour parquer tout le monde chez soi, affirme Oscar avec une assurance très professorale (déformation « professionnelle »…). L'objectif, c'est d'enclencher les mêmes mécanismes totalitaires que chez Orwell (*1984*), chez Huxley (*Le Meilleur des mondes*), chez Bradbury (*Fahrenheit 451*), chez Atwood (*La Servante écarlate*). Ce n'est plus une fiction dystopique, c'est le réel, c'est là sous nos yeux : le fascisme d'État bâti doucement son lit, branche après branche.

Il s'arrête. Puis reprend en baissant la voix, murmure presque, comme s'il révélait à Annie, à qui il a décidé de transmettre son savoir, un secret bien gardé.

— On répand la peur, on la diffuse, on l'immisce dans la cervelle à grands coups de mesures sécuritaires censées protéger la population. Aujourd'hui, les Français enfermés chez eux « pour la sécurité de tous », plus de manifs ni de grands mouvements de foule, on contrôle, on calme.

Annie veut répondre. Mais elle n'en a pas la place. Oscar, plus fort.

— Et demain, un vaccin pour soigner une maladie imaginaire ! Un vaccin qu'on vendra comme un remède miracle pour se protéger, mais surtout, pour goinfrer de fric les grands pontes de la pharmaceutique – les amis, depuis si longtemps, des gouvernements ! – et implanter, enfin, c'est du génie, une puce dans le corps des gens, un vaccin pour pouvoir les tracer mieux encore qu'avec la géolocalisation toujours activée de leur Smartphone. C'est un complot grandiose. Dans le genre, c'est un chef-d'œuvre... mieux encore que les États-Unis avec le 11 septembre !

Le coronavirus, non, on n'y croit pas. Lorsque la peste toquait aux portes de l'Europe du XIVe siècle, dessinait des croix sur les portes des maisons afin d'indiquer un foyer d'infection, les morts, on les voyait, ils étaient concrets, on connaissait l'état des corps qui en étaient infectés. Les morts du coronavirus, on ne les voit pas amoncelés sur des charrettes dans la rue ou enterrés dans des fosses communes faute de place dans les cimetières. On nous les annonce sur CNews *via* des courbes qui montent, qui stagnent ou qui descendent, coloriées de telle manière qu'on puisse en comprendre le sens au premier coup d'œil. Trois cent vingt-deux morts aujourd'hui. Hier, c'était deux cent cinquante-huit, ça monte. Quatre cent dix-neuf, désormais. Ça grimpe. Tu as vu les chiffres du Brésil ? Mon Dieu. Le coronavirus, on n'y croit pas. Ou on y croit trop.

— J'ai entendu dire que le coronavirus avait été lancé par Macron et ses copains pour éliminer ses opposants, vous avez des informations là-dessus aux Restos du Cœur ?

Pas d'informations précises là-dessus, non.

— Oui, tu as raison, moi aussi je l'ai entendu.

Dès qu'il s'agit de crier au complot, Yannick n'est jamais très loin. Il porte systématiquement un gilet de haute visibilité jaune, il a été de ceux qui ont bloqué les entrées d'autoroute sur le périphérique parisien.

— J'ai effectivement des informations de premier ordre, qui confirment que le gouvernement est impliqué dans le Covid-19. Le virus aurait été lancé pour tuer les Gilets jaunes et ils – les gens du Gouvernement et leurs complices – seraient en train de préparer le Covid-20 pour tuer les manifestants contre les violences policières et le racisme.
— D'où elles sortent, ces informations ? demande Étienne, dubitatif.
— Tu m'as pris pour une balance ? Je ne révèle pas mes sources, moi. Mais je te l'assure : le Covid-19 a été

créé dans un laboratoire au cours des derniers mois. C'est pas le pangolin, non, c'est pas ça. Tu as déjà dû voir certains films où des vaccins sont testés pour lutter contre des virus, non ? Eh bien, c'est la même chose sauf que cette fois, ils ne voulaient pas lutter contre une maladie… mais contre les Gilets jaunes ! Et comme quoi… ça fonctionne : tu en vois encore dans la rue, sur des ronds-points ? Non, tu n'en vois plus parce qu'il n'y en a plus ! Ils disent quinze mille morts… mais ce n'est pas vrai ! CE N'EST PAS VRAI ! Il y en a beaucoup plus que ça, mais là encore, on nous ment, on ne nous dit pas la vérité ! Les médias sont au courant. Mais vous le savez autant que moi, les médias et le gouvernement, c'est du pareil au même. D'après mes sources – qui sont des sources sûres et de premier ordre… quelqu'un des médias, voilà je vous l'ai dit ! –, les C.R.S. et les policiers et ces gens-là auraient diffusé le virus *via* les gaz lacrymogènes qu'ils balancent dès que ça s'excite un peu en manif… Eux ont des masques alors pas de souci… mais les autres ! LES AUTRES ! C'est un crime d'État, il faut absolument que les gens le sachent ! Le virus, malheureusement pour le gouvernement, n'a pas suffisamment fonctionné pour tuer tous les Gilets jaunes. Il a surtout tué des vieux, ça n'a pas assez bien marché. Mais vous allez voir la prochaine version du virus ! VOUS ALLEZ VOIR ! La prochaine fois, je peux vous dire que les ronds-points, ils vont être évacués en beaucoup moins de temps qu'avant ! Pas le temps de taguer l'Arc de triomphe ! Et pareil pour les bretelles d'autoroute et la place de la République ! L'État assassine : désormais vous savez ! Vous, les Restos du Cœur, vous connaissez

Coluche qui, lui, a été le candidat des délaissés, il faut faire remonter cette information ! Le gouvernement a assassiné, assassine, assassinera !

— O.K., bon… on ne fait pas de politique ici, monsieur, vous savez.

— Mais ça dépasse la politique, enfin… je vous parle de meurtres, là, monsieur, de meurtres ! DE MEURTRES ! Et commandités par l'État avec ça. Des meurtres d'État ! Ça ne vous rappelle rien ? Hitler, Staline, Pinochet, Milošević, Saddam Hussein… Emmanuel Macron !

— Monsieur, quand même, vous n'exagérez pas un peu… On n'est pas censés parler politique, mais quand même… Pinochet… et Macron ?

— Mais vous n'avez pas écouté ce que j'ai dit ! Macron et son gouvernement massacrent les Gilets jaunes, les opposants politiques les plus engagés du régime, en diffusant un virus mortel ! Mais vous ne voyez rien, ce n'est pas possible ! Il faut marcher sur l'Élysée, monsieur ! Aux armes !

Certains pensent que le coronavirus est une invention. D'autres qu'il est une arme létale de très grande destruction. D'autres nous ont informés que des camarades, déjà, étaient tombés. Chez ceux-là, on porte bien le masque, car les preuves sont là : il existe, le virus.

— Tu sais, Jean-Pierre ? On aurait dit Karl Marx, tu vois ? Eh bien, il est mort. Du coronavirus, oui. Il serait resté soixante-douze heures en soins intensifs, avant de lâcher. Ça fout un coup…

Cédric, lui, est toujours branché sur d'autres réseaux. Il m'interroge avec ses yeux qui creusent les sous-sols.

— Vous savez si les toilettes publiques vont rouvrir ?
— Non, je n'ai malheureusement pas d'informations là-dessus, Cédric. Je ne sais pas quand elles rouvriront*.

Les yeux de Cédric ne se sont pas attristés, car ils sont déjà les plus tristes de la Terre. Il est sans doute désolé, mais dans son expression, rien n'a changé.

— Ah mince... bon, c'est embêtant. Parce que, je vous explique, en ce moment, il n'y a plus d'endroits où aller aux toilettes, et ce n'est pas très agréable de faire dans la rue ou dans les tunnels du métro. Je n'aime pas trop me déshabiller, les fesses à l'air, devant les gens. Je ne suis pas à l'aise avec cette idée-là. Et puis j'ai mal aux intestins, en ce moment, alors si je pouvais être tranquille pour me soulager sur de vraies toilettes, ce serait sûrement moins douloureux.

Cédric me parle de sa merde comme il parlerait d'un bon film qu'il aurait vu la veille. Pour lui, les filtres, la pudeur, la retenue se sont évaporés depuis longtemps. Chez moi, ils sont toujours là. À mon tour, je détourne le regard, ne parvenant plus à affronter le sien. Encore aujourd'hui, je me demande pourquoi je cherche systématiquement, le lundi soir, le regard de Cédric. Et pourquoi, systématiquement, ce regard et les douleurs séculaires qui en émanent, me font autant de peine.

---

*Début mai 2020, Hélène Bidard (adjointe à la Maire de Paris pour l'égalité femmes-hommes, la jeunesse et l'éducation populaire) assurait sur Twitter que « 140 Sanisette avaient été ouvertes ou réouvertes » à Paris.

Chapitre 40

Église Saint-Louis d'Antin

— T'as vu, chef, la misère est moins pénible au soleil, pas vrai ?

Jules est calé devant l'église Saint-Louis d'Antin, baignée par le soleil d'une fin de journée agréable et printanière. Nous sommes au début du mois de mai. La France est toujours confinée*.

La petite place devant l'église s'est transformée, depuis le début du confinement, en cour des Miracles. Il ne manque plus que les crânes sans chair, les ours jongleurs et les bohémiens qui trichent aux cartes. Les bourgeois, les bobos, les consommateurs compulsifs de la rue de Caumartin sont toujours enfermés au bercail ou à la maison de campagne. Le paysage a muté. La fête est finie. Qui aide à ranger, maintenant ?

Le porche du Citadium – son écran lumineux diffuse un message qui dit quelque chose comme « Hâte de vous

*La France sera déconfinée le 11 mai 2020. Elle sera de nouveau confinée du 30 octobre au 15 décembre 2020, puis du 3 avril au 3 mai 2021. Entre-temps, c'est à de nouveaux couvre-feux aux horaires évolutifs (à partir de 18 heures, de 19 heures, de 20 heures…) que la France sera confrontée.

retrouver, prenez soin de vous » – sert chaque soir de refuge à de nombreux sans-abri. Ils peuvent s'y protéger de la pluie, des intempéries, s'y sédentariser en attendant qu'on vienne leur dire d'en dégager. Devant les portes d'entrée du magasin ont été installés des chaises, des matelas, un canapé et même quelques plantes vertes, dénichées allez savoir où. La société bourgeoise stoppe son activité de rouleau compresseur consumériste sept semaines. Ses exclus, déjà, s'installent sur ses débris.

Jules ne porte pas de masque. Très peu, devant l'église Saint-Louis d'Antin, en portent. Ils sont une vingtaine à y être affalés, à nourrir les pigeons, à s'asseoir sur un banc cinq minutes avec toi, à écouter de la musique qui va de la trap de Lil Uzi Vert (« *All my friends are dead, push me to the edge* ») à l'afrobeat de Fela Aníkúlápó Kuti. Jules écoute *Zombie* sur son téléphone, il chante les paroles à tue-tête en dansant comme Fela, ce qu'il parvient, en réalité, très mal à faire puisque personne, si ce n'est son propre fils, Seun, ne parvient à danser comme dansait Fela. « *Zombie no go go, unless you tell 'em to go.* » Je passe devant Jules, il me checke du coude.

— Chef, c'est vous les zombies ou c'est nous ? Qu'est-ce que tu en penses, hein ?

Les distanciations sociales, ici, n'existent pas. Dans les files d'attente, lorsqu'on le demande gentiment et que la journée n'a pas été trop compliquée pour eux, ils jouent relativement le jeu, *font comme si*, portent le masque sous le nez, mais le portent quand même.

— Je vais mettre le masque pour te faire plaisir, mais le Covid ? Ça existe vraiment, ce truc-là ? relance Oscar, infatigable sur le sujet.

Le coronavirus pour celui qui vit dans la rue, il ne s'envisage pas de la même manière que pour celui qui n'y vit pas. Comment garder ses distances, respecter les gestes barrières, tousser dans son coude ou bien porter son masque sur l'intégralité du visage quand le lieu dans lequel on vit est l'espace public ? Qui déclare-t-on comme *cas contact* lorsque votre lieu de résidence est le seuil d'une gare ? Comment se laver les mains le plus souvent possible et avec du savon qui désinfecte bien comme il faut lorsque l'idée même d'une douche est un luxe que l'on ne peut pas toujours s'accorder ? Alors, quand il faut partager un repas récupéré rue Joubert, bien sûr, ils s'installent ensemble, sur les marches de la petite église Saint-Louis d'Antin. Notre rôle est de contrôler ce qui se passe sur le périmètre de notre distribution. Pas sur leur périmètre à eux.

— Qu'est-ce que tu crois, que je ne le choperai pas à un moment ou à un autre, le Covid ? T'as vu où on pionce, chef ? me tance Jules. D'ailleurs, je ne voudrais pas faire mon malin, mais ces derniers temps, j'ai pris l'habitude de ne pas pioncer seul, si tu vois ce que je veux dire. Avec une copine, on se réconforte.

J'écarquille grand les yeux, lâche un « Ah, je vois ! » qui ne parvient pas à cacher ma surprise.

— C'est « une copine » ou « une copine » ?

J'insiste sur le premier « copine » plutôt que sur le deuxième, tente le clin d'œil. Il a bien vu ce que je voulais dire.

— Disons que c'est une « copine », voilà. On ne se fréquente pas depuis très longtemps et en vérité, on ne se fréquente même pas vraiment. Tu crois que j'vais la sortir au restaurant, aller manger une glace à l'italienne avec elle et l'emmener au cinéma voir un film muet ?
— Et comment vous faites pour… enfin, tu vois ?
— Pour baiser ? C'est ça que tu veux dire ? Tu me demandes comment on fait pour baiser ?
— Oui, voilà.

J'ai quatre ans et demi, je rougis. Des fois, on dit ce qu'il faut, et parfois pas.

— On fait comme toi, mon pote, exactement pareil !
— Te fous pas de moi, tu as compris ce que je te demandais.
— J'te taquine, chef. Comment on fait ? Quand on a réussi à choper un peu de monnaie dans la rue, on se prend une piaule. En vrai, à deux, ça va plus vite que tout seul et avec les associations comme la vôtre, on n'a pas à prendre sur le budget bouffe pour pouvoir dormir. Donc quand c'est possible – en ce moment par exemple, ça ne l'est pas –, on prend une piaule et là c'est papa dans maman, tu connais, c'est pareil chez tous les humains, que tu passes ta vie dans la rue ou dans des palaces à deux mille balles la chambre d'hôtel.
— Vous vous voyez depuis longtemps ?

— Depuis juste avant le Covid, je dirais. Et je ne vais pas te mentir, c'est agréable. La branlette c'est bien, mais d'une, c'est pas pratique – t'as intérêt à trouver un coin vraiment tranquille pour gérer ton affaire – et de deux, les putes, ça va aussi deux minutes. Bien sûr qu'on va les voir, ça arrive, qu'est-ce que tu crois ? Il faut bien que le corps exulte, non ? Faut encore qu'elles acceptent – si t'as passé la nuit à l'hôtel la veille, t'es quand même plus présentable que si ça fait quinze jours que tu pionces métro Marx-Dormoy, tu vois le genre –, mais ça vaut pas une vraie baise non tarifée non plus. Après, bon, je ne me fais pas d'illusion, je sais qu'elle est avec moi surtout pour la protection et parce que quand, dans la rue, une meuf est avec un mec, les autres ne vont pas en vouloir à son cul, ça j'peux te le garantir. Mais c'est toujours ça de pris, tu ne crois pas ? L'idée c'est pas de se marier et d'avoir des bébés, hein ? T'inquiète pas pour moi, je jouis pas en elle, ça serait pas pratique de se choper un bambin et de pioncer avec lui sur le béton. Allez, je viens te voir dans neuf mois et tu me files un panier-repas en plus pour mon gamin, O.K., chef ?

Chapitre 41

Hervé

Particulier comme mec, Hervé. Poli, ouvert d'esprit, très concerné par la vie et les activités des Restos – parfois trop, comme lorsqu'il essaie discrètement d'écouter ce qui se dit lors du débrief. Mais il a aussi ses petites obsessions, Hervé. Lorsque les règles ne sont pas respectées, par exemple. Là, ça ne va pas. Ne pas débuter à l'heure ? Une catastrophe. Mettre le conteneur de café là où on avait disposé la semaine d'avant le conteneur d'eau chaude ? Catastrophe, encore. Il râle beaucoup dans ces moments-là, Hervé. Et en même temps, il propose parfois de nous aider à ranger les tables, et si on refuse poliment son aide – chacun son rôle –, on note systématiquement la bonne volonté qui est la sienne. Faudrait qu'il évite d'engueuler les chauffeurs quand ils ne réussissent pas leur créneau du premier coup, en revanche, car ça peut créer des malaises. Rien de grave, mais… c'est un gars particulier, Hervé.

Le gros souci avec Hervé, surtout, c'est son sens du timing. Réglé comme une horloge suisse, il vient chaque semaine m'informer de ce qui se passe sur les autres sites à… 19 h 55, soit cinq minutes avant le début de la distrib. C'est le moment où je dois m'assurer que tout est correctement installé, que les bénévoles sont bien répartis sur l'ensemble du site – rien de compliqué, mais faut que ça glisse. Hervé intervient chaque semaine à un moment où je n'ai pas le temps de l'écouter pleinement. Il est mon indicateur de ce qui se passe ailleurs, bien que je ne lui aie jamais demandé d'effectuer cette mission. Je l'écoute tout de même.

— À Invalides, ils ont débuté un peu en avance la dernière fois. Il n'était pas exactement 20 heures.
— D'accord, Hervé. Ce n'est pas très grave, si ?
— Si, c'est grave ! Les horaires des distributions, c'est important qu'ils soient respectés ! Ça commence à 20 heures, pas à 19 h 45. Et aussi, il y a encore eu un bénévole qui n'a pas été très poli.
— Comment ça, « pas très poli » ?
— Il m'a refusé un café sous prétexte que j'en avais déjà pris un. Et du café, vous en avez beaucoup à chaque fois, vos conteneurs en sont remplis !
— Bon… il n'a pas dû faire attention, c'est tout.
— Peut-être, mais ce n'est pas la première fois qu'il me refuse un café ! Ce n'est pas un bon bénévole, il se croit tout permis. Il est brun, il a une barbe d'une semaine et il porte toujours une casquette. Il est sur la distribution Invalides du mardi soir. Il faut que tu le signales, il ne se comporte pas correctement.
— Tu dis ça parce qu'il ne t'a pas servi un deuxième café ?
— Non… pas uniquement ! Il est malpoli, il parle mal. Par exemple, il tutoie les bénéficiaires.
— Mais moi aussi, je te tutoie.
— Mais ce n'est pas pareil, nous on se connaît. Lui, il ne connaît pas les bénéficiaires et il les tutoie tout de même. Ce n'est pas poli !

Hervé, ça fait quelques mois qu'il est en galère, mais « ça va », il a « des amis un peu partout » qui lui permettent de passer quelques nuits au chaud, c'est en tout cas ce qu'il affirme. Des nuits dehors, il n'en passe pas plus d'une par semaine « et encore, quand les semaines sont plus dures que les autres ». Pas la meilleure période de sa vie, mais il se donne toutes les chances d'en sortir rapidement. Il aide une pizzéria à rentrer ses tables et ses chaises, au niveau du métro Gaîté et en échange, il récupère quelques pièces et une pizza complète. « Trois ou quatre euros, ce n'est pas grand-chose, mais en cumulant, ça me permet de me payer une nuit d'hôtel de temps en temps. »

Depuis la crise, tout a changé. Les amis ne répondent plus ni aux textos, ni aux appels, certains ont assimilé « petite galère sociale qui commence à durer » à « virus sur pattes qui a toutes les chances de nous contaminer », la pizzéria a temporairement fermé ses portes. En attendant une normalisation de la situation, il y a la petite place devant l'église Saint-Louis d'Antin, avec Cédric, Jules, sa nouvelle copine qui n'est pas officiellement sa copine, Ahmed ou Pierrot.

Il garde le moral, Hervé. Il semblerait que ça soit l'une de ses forces. Le moral… et la confiance en lui.

— Bon, est-ce que Gabrielle est arrivée ?
— Gabrielle ? Eh bien… elle ne devrait pas tarder, elle s'est inscrite sur la fiche de présence.
— Ah bon. Je vais l'attendre, alors.

Je ne l'avais pas remarqué jusqu'ici, mais le sourire qui éclaire soudainement le visage d'Hervé en prononçant le prénom de Gabrielle vient de le trahir. Et maintenant que j'y suis attentif, je ne vois plus que ça. Je comprends qu'Hervé flirte autant qu'il le peut avec Gabrielle – grande, blonde, yeux bleus, joues roses, humeur toujours doucement rêveuse – à qui il prend une bonne vingtaine d'années. Il est accoudé au stand café, lui offre des sourires timides et séducteurs comme ceux qu'offrait aux élues de son cœur, dans ses courts comme dans ses longs-métrages, Charlie Chaplin – il lui ressemble d'ailleurs de manière troublante, le chapeau et le costume en moins.

Lorsqu'il parle à Gabrielle, son visage change. Il se montre plus doux, plus gentil, plus assuré. Son thorax est relevé et il tente, dans la mesure du possible, de se tenir droit. Lorsque cette position-là le fatigue, il s'accoude contre le poteau qui fait face au stand café avec l'allure de celui qui veut se montrer le plus cool possible.

Gabrielle est parfois gênée lorsque Hervé passe du temps comme ça auprès d'elle, à vanter ses exploits et à lui faire des compliments à n'en plus finir. Elle évoque le plus souvent possible dans la conversation l'existence de son copain, avec qui elle est en couple depuis « suffisamment de temps pour que ça soit sérieux », ce qui empêche Hervé, comme on dit, de « se faire des idées ». À une distribution des Restos du Cœur à servir le café ou dans la cuisine d'un appartement parisien à fumer devant une fenêtre ouverte, la réaction est la même : lorsqu'un prétendant dévoile, ouvertement ou à demi-mot, ses prétentions galantes, la meilleure défense, lorsqu'il s'agit de signifier un refus poli, reste de manifester que la place est déjà prise. Il n'empêche, Hervé flirte. Mais « il n'y a rien de méchant », assure Gabrielle lorsque je m'en inquiète. « Il est même plutôt très gentil, Hervé », ajoute-t-elle.

Et puis, Hervé s'est emporté contre Will. On ne l'a pas vu venir. Il lui a fait les yeux noirs et les sourcils froncés. Ça ne lui arrive pas souvent.

— Pourquoi est-ce que je devrais retourner dans la file ? Je suis là depuis longtemps, je n'ai doublé personne !
— Hervé, je t'ai vu passer devant ces gens qui attendent juste derrière toi. On a suffisamment de sacs pour tout le monde, ça ne sera pas long de patienter.
— Non, ce n'est pas vrai ce que tu dis, ce n'est pas la vérité !

Ce n'est rien. C'est tout. Will vient de ramener Hervé, et devant Gabrielle, à sa condition de bénéficiaire. Il vient, à ses yeux, de l'humilier devant celle qu'il convoite. À côté de Gabrielle, accoudé et détendu, il n'était pas à sa place. Sa place est au bout de la file, de l'autre côté du site, avec les *autres*. Il est profondément touché et se défend en devenant agressif.

— Toi, tu n'as pas de cœur. Tu n'en as pas. Ou si tu en as un, il est en pierre. Ton cœur est en pierre.
— …
— Hervé, calme-toi s'il te plaît, Will n'y est pour rien, ce n'est pas contre toi et tu sais bien que…

— … je vous ai parlé à vous ? Non, je ne vous ai pas parlé, je ne crois pas. Là je parle à ce monsieur-là, pas à vous, donc ne me parlez pas, s'il vous plaît.

Dimitri, et puisque Patrick et Jean-Jacques ne peuvent plus participer à la distrib pour le moment, gère désormais la file avec Étienne et Will. À son tour, il s'est pris la soufflante.

— Je vais vous dénoncer à la direction, monsieur, ah ça oui, je vais vous dénoncer ! Vous n'avez pas le droit de parler comme ça aux gens, vous n'avez pas le droit ! Je vais en référer aux responsables d'Invalides. Je vais leur dire qu'il y a un bénévole qui ne parle pas bien aux bénéficiaires ! Ça, ce sont des attitudes qui vont être remontées, je peux vous l'assurer !

Hervé veut parler au responsable.

— On se connaît très bien lui et moi, je vais lui expliquer la situation.

Il vient me voir, l'air grognon, le regard froid. Je suis mobilisé ailleurs, attentif à autre chose. Deux personnes m'interpellent au moment où Hervé vient me parler. Cédric me demande des renseignements complémentaires sur les laveries automatiques et Sylvie râle car le café n'est pas vraiment chaud. Je veux répondre à tout le monde et de ce fait, je ne réponds correctement à personne.

— Lui il me dit que j'ai doublé, mais ce n'est pas vrai !

C'est tout juste s'il ne me bouscule pas, tant la remontrance de Will, pourtant anodine, l'a bouleversé.

— Hervé, tu le vois bien, je suis occupé. Je suis à toi dans trente secondes. Attends, s'il te plaît.

Je ne soigne pas ma réponse. J'aurais dû. Je me montre maladroit et ici, on n'a pas intérêt à l'être. On se tient tous sur l'extrême rebord d'une falaise et si un seul d'entre nous trébuche, il prend le risque de faire basculer tout le monde dans le vide.

— Vraiment, il est imbuvable ce café… Je penserai à vous quand je le vomirai dans une heure, je vous en dirai des nouvelles ! insiste Sylvie, infecte.

Trop d'infos.

— Navré, Hervé, prends pas les choses de travers, j'arrive de suite.

Vexé de ne pas être considéré comme il estime devoir être considéré, Hervé s'en va là-dessus. L'escarmouche a assez duré. Sa colère est devenue froide. Trop de choses, d'un coup, qui ressortent. Il a retrouvé son calme, mais a perdu la joie qu'il manifeste, souvent, en venant ici. Il jette un regard à Gabrielle en partant. Avec une voix suppliante et honnêtement désolée, elle lui dit qu'il ne faut pas le prendre personnellement, que les règles sont les mêmes pour tout le monde. Est-il sûr de ne pas vouloir un café en plus ?

— Hervé, s'il te plaît, ne le prends pas comme ça…

Il prend les choses comme il veut, Hervé. Il le fait savoir, en ne prenant même pas la peine de regarder Gabrielle. Elle est complice des autres, n'a pas voulu, malgré ses efforts, le distinguer de la masse. Les mêmes règles pour tout le monde ? Qu'elle aille se faire voir, elle aussi. Qu'ils aillent tous se faire voir.

— Et toi, que je ne te recroise pas, lance-t-il à Will, devenu mutique devant tant de colère froidement contenue.

Sa silhouette s'est lentement éloignée vers la rue de la Victoire, avant de disparaître complètement. Il a jeté son café, dont le jet a formé une trace marron sur le mur blanc de l'immeuble haussmannien.

Hervé, dit-on, a été touché par le coronavirus. Son séjour à l'hôpital a, selon la même source, un peu duré. Hervé est diabétique. Il s'en serait sorti. Mais de cette source-là, personne ne se porte vraiment garant car personne, que ce soit sur les sites de Saint-Lazare, d'Invalides, de Denfert ou de Bréguet-Sabin, ne l'a jamais revu.

Chapitre 42

Déconfinés

La manière dont nous organisons nos distributions suit le fil des annonces gouvernementales, qui elles-mêmes sont calées sur la courbe d'évolution du virus. Le déconfinement est annoncé ? Nous supprimons, progressivement, les paniers-repas et les files uniques afin de revenir à une organisation plus classique, avec les différents stands étalés sur toute la longueur de la rue Joubert. Un couvre-feu (le mot fait froid dans le dos : il sent le soufre et les accents de la Ruhr en plein Paris), puis un nouveau confinement, parce que les chiffres du virus repartent à la hausse et que les vacances d'été sont passées par là, sont actés ? Nous revenons aux paniers-repas, durcissons de nouveau les règles, reprenons la logique du « un panier-repas par personne et nécessité de quitter le site après l'avoir récupéré ».

Le stand café est revenu, puis juste après lui, le stand soupe. Hélène aussi est revenue sur place, puisque les chauffeurs de train ont récupéré leur emploi à temps plein. Lorsque Emmanuel Macron ou Jean Castex parlent, on reçoit dans la foulée des directives de l'association, qui dit : « Attention, bien veiller à ce que les personnes accueillies ne restent pas sur le site après avoir récupéré leur panier. » Faire le petit flic. Dire « vous êtes les bienvenus », mais déjà « il faut partir ». Pas le choix. Nous sommes (toujours) en guerre.

Côté bénévoles, les équipes se sont soudées, partagent désormais une expérience commune qui consiste à formuler l'idée que malgré mille embûches liées à ce virus dont on ne sait manifestement toujours pas grand-chose, on a tenu et un an et demi plus tard, on est toujours là.

Novembre est passé, puis l'hiver et le début de l'année 2021 et au printemps, après une nouvelle période d'isolement forcé*, un nouveau déconfinement a été validé par le gouvernement. Les musées ont rouvert, les bars, les restaurants et les cinémas aussi. Nos distributions se sont une nouvelle fois débarrassées de quelques-unes des restrictions induites par une diffusion trop prononcée du coronavirus. Lors des réunions entre les responsables de site, on nous le précisait : « On peut de nouveau autoriser les personnes accueillies à rester sur le site et ne plus avoir l'impression de chasser qui que ce soit, on peut de nouveau prendre le temps de faire ce que nous aimons faire. »

Les distributions ont repris une durée *normale*, il ne s'agit plus de tout précipiter et de faire repartir le camion au plus vite. Les quantités des portions qu'on a à distribuer augmentent parfois, mais pas toujours – l'écart entre deux distributions est parfois notable. On n'est pas encore de retour au monde d'avant, mais on a, c'est déjà ça, le droit de croire qu'on pourra y revenir un jour.

*Un troisième confinement a été nécessaire, en France, du 3 avril au 3 mai 2021.

Progressivement, la vie s'est réorganisée. On n'a pas abandonné nos masques, pas du tout, on n'en est pas là. Le virus reste présent et il nous faut, même si la période a épuisé beaucoup de monde, continuer à donner l'exemple à des bénéficiaires de plus en plus réfractaires à garder, sur le bout du nez, un masque que plus personne, dans la rue, n'est obligé de porter*.

Nous sommes au mois de juillet 2021. À Paris, il pleut, mais on savoure quand même le retour des terrasses des cafés, elles qui nous ont permis, bizarrerie inédite, de découvrir pour la première fois le visage de certains bénévoles qui nous ont rejoints durant la pandémie… Et même chez ceux que l'on connaît depuis bien avant la crise sanitaire, on redécouvre parfois des sourires, des expressions, des plissements de lèvres que l'année et demie passée, entre le début de la pandémie et la levée de certains gestes barrières, nous a fait oublier. C'est beau aussi, un sourire avec le nez et la bouche qui peuvent respirer le grand air.

On sait qu'une nouvelle vague peut arriver n'importe quand. On se prépare. On y pense. Ou on préfère ne pas y penser. Bien que personne n'ait envie de basculer une nouvelle fois d'une logique à une autre (les paniers-repas, on s'en lasse), dans tous les cas, on sera prêts. C'est là le sens du combat que nous avons décidé de mener.

---

*Le port du masque en extérieur a cessé d'être obligatoire à Paris et dans le reste de la France le 17 juin 2021.

Chapitre 43

Combattre

Je suis donc bénévole aux Restos du Cœur depuis environ cinq ans. Je le suis, concrètement, une fois par semaine, le lundi soir, de 19 heures à 21 heures, parfois un peu plus tard. Cette distribution se fait dans la rue, qu'il pleuve, qu'il vente, que le temps soit magnifiquement beau ou intensément mauvais. Et je dois dire que distribuer des repas dans le cadre de cette activité bénévole est à la fois la chose la plus simple et la plus compliquée que j'ai dû faire de toute ma vie.

Si monsieur souhaite un café sans sucre et que je lui en offre effectivement un, ma tâche est accomplie avec une facilité déconcertante. Du café, un sourire, on est bon. Ma mission est immédiatement remplie et je retire le bénéfice de cette action de manière instantanée. Sérotonine. Sucres rapides. La formule est toute faite, mais elle fonctionne : faire du bénévolat, c'est autant donner que recevoir.

Au terme d'une distribution qui s'est, disons, *correctement déroulée*, je suis heureux, car j'ai pu servir deux cents cafés à des humains qui ont manifesté le désir d'en boire. Je suis vidé, mais dans le même temps, je me sens plein. Physiquement (on reste debout, on porte des tables, etc.)

et mentalement (on doit être sans cesse disponible pour l'autre), je suis épuisé, mais le suis par ce genre de fatigue que l'on juge « bonne », proche de celle que l'on ressent, dans le corps, après un après-midi de marche en forêt.

Sauf qu'il y a toujours un « mais ». Donner… et recevoir dans le même temps ? Ce serait donc systématique ? Pas vraiment. Pas toujours. Car dès lors que l'on déclare notre distribution officiellement ouverte, la file qui se forme, parfois très longue et parfois moins, impose toujours de nouvelles demandes à satisfaire… et quelques demandes que l'on *ne peut pas* satisfaire. Car il y a toujours des déçus. C'est obligatoire. On ne peut raisonnablement pas porter une attention équivalente aux deux cents individus qui constituent une foule, et aux diverses urgences physiques, mentales, sanitaires qui les accompagnent. Ce que je dis là est vrai pour moi. Ça l'est aussi, j'en suis certain, pour les autres.

Je me souviens d'un soir en particulier. Hélène venait de fermer les portes du camion après une distribution réussie. Toute la nourriture avait été distribuée et, nous semblait-il, l'avait été équitablement. Aucun incident majeur à déplorer. Les bénévoles étaient tous partis avec le sentiment du devoir accompli. Mais au moment même où le camion avait démarré, une dame que nous avions l'habitude de servir chaque lundi était arrivée, essoufflée. Joséphine venait, disait-elle, d'Opéra, avait loupé son bus et avait dû courir, malgré son âge avancé, pour arriver à l'heure à Saint-Lazare. Ses yeux étaient pleins d'espoir, elle n'avait pas l'habitude, aux Restos du Cœur, de repartir bredouille puisque, de retards, on ne lui en connaissait pas spécialement. Il n'y avait plus rien à distribuer et le camion était même parti (symboliquement, le départ du camion marque toujours pour nous le terme de notre mission hebdomadaire), et ce qui apparaissait il y a un instant comme une victoire – ni gâchis de nourriture, ni personne qui en réclame –, apparaissait désormais comme une défaite.

— Comment est-ce que je vais faire, ce soir, pour manger ?

Hélène n'avait pas de solution, car personne, dans la situation qui était la sienne, n'aurait pu en avoir. Joséphine était en retard. Nous n'avions plus de nourriture à distribuer. Le rôle qui était le nôtre ne pouvait, schématiquement, aller plus loin. Hélène pouvait-elle retirer tout de même quelque chose de positif de sa distribution ? Joséphine était repartie les bras ballants, laissant, sans le lui dire, la responsabilité de son malheur du soir entre les bras d'une bénévole qui ne pouvait ni dépasser la fonction qui était la sienne, ni accomplir de miracles.

Nous avions beaucoup échangé avec Hélène, par messages, dans les heures qui avaient suivi. Elle s'en voulait de n'avoir pu venir en aide à cette dame, et cette déception s'était transformée en réelle mélancolie, une mélancolie qui occultait tout, et même le souvenir que ce soir-là, deux cents personnes avaient pu être nourries en partie grâce à son action.

Dans ces moments-là, on rentre la tête basse et le moral en pièces. Les deux cents demandes satisfaites du soir n'ont pas suffi, ce que l'on retient c'est l'échec de la dernière, celle qui ne va pas manger ce soir car les éléments se sont mal goupillés, que les planètes n'étaient pas alignées, que quelque chose n'a pas fonctionné. Ne reste qu'un vague sentiment d'impuissance, d'imposture, d'incompétence, d'échec. Une action, aussi bonne soit-elle jugée à la base, doit être entièrement et pleinement accomplie si l'on souhaite en tirer de véritables bénéfices. Et ici, ce n'est pas possible. La misère ne cesse pas d'être visible passé 21 heures. Elle reste là, sous nos yeux, à demander qu'on ouvre encore et toujours les espaces de distribution de café, de plats chauds, de duvets. À la semaine prochaine ? Non, à tout de suite.

La vérité, c'est que le combat que l'on entreprend, lorsque l'on s'engage dans des actions comme celles-ci, n'a pas de fin et ne peut connaître de victoire durable. Le combat, assurément et si on le conçoit dans sa globalité (que veut-on, que les gens cessent d'avoir faim ?), est perdu d'avance. La misère humaine est partout, tout le temps, elle se renouvelle, prend des formes plurielles. On donne des coups de main ici, mais peut-être qu'au moment précis où on les donne, il serait plus utile, allez savoir, de les donner ailleurs.

Alors, pourquoi le faire ? Pour ne pas se vautrer trop vite dans la logique du « tout pour moi et les autres on verra après » ? Pour occuper une vie pas assez pleine et trouver une sorte d'équilibre personnel ? Pour chercher une certaine forme de justice sociale, une idée, universelle et séculaire, de solidarité et de fraternité ? Pour imiter les Colibris* ? Pour rendre plus concrète l'idée de la lutte perpétuelle, de la révolte sans fusils ni canons contre ce qui semble pourtant indéboulonnable ? Sans doute un peu de tout ça.

Les pouvoirs publics ont renoncé à traiter de manière sérieuse la question des sans-abri et de la sous-nutrition en France. Lorsque le sujet sort du chapeau un peu par hasard – ou parce qu'un quotidien régional a décidé de faire un papier sur un sans-abri mort**, ô surprise, du froid parce qu'il fait moins de quatre degrés dehors la nuit –, on baratine l'opinion sur la question en rappelant que des mesures sont prises toute l'année par les pouvoirs publics. La question, à Paris, ne figure pourtant jamais sérieusement sur aucun programme, et pas même lors des élections locales***. Le sans-abri, on le sait bien, a perdu sa carte d'électeur depuis longtemps. Faut-il, pour autant, cesser de le considérer comme un citoyen à part entière ?

---

*« Le mouvement Colibris accompagne des citoyennes et citoyens qui agissent ensemble pour créer un mode de vie plus écologique et solidaire dans leurs quartiers, leurs villes, leurs régions. La transformation de nos sociétés passe par l'action collective locale », dit le site officiel du mouvement Colibris.

**Le collectif Morts de la Rue, sur la base des signalements qu'il reçoit, estimait en janvier 2021 qu'en France, « plus de 500 S.D.F. décèdent chaque année à la rue, dans un squat ou à l'hôpital ». Le collectif estime toutefois que ce chiffre pourrait être, dans les faits, « jusqu'à six fois supérieur », et donc représenter près de trois mille décès annuels.

***Quelques semaines avant les élections régionales et départementales de 2021, les Restos du Cœur interpellaient « les listes candidates aux élections départementales et régionales sur les enjeux de solidarité et de lutte contre l'exclusion ». Dans un communiqué intitulé « Où sont passées la solidarité et la lutte contre l'exclusion », l'association appelait à « mettre la lutte contre la pauvreté au cœur de leurs engagements pour répondre aux enjeux soulevés par la crise ». Elle rappelait aussi ses cinq priorités d'action : 1/ Le soutien à l'aide alimentaire de qualité et aux circuits courts. 2/ La mise en place d'un revenu de solidarité pour les jeunes. 3/ Le développement de l'insertion par l'activité économique. 4/ La lutte contre la fracture numérique et l'isolement. 5/ Le soutien aux départs en vacances pour les plus démunis.

La crise sanitaire a engendré des complications inédites et bouleversantes. Elle a précipité de nouvelles personnes dans la précarité. À Saint-Lazare, si les personnes accueillies ont un temps été moins nombreuses – la peur a écarté certains bénévoles, mais aussi certains bénéficiaires –, elles l'ont ensuite été dramatiquement plus à partir du moment où la France s'est déconfinée – une première fois – au mois de mai 2020. L'écart entre l'avant et l'après Covid-19 a été ainsi particulièrement visible chez nous. « Quelles seront les conséquences de la crise financière sur l'épargne des Français ? » titrait un quotidien à fort tirage. Concrètement, sur le site du lundi soir à Saint-Lazare comme sur les autres sites, à Paris et au-delà, sa conséquence la plus directe a été l'accueil de nouveaux venus qui ne maîtrisent ni les usages ni les habitudes des aides alimentaires.

Nous avons rencontré des personnes qui n'étaient jamais venues à ce type de distributions, les victimes directes et collatérales de la crise qui se sont retrouvées, du jour au lendemain, dans un besoin qu'elles ne connaissaient pas hier. Lorsque les débuts de mois deviennent aussi difficiles que les fins, il faut mettre l'orgueil de côté. Et regarder passer l'orage en espérant que la foudre ne vienne pas s'abattre sur les fondations. On nous demandait s'il fallait une carte pour pouvoir bénéficier des aides que l'on propose, s'il fallait une feuille d'imposition témoignant de ses revenus sur l'année écoulée, si on avait le droit de se présenter aux Restos plusieurs fois dans le mois. Nous répondions. Les Restos, c'est toujours pour tout le monde et les papiers, c'est pas ici qu'on les présente. Certains regards ont été difficiles à croiser. Avec d'autres, c'était plus simple, car certains humains possèdent encore la force toute-puissante, malgré la dureté des épreuves, de sourire avec gentillesse et convivialité même lorsque l'on vient de leur dire que malheureusement, la distribution de vêtements est terminée pour ce soir, et qu'ils pourront peut-être récupérer un gilet en coton la semaine prochaine. J'ai une femme en tête. Je ne l'ai croisée que deux fois sur les distributions – ses deux premières fois, selon elle –, mais allez savoir pourquoi, je pense souvent à elle. Elle a les cheveux courts et gris. Elle s'excusait beaucoup trop parce qu'elle disait parler, justement, beaucoup trop. Elle disait pourtant les choses avec le sourire et alors, elles étaient teintées d'une lueur que je ne trouvais pas désagréable. J'avais envie de l'aider, elle plus encore qu'une autre, sans raison particulière. Parfois, on se dit que ce que l'on fait, ce n'est pas encore assez.

Un soir, j'ai croisé un musicien que je connaissais. Il avait ses habitudes au Zorba, un club de la rue du Faubourg-du-Temple, quartier Belleville. Je le savais, déjà à l'époque, dans la galère (la vie du musicien indé qui ne joue pas suffisamment pour toucher son intermittence est d'une précarité dangereuse), mais ne m'attendais pas à le retrouver, quelques mois plus tard, sur notre site de la rue Joubert, où il venait chercher un peu de soupe. Nous trinquions à l'époque quand nous en avions l'occasion, on se connaissait surtout de vue, pas mal d'amis en commun. Il y avait des concerts avec des enceintes qui crachaient trop fort, mais qui nous faisaient quand même danser. C'était une autre époque. Nos regards se sont croisés, il m'a reconnu et a immédiatement détourné les yeux. Il s'est mis à scroller de manière compulsive sur son téléphone, si bien que j'ai hésité à aller le voir, mais ne l'ai finalement pas fait. Le temps que je me décide, il s'était enfui.

La crise a pointé, ce n'est pas si fréquent, le doigt sur nos actions. Durant les différentes périodes de confinement, nous avons tous reçu beaucoup de messages de soutien de la part de personnes qui, jusqu'ici, semblaient n'avoir pour les « gens de la rue » qu'un intérêt très vague. De nouvelles recrues sont venues nous rejoindre malgré les risques sanitaires qu'engendre logiquement une crise de cette ampleur. Des regards se sont tournés vers nous.

Mais il ne faut pas croire que ces regards étaient toujours bienveillants. Un lundi du mois de juin 2021, au terme d'une distribution sans accroc, un entrepreneur d'une quarantaine d'années, excédé par ce qui se déroulait sous ses yeux (des humains en train de nourrir d'autres humains, c'est ce qui lui posait manifestement problème), est venu exprimer à haute voix le fin fond de sa pensée. C'est Aurélie, qui fait désormais partie des valeurs sûres de la distribution, qui l'a pris dans la tronche.

Il était un peu brusque, très macho et très sûr de son propos. Patron de P.M.E., il était en colère. Il disait vouloir recruter au sein de son entreprise mais ne trouvait, depuis des mois, personne à la hauteur de ce qu'il attendait. « Et vous nourrissez ces gens-là, qui se complaisent dans la paresse et profitent du système ? » Il parlait d'assistanat stérile, d'une France à l'arrêt, d'une gauche qui allait finir par faire en sorte, si le revenu universel passait un jour, que personne ne veuille plus travailler du tout. Il fallait, selon lui, que ces gens se bougent, qu'ils cherchent du travail, qu'ils participent à l'effort collectif pour redresser le pays. On ne leur rendait pas service en faisant ce que nous faisions. On ne rendait service à personne. Et surtout pas à lui, qui souhaitait recruter. Pourquoi les gens voudraient travailler, s'ils ont déjà, à *cause* d'associations comme la nôtre, tout ce dont ils pourraient avoir besoin ?

Il s'emmêlait dans ses colères, confondait tout, oubliait de réagir lorsqu'on lui disait que beaucoup des gens qui venaient à nos distributions travaillaient mais ne parvenaient pas pour autant, comme le dit la formule, à joindre les deux bouts. « Certains ont un logement et un travail, figurez-vous », avait argué Aurélie. Alors, il faudrait un travail qui rapporte plus, bien entendu. C'était ce qu'il proposait, lui, avec sa P.M.E. Mais personne ne voulait venir. C'était à cause de l'assistanat. On tournait en rond. Il confondait tout. Il n'est pas le seul. « *Qu'avez-vous à gagner, à les materner comme ça, ces gens ?* »

J'aimerais lui répondre, à ce monsieur tombé dans le piège qui consiste à dire que « c'est de la faute des assistés », qu'on ne combat pas forcément pour gagner. Mais qu'on combat, d'abord, pour combattre.

Chapitre 44

George Floyd

Hélène et moi continuons à être coresponsables du site du lundi soir à Saint-Lazare. Nous jouons les coordinateurs d'une équipe admirablement engagée et efficace. Nous en sommes très fiers. Yasmine, Quentin, Hugo, Will, Camille, Aurélie, Dimitri, Stéphanie, Tanguy et Gabrielle sont toujours là. Étienne a pris du recul pour revenir de plus belle et avec un engagement multiplié par dix. Patrick, Jean-Jacques et Thierry sont revenus dès qu'ils ont été autorisés à le faire. Dorothée, Barbara et Philippe, eux, ont dit stop après tant de lundis consacrés à la distribution d'une soupe jugée trop salée, ou pas assez. C'est Annie, à la soupe, puisque le stand céréales a été définitivement supprimé, qui a pris leur suite. Isabelle a régularisé ses présences, tout comme Ludovic, Hortense, Mathias, Marie, Emma, Virginie, Marion, Laura ou Baptiste. Les équipes se sont renouvelées et ont considérablement rajeuni car les plus anciens sont parfois devenus plus craintifs vis-à-vis du virus. Marco n'est plus venu depuis un moment. Souvent, les bénévoles me demandent si j'ai de ses nouvelles. Je n'en ai pas ou alors très peu, je sais simplement, *via* Monique – bénévole ultra engagée depuis vingt-cinq ans et responsable, entre autres activités aux Restos, du mercredi soir à Saint-Lazare –, qu'il va bien, qu'il n'est pas malade, que Marco redeviendra Marco dès lors que l'on pourra avoir le droit de ne plus voir en l'autre une menace potentielle pour sa santé physique.

Je suis journaliste. Hélène est graphiste. Thierry est prêtre. Yasmine travaille au sein d'une plateforme de musique en streaming. Stéphanie travaille dans une compagnie d'assurance. Dimitri travaille dans une galerie de photos parisienne reconnue. Socialement parlant, je vois notre distribution comme un arc-en-ciel. Des riches, des moins riches, des smicards, des retraités, des nouveaux venus dans la vie active. Un peu plus de femmes que d'hommes, de manière générale. Une infirmière, quelques fonctionnaires, un chef de projet dans l'industrie du disque, une community manager, beaucoup d'étudiantes et d'étudiants, un coiffeur pour célébrités, une architecte, plusieurs ingénieures, un médecin à la retraite, un danseur de ballet, une ergothérapeute et son ancienne stagiaire, une douanière, un directeur de service chez L'Oréal, un comédien, mon amie Mariska qui travaille pour une grande marque de produits de luxe, et même Guy, le responsable de la sécurité de la galerie marchande de la rue Joubert, qui considère que nous donner un coup de main le lundi soir, ça peut aussi, si on pousse la réflexion dans ce sens, faire partie de son travail.

Slimane, Monica, Oscar, Frédéric, Joséphine, Ahmed, Youness, Cédric, Madeleine, Pierrot, Claude, Loïc, Rogér, Jonas, Yannick, Sylvie, sont toujours là aussi. Comme tous ces visages que l'on voit chaque lundi, dont on ne connaît ni le prénom ni l'histoire, mais dont on tente de s'assurer, au moins, qu'ils puissent bien récupérer un café, un panier-repas, une soupe pas trop salée.

Et Jules aussi, bien sûr. Un soir du mois de juin, il a débarqué, boitant plus encore que d'habitude, comme s'il venait de se prendre le pied dans un piège à loup. Il boite, mais continue à faire le « spectacle », comme il dit. Jules, il parle un peu à tout le monde, mais pas vraiment à qui que ce soit. Il s'est avancé vers moi, avec ce sourire qu'il porte dans sa voix mais qu'il ne porte, comme à son habitude, pas sur son visage. Caustique, Jules. Faut pas y aller tout de suite avec lui, sinon on se brûle. Il lance :

— Chef, la distribution aujourd'hui, c'est Black Lives Matter, O.K. ? On va la jouer comme ça. White Lives Matter, on ne veut pas ça, c'est pas pour nous ces conneries-là. Black Lives Matter, c'est tout !
— Pourquoi est-ce tu dis ça ?
— T'as vu les manifestations, là ? T'es dans les médias, t'as vu les manifestations, quand même ? Faut qu'il y ait justice pour George Floyd !
— J'ai vu, oui, difficile de passer à côté. Tu es allé manifester, toi ?
— Non, mais t'es con ou quoi ?
— Pourquoi tu n'irais pas manifester ? T'as pas le droit ?
— Mais je m'en fous de manifester, qu'est-ce que tu veux que je foute dans une manif ?
— J'en sais rien moi, c'est toi qui arrives et qui me dis « Black Lives Matter », « justice pour George Floyd », alors je te demande, voilà.
— Justice pour George Floyd ? Tu te fous de ma gueule ? Et justice pour moi, alors ? Merde !

Il s'est agité, a parlé plus fort et lancé ses bras.

— Les mecs me passent tous les jours devant, ils m'enjambent presque pour rentrer plus rapidement dans le Franprix, c'est limite s'ils ne me marchent pas sur la tronche, et là ils réclament justice pour George Floyd, pour Adama ? Justice ? Ils réclament justice ? Mais ils savent ce que c'est, la justice ?
Ils étaient tout contents en se dirigeant porte de Clichy… et tu crois qu'il y avait quelqu'un pour me calculer ? Je suis de la même couleur que George Floyd, tu sais ! C'est le même sujet lui et moi, non ? C'est complémentaire ? Je ne suis pas victime de violence policière ? Je ne suis pas victime de racisme ? Ils savent comment ils te dégagent les flics, quand tu te cales dans un coin métro Marcadet pour passer la nuit, ils le savent, ça ? Non ? Ils peuvent le deviner alors, tu ne crois pas ? Tu veux que je te dise, moi, comment ça se passe ? Ça se passe sans justice, voilà. Tu te fais secouer, tu te fais prendre de tellement haut que t'as l'impression que les mecs, c'est Zeus le Père, tu te fais traiter d'une manière, mec, tu n'auras jamais idée tant que ça t'arrivera pas. Alors ouais, ils ne te mettent pas le genou contre la gorge, ces mecs-là, mais en revanche, ils t'invitent à aller passer le reste de la nuit dehors. Et si tu coopères pas, comme ils disent, ils te chopent à deux ou à trois et hop, ça dégage. Vol plané sur le goudron, paf. On peut respirer ouais, mais putain, qu'est-ce qu'on a froid dès qu'ils t'ont fait déguerpir de la bouche de métro. Par zéro degré dehors ? Ouais, je t'assure, on a froid, ouais. C'est la mort lente, ça, mon pote, ça fait moins jaser dans les journaux. Mais ça choque PERSONNE, en vérité. C'est acquis que tu fais partie de ceux qui se font

maltraiter, point barre. Tu crois que quelqu'un filme au Smartphone et qu'il met ça sur Twitter en disant « justice pour mon pote le clodo » ?
Tu t'es déjà écroulé ivre caisse dans la rue parce que la bière, ce n'est pas très fort, mais quand tu en bois quinze, ce n'est quand même pas du petit lait non plus ? Tu crois que quelqu'un va venir te relever ? Eh bien non, tu t'écroules dans les espaces verts de la Mairie de Paris, et puis t'y restes. Qu'est-ce que tu veux faire d'autre ? Ouais, bien sûr, de temps en temps, quand t'as un clodo comme moi qui meurt parce qu'il fait froid, que c'est décembre, janvier, février, et que quand ça gèle, ça ne fait pas uniquement du verglas sur le pare-brise des voitures, mais aussi dans les corps des clodos, t'as une brève dans un quotidien régional. Faut pas que ça tombe pendant les élections américaines (priorité au direct !), mais ils peuvent en parler, ouais. Un sans-abri retrouvé mort de froid rue Stephenson. Ben merde alors, il est mort ? Parce qu'il dormait dehors ? Oh le pauvre, quelle mort atroce ça doit être. Oh, un chat qui fait une galipette !
L'article va faire du retweet sur les réseaux, ça c'est possible, mais tu crois qu'il va y avoir une manif derrière ? « Justice pour Jean-Pierre », tu crois qu'ils vont dire ça les mecs ? Qu'ils vont se pointer devant le ministère du Logement pour réclamer « des logements pour les mendiants », avec la photo de Jean-Pierre sur une pancarte ? Qu'il va y avoir un cortège de Denfert à Bastille pour dire qu'il y en a marre, que l'affaire du mal-logement et de la malnutrition en France est l'affaire de tous ? Tu crois qu'il va y avoir une grève

générale, des barricades, des mecs qui lancent des pavés à la gueule des poulets qui leur répondront avec des Flash-Ball et des gaz lacrymogènes ?
Non, ils ne vont pas faire ça. On est invisibles, nous, on fait partie du paysage, on est dans le Guide du Routard : « Devant la gare du Nord, outre la jolie devanture, vous pourrez admirer, le soir, passé 22 heures, des clochards qui dorment sous les arcades pour se protéger de la flotte. » C'est acquis, les sans-abri, ce n'est plus un sujet pour les gens.
Là je joue au con, t'as pigé, c'est très bien que des gamins aillent dire « Justice pour George Floyd ». Moi j'suis nigérian d'origine, tu sais, alors Black Lives Matter, je suis d'accord, que tu le prononces en anglais ou en français d'ailleurs.
Mais je joue au con pourquoi ? Parce que je trouve ça hypocrite. Je demande que dalle, juste une pièce par-ci par-là pour trouver une piaule pour la nuit. Et les mecs, ils me disent quoi quand je leur demande une petite pièce pour dormir au chaud ? Ils me répondent rien. Mais ils disent : « Justice pour George Floyd. » Ils le disent à leur téléphone, ils le hashtaguent sans vérifier que le petit bonhomme est passé au vert. Eh ben écoute, tant mieux pour lui, George Floyd, justice pour lui, justice pour Adama et pour tous les autres. Et qu'ils reposent en paix. Allez, tu me files un café, s'il te plaît, chef ? Je dors dehors moi, tu sais, faut un peu de pain et de chaleur. Mon cul, ouais. « Justice pour George Floyd », ouais… Moi aussi, je réclame justice.

Je lui remplis un verre en plastique d'une gorgée de café. Il est bien chaud le café et ce soir, « il est même plutôt bon », me dit Jules. Je repars sur une victoire. Pour ce lundi, elle me suffit.

Remerciements

Merci à Yasmine, qui est le socle autant que le sommet.

Merci à Louise pour son talent, son enthousiasme et sa confiance si précieuse.

Merci à Élisabeth, Valentine et Milena et aux équipes d'Alisio et de Leduc d'avoir bien voulu soutenir et accompagner ce texte.

Une pensée pour la famille. Et pour Willy qui est exactement pareil que la famille.

Merci aux Restos du Cœur, à Magali, à Romain et à Victoria. À Monique, à Cécile, à Didier et évidemment à Hélène, avec qui les distributions sont toujours plus faciles à porter.

Et un grand merci, bien sûr, à toutes celles et ceux avec qui je partage chaque lundi, sous la flotte ou un temps plus clément, ces distributions qui nous animent tant et nous donnent l'impression de ne pas trop nous planter de direction.

Merci donc à Quentin, Étienne, Dimitri, Isabelle, Patrick, Jean-Jacques, Tanguy, Thierry, Dorothée, Philippe, Barbara, Lola, Annabelle, Baptiste, Emma, Virginie, Guy, Stéphanie, Annie, Jean, Laura, Hortense, Aurélie, Marion, Camille, Nich, Christo, Mariska et tous les autres que je ne peux citer qui rendent, me semble-t-il, la vie beaucoup plus agréable à regarder.

Merci enfin à toutes celles et ceux qui défendent, toute l'année durant, l'idée selon laquelle la solidarité peut encore être une idée à la mode.

Bravo à Tonyo.

Force à celles et ceux que l'on rencontre le lundi soir. Et à tous ceux qui galèrent.

MIXTE
Papier issu de sources responsables
FSC® C022829

Cet ouvrage est composé de matériaux issus de forêts bien gérées certifiées FSC®, de matériaux recyclés et de matériaux issus d'autres sources contrôlées.

Achevé d'imprimer en décembre 2021
sur les presses de la Nouvelle Imprimerie Laballery
58500 Clamecy
Dépôt légal : janvier 2022
N° d'impression : 110494

Imprimé en France

La Nouvelle Imprimerie Laballery
est titulaire de la marque Imprim'Vert